날개 달기

날개달기 ………………………………………………………………………………… 김일영 희곡집

초판 1쇄 2001년 5월 21일 / 지은이 김일영 / 펴낸이 김성달 / 펴낸곳 **새미** 등록일 1994.3.10 제17-271 / 편집 최순애 · 서경아 · 이현아 / 기획 한창남 · 김상진 · 김유리 / 총무 이용남 · 박아름 / 홍보 김성달 · 황충기 / 특판 허일영 · 김태범 / 물류 정근용 / 마케팅 정찬용, 이충섭, 김철 / 해외 조정환 · 요코다 / 인쇄 박유복 · 안준철 · 한주연 / 주소 서울시 강동구 암사 4동 452-20(134-054), T : 442－4623～4, F : 442－4625 www.kookhak.co.kr, E-mail kookhak@orgio.net
ISBN 89-89352-41-X 03810, 가격 10,000원

· 저자와의 협의하에 인지 생략합니다.
· 새미는 국학자료원의 자매회사입니다.

날개 달기

김일영 희곡집

새미

책을 내면서

1991년 『戱曲文學』에 <나비꿈>이 추천되어 작품 활동을 하기 시작한 지 이제 10년이 된다. 그때에 응모한 이름이 김준영(金俊泳)이었다. 필명을 그렇게 정한 것은 어릴 때에 부모님이, 호적 이름은 돌림자가 아니라서, 시장에서 작명하는 이에게 돈을 주고 지어다가 그렇게 부르셨기 때문이었다. 나를 추천하셨던 분들은 홍승주, 김흥우 교수였다. 그때만 해도 작품도 열심히 쓰리라고 마음 다짐을 했었는데, 시간이 흐를수록 창작하기에 힘이 드는 것 같다. 학문적 연구와 함께 해야 하기 때문에 더욱 어려운지도 모르겠다.

문학 작품을 읽으면서, 가르치면서 문학 속에는 현실을 바로 보게 하는 힘과 언어를 정교하게 보존하는 두 가지 장치가 마련되어 있어야 한다는 얘기를 줄곧 해왔다. 그러면서 그러한 기준으로 다른 이들의 작품들을 평가하기도 했다. 살아가는 이들의 현실적 고통이 들어있지 않은 작품은 작가의 세계관이 사라진 작품이고, 아름다운 언어적 형상미가 없는 작품은 우리말을 도구로 하여 쓸만한 가치가 없는 작품이라고 여겨진다.

그리하여 작품을 쓸 때에도 이러한 두 가지 사항을 염두에 두고 구상 메모를 한다. <나비꿈>, <말 빌리기>, <주인공 찾기>는 그러한 생각 중에서 언어에 대한 집착을 보여주기 위해서 쓴 작품이다. 인물들끼리 주고 받는 대화에서 우리말의 즐거움이나 중요성을 찾아보자는 것이었다.

<날개달기>는 구제금융 시대를 맞이하여 우리의 경제적 고통을 이겨내기 위해서는, 가진 자가 베풀어야 한다는 생각을 아버지와 아들의 관계로 설정하여 사건을 만들었다. 갈등은 부부 사이에 있고, 그 갈등을 잠재우는 것은 너그러운 아버지의 베푸는 정신이라는 의미였다. 편지의 기법을 사용하여 극적 효과를 노리고, 시를 삽입하여 서정성을 살리려고 하였다.

<겨울 버마재비>는 팔공산 파군재에서 있었던 왕건과 견훤의 싸움을 액자 속에 넣어서 전 대통령인 김영삼과 현 대통령인 김대중 사이의 상징적 갈등을 다루고자 했던 작품이다.

이 작품은 1997년 문예진흥원에서 선정한 우수 희곡으로 지정되어 책에 실리기도 하였다.

<달구벌 에바타>는 1999년 서상돈 탄생 150주년 기념으로 공연되었던 작품이다. 공연될 때의 제목은 <달구벌 에파타>였는데, 대본으로 쓸 때부터 내 나름대로 제목은 <달구벌 에바타>로 하면 좋겠다고 생각해 왔다. '에파타'보다는 '에바타'가 훨씬 더 음감이 살아나는 발음이라서 그랬다. 이는 성경에서의 의미를 받아들이면서 현실적으로 해석하고자 한 것이었다. 서상돈은 국채보상운동의 제창자로 잘 알려진 인물이다.

그렇지만 그가 어찌하여 그런 운동을 전개하게 되었는지는 잘 알려져 있지 않다. 이 작품에서는 서상돈의 늘그막의 삶을 재현하여, 구제금융시대를 이겨내는 정신적 토대로 삼자는 뜻을 살리고자 했다.

<자네, 사랑 한 번 해보시게>는 조선 시대에 안동에서 있었던 일을 소재로 한 것이다. 고성 이씨 집안으로 시집간 여자가 죽은 남편의 시신 위에다가 사랑의 편지를 써서 전했던 가슴 아픈 일을 액자식으로 다루었다. 이는 남녀평등 사회의 구현을 바라면서 쓴 것이다.

<신랑달기>는 조선시대 문양산인이 쓴 <동상기>를 패러디한 작품이다. <동상기>에 나오는 결혼의 기쁨을 바탕으로 거기에 배태된 민속적 요소들을 살리고자 했다. 특히 이 작품에는 필자의 어린 시절 추억들이 들어 있다. 신랑을 달아서 고통을 주면서도 그러한 통과의례를 거친 신랑이 한 가족이 되어 가는 과정을 그리려고 하였다.

이번에 작품집을 내려고 마음을 먹은 까닭은 이제 작품을 쓰는 기법을 바꿀 때가 되었다고 여겨지기 때문이었다. 앞에서 말한 바대로 작품이 지녀야 할 두 가지 요소 가운데에서 현실적 고통을 담아내기 위해서 전통을 어떻게 현대화할 것인가에 대하여 늘 고민을 해왔다. 그래서 택한 것이 액자식 구성이었다. 이는 아주 초보적이고, 원시적인 방법이다. 그러나 그렇게 해서 과거와 현대가 내용상 잘 어울리도록 해야 한다고 생각했다. 현대에서 과거로, 혹은 과거에서 현대로 시간적 장벽을 넘어서 자유로운 왕래를 시도하였다. 동일한 배우가 과거와 현재에서 이름을 달리하여 등장하도록 한 것이 한 기법이었다. 그렇게 하여 과거를 거울삼아 현재를 바라보자는 것이었다.

이제는 그러한 단순 나열의 방식을 벗어나야 하겠다는 생각이다. 과거의 소재가 패러디되고, 전통적 사건이 현대적으로 제시되더라도 연속적 사건으로 전개되도록 해야 재미가 있을 것이다.

여기에 실린 작품들은 <날개달기>와 <말 빌리기>, <자네, 사랑 한 번 해보시게>를 제외하고는 모두 「무천」 극예술학회에서 발간하는 『우리의 연극』에 게재됐던 것들이다. <날개달기>는 『월간 문학』에, <말 빌리기>는 한국희곡작가협회에서 발간하는 연간 희곡집에 실렸었다. <날개달기>는 필자에게 한국희곡문학상을 안겨준 작품이기도 하다. <자네, 사랑, 한 번 해보시게>는 공연만 되고 활자로는 굳어지지 않은 작품이다.

작품집을 낸다는 것은 상당한 용기가 필요한 일임을 알겠다. 본인이 다시 읽어도 속이 차지 않는 작품들을 묶어낸다는 게 쑥스러운 일이기는 하지만, 한 번 정리를 해야 다음으로 나아가겠기에 만용을 부려보았다. 나 혼자만의 독백이라도 좋다는 생각이 든다. 그렇지만 한 사람이라도 읽어주고, 칭찬의 소리나 비난의 소리를 해준다면 앞으로 나아가는 데에 더욱 큰 힘이 될 것이다.

추천해 주신 분들께 누가 되지 않았으면 하는 바람이 간절하다.

2001년 3월
김 일 영 씀

차 례

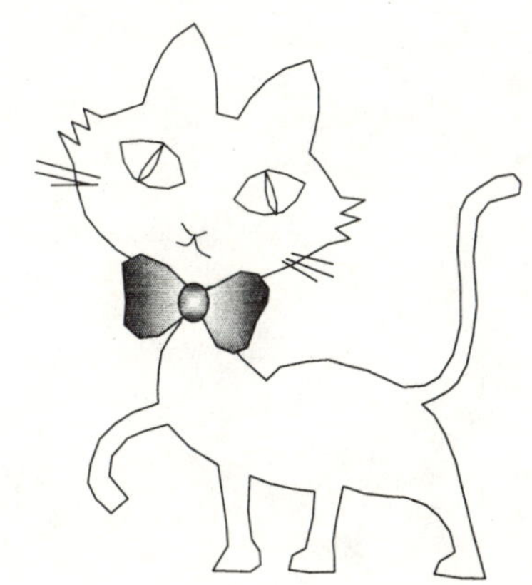

나비꿈

등장인물 ―

> **현오**
>
> 40대 중반의 호리호리한 남자, 몸은 조금 연약한 듯 하지마는 짙은 검은 테의 안경을 끼고 있어서 강한 인상을 준다.
>
> **현오의 아내**
>
> 40대 초반의 깔끔하게 생긴 여자. 목소리에 호소력이 있다. 1인 2역으로 만복의 아내 역할을 하기도 한다.
>
> **만복**
>
> 40대 중반의 몸집이 큰 남자. 현오의 강한 인상에 비하여 유들유들한 얼굴표정의 남자이다.
>
> **검은 옷을 입은 신사**
>
> 제1장과 제2장에 등장하는 이 인물은 동일인일 수도 있고, 다른 인물이어도 상관없다.

시 간 ―

> 현대의 어느 해 겨울

무 대 ―

> 이 작품의 사건이 펼쳐지는 장소는 빈 공간이면 어디나 가능하다. 다리

가 네 개인 책상 하나와 적당히 낡은 걸상 두 개가 있으면 된다. 책상 위에는 전화기가 놓였다. 무대 뒷면에는 슬라이드 상영을 위한 흰 막이 있어야 한다. 특별한 조명장치는 필요 없지만 무대의 천장에 라이트가 달려 있어서 때때로 등장인물들을 비출 수 있어야 한다.

제1장

무대 뒤쪽의 걸상에 앉아 있던 현오가 책상 위의 안경을 집어 쓰면서 무대 앞쪽으로 천천히 걸어나온다. 그가 하는 말이 걸음의 박자에 맞듯이 무대 위를 구른다.

현오 : 예 그랬습니다. 그건 진실이었습니다. 사랑이라는 것이 말입니다. 내가 앉았다가 일어난 의자에 다른 사람이 다시 앉을 수 있듯이 이 세상에서 고정불변 하는 것은 없다는 말입니다. 역사의 바퀴는 올바른 방향으로 굴러갈 것이라고 믿어야 한다는 말입니다. 역사 의 바퀴를 굴리는 그것은 여기에 있었고, 지금 당장은 없다고 하 더라도 곧 돌아올 것입니다. (안경을 벗고 자기의 눈을 문지르며) 그 렇지만 보이지는 않을 겁니다. 그는 늘 내가 볼 수 없을 때에만 나타났으니까요. (안경을 다시 낀다)

평범하게 차려 입은 그의 아내가 신문을 들고 나와 걸상에 앉아서 신 문을 소리내어 읽는다.

아내 : 그림의 가격이 평가의 기준도 없이 비싸다. 귀국독창회는 성황리 에 끝나다. 국립극장의 단원들이 모여서 새로운 연극을 시도하다.

모두가 어제 같은 말이고 내일 같은 말이에요. 아, 이런 건 참 큰 일이군요. 이걸 좀 보세요. 수돗물을 그냥·먹을 수가 없대요. 오염 도가 기준치를 벗어났대나요?

현오 : 아내가 왔군요. 냄새처럼 말입니다. 나의 아내는 자기의 존재를 소리로 알리려고 하지요. 그렇지만 나는 소리로 보다는 냄새로 아 내를 봅니다. 존재의 익명성은 이름을 불러줌으로써 드러나기도 하지만 아내처럼 늘 있지만 없거나, 없지만 늘 있는 의미들을 찾 아내는 방법들은 개인마다 다를 것입니다. (아내에게 다가간다)

아내 : (남편이 가까이 오는 것을 보지 못한 듯) 이제는 돈을 주고 사먹는 모든 물건을 믿을 수가 없습니다. (좀 더 격앙된 소리로) 과일에서 부터 물까지 말입니다. 아니 금전과 관계된 모든 것을 믿을 수가 없게 되었습니다. (모든 것에 힘을 주어 말한다. 일어선다)

현오 : (아내의 맞은편에 서서 아내를 손가락으로 가리킨다) 어떤 사람들은 자기의 주변에 벌어진 상황들을 부정함으로써 자기 자신에게 의 미를 부여하려고 하기도 하지요. (아내는 고개를 가로젓는 동작을 계속한다) 부정의 연속은 긍정으로 귀착되리라는 꼴같잖은 전망 때문에 오늘을 버티고 있는 것입니다.

아내 : (현오에게 다가서는 몸짓으로) 여보, 요새 시장에 한 번 가 보세요. 만 원짜리 한 장으로는 살 물건이 없어요. 이 신문 좀 보세요. 물 가 너무 오른다. 금년 내 한 자리 수 물가 인상율 유지 어려울 듯. 그리고는 모두 올랐다는 얘기뿐이에요. (신문을 책상 위에 던져 놓 는다)

현오 : (아내의 말과는 무관하게) 그렇지만 계속되는 부정은 마침내 불안을 배태하게 되지요. 소리로 확인하던 단계에서는 상상도 할 수 없을 만큼의 속도로 불안은 그 씨를 확장해 나가는 겁니다. 겨울이 되 면 봄이 오리라는 희망보다는 춥다는 현실이 우리를 더욱 불안하

게 합니다. 나의 아내도 마찬가지입니다.

아내 : 얼마 전에 이사를 간 친구에게서 편지가 왔는데 그곳의 생활이 참
　　　재미가 있대요. 새로 만난 이웃들과 사귀느라고 낮 시간이 어떻게
　　　지나가는지 모르겠다는군요.

현오 : 자기가 맞대고 있는 생활에서 불안을 느끼면 무지개를 그리워하
　　　게 되지요. 가짜 목걸이를 위해서 평생을 세탁일에 바쳤다고 고백
　　　을 하더라도 어머 그랬어 하고 시큰둥하게 반응을 보입니다. 그러
　　　면서 무조건하고 어디로든지 가고 싶어합니다. 그곳에도 무지개
　　　는 함께 할 수 없다는 것을 훨씬 뒤에야 깨닫게 되지만 말입니다.

아내 : 거기에서는 요즈음도 집나간 노인을 찾습니다라는 말이 아이들
　　　사이에 많이 오간다는군요. 처음에는 무슨 뜻인지 몰라서 어리둥
　　　절했는데 어떤 정치가의 방황을 그렇게 풍유했더랍니다. 친구가
　　　어떻게 사는지 한번 가보고 싶어요.

현오 : (아내의 말과는 무관하게) 무지개는 없어요.

아내 : (자기의 말에 대한 반응인 줄 알고 반가워서) 친구 따라 무지개도 찾
　　　을 거예요. 아니 둘이서 무지개를 만들어 볼 거예요.

현오 : (아내의 말과는 무관하게) 무지개는 불안을 길러줄 뿐입니다.

아내 : (조금 이상한 듯이) 나는 불안하지 않아요.

현오 : (아내의 말과는 무관하게) 증폭되는 불안 속에는 사랑이 자라날 수
　　　도 없지요.

아내 : (현오의 표정을 살피면서 작은 목소리로) 그렇지만 저는 당신을 사랑
　　　하고 있어요. 당신의 꿈은 아직 이루어지지 않았지만 말입니다.

현오 : (아내의 말과는 무관하게) 오염된 사랑이 말입니다. 먹지 못하는
　　　과일처럼.

아내 : (지금까지 남편과의 대화에 초점이 맞지 않았음을 깨닫는다. 신문을 들
　　　추어본다. 큰 목소리로) 범죄와의 전쟁 선포 이후에도 강력범죄 잇

달아 발생. 서민들은 불안하다.

현오 : (깜짝 놀라면서) 그래 바로 그거야. 서민들 가장 불안한 존재들, 그
들은 무지개도 만들 수 없거든.

아내 : (자기의 큰 목소리에 머쓱해졌다가 남편의 말에 용기를 얻어서) 우리
도 서민이란 말예요.

현오 : (조용한 목소리로) 불안하지 않은 서민.

아내 : (흐느적거리는 몸을 일으키며) 날아가고 싶군요.

현오 : (혼자말로) 그가 곧 올 거야.

현오의 아내가 오른쪽으로 조용히 퇴장하고, 현오는 아내가 앉았던
자리에 앉는다. 안경을 벗어서 자기 것인지 확인하는 듯한 태도의 행
동을 한다. 무언가 풀리지 않는 의문을 간직한 표정이다.

현오 : (관객을 쳐다보며) 아내와 나는 이렇게 냄새로 살아갑니다.

무대의 왼쪽에서 검은 옷을 입은 신사가 등장한다. 검은 중절모를 썼
다. 근엄한 분위기를 자아내는 풍모이다.

신사 : (현오와 적당한 거리를 두고, 부드러운 음성으로) 그렇다면 자네의 냄
새는 무엇인고?

현오 : (말하는 자를 알아보지 못한다. 책상 위를 더듬어 안경을 찾아 쓴다.
검은 옷의 신사를 쳐다보고는 의아해한다) 다, 당신은 누굽니까?

신사 : 나비. 나비라네. 자네가 아까 말하지 않았나. 그는 알아볼 수도 없
고 알아보지 않을 수도 없는 존재라고. 그리고 곧 올 거라고. 관객
들에게 그렇게 약속하지 않았나. 그래서 극작가가 나를 만들었고
연출가도 나더러 무대 위로 올라가 보라고 하더군. 자네가 무슨

말을 할거라고.

현오 : 아니 그러면 당신은 배우가 아닙니까?

신사 : 아, 이 사람아. 그러니까 나는 배우라면 배우고 아니라면 아니지. 자네가 그렇게 말을 했대도 그러네. 자네는 지금 뭔가를 기다리고 있지?

현오 : (멍하니 신사를 쳐다본다. 아무래도 이 사람이 왜 나타났는지 알 수 없다는 표정이다)

신사 : 여보게. 담배 가진 것 있나?

현오 : 없습니다.

신사 : 술은?

현오 : (쳐다본다)

신사 : 역시 없겠지. (조금 쉬었다가) 자네 바둑 둘 줄 아는가?

현오 : 모릅니다.

신사 : (현오의 대답이 끝나자마자) 장기는?

현오 : 모릅니다.

신사 : (현오의 대답이 끝나자마자) 고스톱은 칠 줄 아는가?

현오 : 모릅니다.

신사 : (현오의 대답이 끝나자마자) 포카는 칠 줄 아는가?

현오 : 모릅니다.

신사 : 불안하기 때문이지? (조금 쉬었다가) 친구는 있는가?

현오 : (손목시계를 들여다본다)

신사 : 시간이 많이 늦었단 말이지. 내가 전화를 해 보지. 이 친구가 집에 있을까? (전화기를 자기 앞으로 돌려놓고 번호를 누른다. 현오는 좌불안석하다가 될 대로 되라는 식으로 체념한 몸짓이다. 신사는 점잖은 소리로 통화를 한다. 대사의 장면에 합당한 사진들이 슬라이드로 무대에 비추인다) 아 여보세요. 얼마 전에 사고를 낸 버스의 운전사가

전과범이었다지요? 자기의 죄를 속죄하는 의미에서 여러 사람들
을 천당으로 데리고 갔다고요? 기가 막히는 일이군요.

현오 : (두 귀를 막고 있다가 송수화기를 빼앗으려고 벌떡 일어난다)

신사 : (몸을 구부려 피하면서 자연스럽게 이야기를 이어 나간다) 그런데 그
차가 어디로 가는 중이었습니까? 집으로 가는 참이었다고요? 일
은 다 끝낸 상황이었군요. 그리고 지난 번 홍수로 해서 집을 잃어
버린 사람들은 어디로 갔습니까? 주소불명이라고요? 우편번호를
붙일 수가 없군요? 그 사람들 자유의 집으로 몰려 간 건 아니지요.
이름이 그래서 말입니다. (송수화기를 내버리고 무대 위를 거닐면서
말을 한다) 여보세요, 세금이 많이 걷힌다는데 얼마 전에 해직된
교사들을 위해서 특별학교를 하나 세우면 어떨까요. 교과과정을
민주적으로 만들어 잘 운영하게 되면 아, 이튼스쿨이 따로 있습니
까. 타고난 저마다의 소질을 계발할 기회가 주어진다면 우리나라
의 학생들은 무어든지 잘 할 겁니다. 학생들이 거리에서 흉기를
잘도 휘두르지요? 열한 살 된 아이가 죽었잖아요? ("범죄 없는 세
상에 살고 싶어요"라는 자막이 비치고 신사의 대사는 잠깐 멎는다)

현오 : (나지막한 소리로) 죽은 건 그 애뿐이 아닙니다.

신사 : (현오를 힐끗 쳐다보고) 자네처럼 작은 목소리를 내어서는 아무 것
도 이루어지질 않아.

현오 : 많은 사람들이 모여서 큰 소리를 내도 안 됐습니다.

신사 : 그래서 자네는 해직을 당했고.

현오 : (혼자말로) 담배를 피우고 싶군.

신사 : 그래서 대상 없이 불안해진 거고.

현오 : (혼자말로 아까보다는 큰 소리로) 피를 먹고 똥을 먹는 사람들이 할
일이란 설사밖에 더 있습니까.

신사 : 그래서 대상 없는 불안을 사랑하게 된 거고.

현오 : (큰 소리로) 로얄 스트레이트!

신사 : (어떤 발견을 한 듯이) 자네 지금 뭐라고 했나? 피, 똥, 설사, 로얄
스트레이트라고? 그래, 로얄 스트레이트는 살려 달라고 애원하는
어린애를 구덩이에 산 채로 묻은 것이야. 이제 전화도 필요 없게
됐어. 말이 통하지 않으니까 말이야. 어린애가 살려 달라고 하는
말을 낮살이나 먹은 놈들은 땅에 묻어 달라고 하는 줄로 알아들
을 지경이 됐으니 자네가 대상 없는 불안을 사랑하는 것도 하나
의 지혜일 수 있지.

현오 : 우리의 현실과 미래에는 오직 검은 장막이 있을 뿐입니다. (서서히
일어나서 무대의 오른쪽으로 퇴장한다.

신사 : (늘어져 있는 송수화기를 바라보면서 관객을 향하여) 저것을 누가 어
떻게 제자리에 가져다 놓느냐 하는 것이 장막제거의 관건입니다.

암전된다. 효과음으로 뚜벅뚜벅 걸어가는 사람의 구두소리 계속하여
들린다.

제2장

어두운 가운데 구두소리 계속 들리다가 그치면 무대가 밝아진다. 무
대 뒤쪽의 걸상에 앉아있던 만복이 책상 위의 책을 손에 들고 무대
앞쪽으로 천천히 걸어 나온다. 그가 느리게 지껄이는 단어들이 무대
위를 구르듯이 조용히 춤을 춘다.

만복 : 이 친구 한밤중에 전화를 걸고 야단이더니 어떻게 된 거야? 새벽
같이 달려왔는데. 내가 장소를 잘못 알아들은 것은 아닐 텐

데……. (적당한 위치에 멈추어 관객을 향하여) 예, 그랬습니다. 그
건 진실이었습니다. 어떻게 하든 자기의 가치는 스스로 부여해야
한다는 것이 말입니다. 내가 앉았다가 일어난 의자에 다른 사람이
앉을 수 있듯이 이 세상에서 고정불변 하는 것은 없습니다. 따라
서 그 의자에 자기의 의미를 새겨 놓아야 한다는 것입니다. (책을
펼쳐 보면서) 그렇지만 부여된 모든 의미들을 알아볼 수는 없습니
다. 그것은 늘 내가 알 수 없는 때에만 나타났으니까요. 그것은 백
번 읽어서 드러나는 의미와는 다른 것입니다. (책을 덮는다)

외출 준비를 한 그의 아내가 등장하여 걸상에 앉는다. 그녀의 차림새
가 매우 사치스럽다.

아내 : 그 친구는 거기로 이사한 것을 무척 잘 했다고 생각하나 봐요.
만복 : 아내가 왔군요. 바람처럼 말입니다. 나의 아내는 자기의 존재를 냄
　　　새로 알리려고 하지요. 그렇지만 나는 냄새보다는 바람으로 아내
　　　를 봅니다. 바람이 냄새보다 빠르니까요.
아내 : 그 친구에게 두 가지 선물을 해야겠어요. 정수기하고 요사이 신문
　　　을요. 아마 지금은 필요 없다고 하겠지만 언젠가는 꼭 소용이 있
　　　을 겁니다.
만복 : 내가 오늘날 정수기도 사고 여러 가지 신문을 볼만큼 잘 사는 이
　　　유도 바람 때문입니다. 연기처럼 바람을 따라 다닌 거죠. 집 한 채
　　　값과 맞먹는 정수기를 여러 개 샀으니까요. 신용카드가 아닌 현찰
　　　로. (여유 만만한 자세로 다시 한 번) 현찰로 말입니다. (아내에게 다
　　　가간다)
아내 : (남편이 가까이 오는 것을 보지 못한 듯) 거기서는 아직 믿음이 있는
　　　모양이에요. 그러니 내가 그런 선물을 갖다 주더라도 불쾌하게 여

나비꿈　19

기지는 않겠죠? (대답을 기다리지는 않는다)

만복 : (아내의 맞은편에 서서 아내를 손가락으로 가리킨다) 어떤 사람들은 자신이 처한 상황에 대해 만족을 하면서도 그 만족에 대한 불만을 변증법적으로 잉태함으로써 살아 있다는 증거로 삼으려고 하지요. (아내는 고개를 가로젓는 동작을 계속한다) 그 불만의 해소는 무엇인가 끝없이 소유하고자 하는 행위로 나타나고, 그 소유하고자 하는 것도 최고급을 지향합니다.

아내 : 비행기표가 쉽게 구해질지 모르겠어요. 항공사 직원에게 미리 부탁을 해 두는 건데. 배를 타고 갈 수도 있지만 바닥으로 가기보다는 위로 가는 것이 나을 것 같아요.

만복 : 최고급의 물건을 소유하면 자신이 최고급이 되는 겁니다. 이건 지금까지 내가 쫓아다닌 바람이죠.

아내 : 갔다가 오려면 적어도 두어 달은 걸릴 거예요.

만복 : 당신의 친구는 무지개를 만들 수 없어. 나비는 지금 여기에 존재하는 거야. 안개를 보라구. 자기가 있는 곳의 안개는 보이질 않아. 나는 바람으로 그걸 알지. 당신도 나를 바람처럼 느낄 수 있어야 해.

아내 : (남편을 바라보며) 같이 가자는 것은 아닙니다. 당신의 행복을 깨고 싶지는 않아요. 기다려 주기만 하세요.

만복 : 그가 곧 올 거야.

아내, 남편을 한동안 바라보다가 몸을 돌려 무대의 오른쪽으로 나가 버린다. 따라가면서 무슨 말을 할 듯하다가 멈추어서는 만복. 조금 후에 자동차의 엔진소리가 들린다. 소리가 점차 작아지자 만복은 책상 쪽으로 다가가서 의자에 앉는다.

만복 : (책을 뒤적거리며) 바람이 사라졌군. 기다려 달라는 말과 사라졌다
　　　는 말의 연관관계는 무엇인지 한 번 알아보아야 하겠는걸. (송수
　　　화기를 집어든다)

　　　무대 왼쪽에서 검은 옷을 입은 신사가 등장한다. 하얀 중절모를 썼다.
　　　목소리가 카랑카랑하다.

신사 : 그 전화기로는 통화가 안 되네.
만복 : (흠칫하는 동작으로 신사를 바라본다) 누구십니까? (일어선다)
신사 : 누구냐고? 내가 누구냐고. 사람들은 나를 보면 대부분 그렇게 묻
　　　지. 나는 나야. 잘 보면 묻지 않아도 알 만한데 그냥 습관적으로
　　　묻는 거야. 상대방을 확인하지 않고서는 믿을 수 없다는 생각에서
　　　겠지. 자네 정도의 재산을 모으자면 그러한 정확성이 필요했겠지.
만복 : 개인의 삶에 대해서 미주알 고주알 하는 것은 좋은 일이 아닙니다.
신사 : 그렇지만 나는 자네보다 자네에 대하여 더 잘 알고 있다네.
만복 : (무슨 의미의 말인지 알아차리지 못하고) 예에?
신사 : 옷을 헤치고 자네의 가슴을 드려다 보게.
만복 : (그대로 한다. 놀라서) 아니, 이 이럴 수가. 가슴이 어디로 갔군요.
신사 : 어떤가. 이제 내가 누군지 알겠나? 나는 자네의 가슴이야.
만복 : (긴장된 소리로) 어떻게 된 일입니까?
신사 : 내가 왜 왔는지 궁금하겠지?
만복 : (고개를 끄덕인다)
신사 : 자네가 가진 근거 없는 자만심, 무용지물인 자신감 때문이지. 그것
　　　으로 인해서 자네의 가슴은 거의 다 썩어가고 있다네.
만복 : (두 손으로 가슴을 쓰다듬어 본다)
신사 : 고아원을 아는가?

만복 : (고개를 가로젓는다)

신사 : 소년소녀 가장은?

만복 : (같은 동작을 한다)

신사 : 양로원은? 경로당은? (좀 빠르게) 요셉의 집은? 꽃동네는?

만복 : 연말연시에 한 번씩만 인사를 가면 되는 곳들이죠.

신사 : 그런 차가운 가슴을 지닌 자가 바람을 따라 다니면 그 결과가 어떻게 될까? (만복의 표정을 저으기 살피고 나서) 동전의 한 쪽을 바라보고 전부라고 착각하겠지. (전화기를 가리키며) 이 전화로 통화를 하지 못하는 자는 이 세상에서 단 한 사람뿐이야. 그 사람을 찾아서 희생양으로 바치면 자네의 가슴은 더워질 수 있지. 자, 아무데든지 자네가 잘 아는 곳으로 전화를 걸어보게.

만복 : (망설이면서) 만약에 통화를 하지 못하면…….

신사 : (태연하게) 자네의 목숨은 다른 사람을 위해서 바쳐지는 것이지.

만복 : (전화기에 손 댈 엄두를 못 낸다)

신사 : (조금 큰 목소리로) 왜 못 하나. 자네가 할 말은 얼마든지 있잖은가? 아이구 이 할망구야, 그래 평생을 김밥장사로 번 재산을 보상도 없이 낼름 헌사를 한다는 말이야? (신사의 말에 관계된 장면들이 슬라이드로 무대 뒷면에 투사된다) 당신과 비슷한 인간들이 또 있더구만. 죽도록 고생하여 집장사를 하다가 돈 좀 벌었다고 재산을 지역사회에 환원한다느니 어쩐다느니 하면서 아파트를 기증했다는 엉터리 친구야. 요즈음은 지옥이 만원이라 이 세상에서 착한 일을 하지 않아도 천당에 갈 수 있단 말이야. 그 돈으로 싹쓸이 짓고땡이를 하거나 외국에 가서 부동산 장사를 했어 봐라. 자손 대대로 꺼떡거리며 살 수 있을 텐데. 교과서에서 배운 것이 전부인 줄 아는 어리석은 자들아. 교과서에도 왜곡된 것이 많이 있다는 것을 모르니 한심하기도 하다. 선친의 유산을 잘 지키는 것이

자식의 도리이거늘 그것을 심장병 어린이들을 위하여 내버리는
자여. 그대들의 헛되고도 헛된 일을 다른 사람들이 본받을까 두렵
다. 뭐 이런 얘기 말이야.

만복 : (화가 나서 송수화기를 집어든다. 천천히 번호를 누른다. 신호음이 들
린다. 상대방에서 수화기를 드는 상징음. 만복은 기쁜 표정) 여보세요.
(대답이 없다. 좀 소리를 높여) 여보세요. (다급하게) 여보세요. (응답
이 없다. 만복이 절망적인 표정으로 신사를 바라본다. 신사는 당연한
일이라는 듯 고개를 주억거린다. 만복은 송수화기를 늘어뜨린다)

신사 : 갈 곳은 정해졌네. 이제 자네의 바람은 불지 않을 걸세.

만복 : (가슴이 허전하여 자꾸 옷깃을 여민다. 조금 있다가 의자에서 허우적거
리듯이 일어선다)

신사 : (늘어뜨려진 송수화기를 가리키며 관객을 향하여) 저것을 누가 어떻
게 제자리에 갖다 두느냐 하는 것이 무지개를 만드는 관건입니다.

신사가 비틀거리는 만복을 부축하고 퇴장하면 서서히 암전된다. 그
둘이 무대에서 완전히 사라지기 직전 효과음으로 "여보세요, 현대 고
아원입니다." 하는 여자의 목소리가 들린다. 둘이는 화들짝 놀라서 서
로 바라보다가 사라진다.

제3장

초인종 소리가 들리는 것을 신호로 현오가 왼쪽에서 등장한다. 무대
가 어두운 가운데 현오에게만 스포트라이트가 비추인다. 현오의 모습
이 좀 초췌하다.

현오 : (약간 들뜬 소리로) 여보. 그래 지금 오는 길이요? (두루 살핀다. 대답
이 없다. 대답이 없는 데에 대한 안타까움을 나타내는 현오, 그렇지만
무언가 관객들에게 말하고자 한다) 아내란 그런 거더군요. 냄새로
상대의 존재를 확인하는 버릇을 가졌던 내가 스스로의 미망에 빠
져버린 것은 아내가 떠난 후에 그녀의 냄새가 나의 주변에 더욱
짙게 남아 있다는 걸 깨닫고 난 후였습니다. 현실에 만족할 만한
일을 갖지 못한 나는 미래에 거는 새로운 희망도 없었지요. 그러
나 아내는 늘 자기가 처한 상황을 벗어나려고 말없는 몸부림을
했습니다. 그래서 자기 친구를 찾아간 거였죠. 거기서는 매우 유
익한 시간을 보내는 모양입니다. 아내는 나에게 소식을 한 번도
전하지 않았으니까요. 아내가 없는 사이에 나는 밤마다 높은 산
위로 돌을 굴려 올리는 꿈을 꾸었습니다. 산꼭대기에 돌을 멈추게
하고 잠시 쉴려면 그 돌은 다시 산 아래로 굴러 내렸습니다. 쫓아
가서 그 돌을 다시 산꼭대기로 굴려 올렸지만 마찬가지였습니다.
정상에서 돌을 꼭 잡고 있으려 했지만 그때마다 무슨 일이 생기
는 거였습니다. 이제는 잠을 자지 않으려고 합니다. 스스로에게
고문을 하는 거죠. (말을 멈추고 관객을 둘러본다. 주위가 조용하다.
풀이 죽은 목소리로) 그 신사도 오질 않는군요. 장기도 뜨고 바둑도
두고 고스톱, 포카도 치고 설사라도 하면서 아내를 기다릴려고 했
는데 말입니다. (이리저리 거닐면서 아내의 모습이 나타나길 기다리
는 눈치다. 얼마의 시간이 지나도 그의 아내는 오지 않는다) 아내를
기다리다가 지쳐서 헛소리를 들은 모양입니다.

현오가 힘없이 퇴장하는데 라이트가 따라 가다가 꺼진다.
다시 초인종 소리가 들리면 이번에는 만복이 등장한다. 스포트라이트
가 그를 비춘다. 만복의 얼굴에 유들유들한 기운은 사라지고 모습은

꾀죄죄하다.

만복 : (반가운 목소리로) 당신이 왔구료. 오래 기다렸소. 여보. (기척이 없다) 왜 이러는 거요. 빨리 나타나구려. (기척이 없다) 그래, 당신 말이 옳았소. 바람으로 세월을 가늠하려 했던 내가 못난이였소. 무지개를 찾아 나선 당신에게 내가 너무 심하게 했었나 보오. 그렇지만 전화 한 통 (전화라는 말에 스스로 놀라) 아니 편지 한 장 보내질 않는단 말이오?
여보, 이제는 현실적 만족이라는 열차에서 내리겠소. 다음 열차를 타야 하는 고아원생, 소년소녀 가장들에게 자리를 마련해 주어야 하겠소. 그 신사가 여러 곳을 알려줍디다. 그 아저씨도 참 웃깁디다. 전화 (또 놀라면서) 전화의 송수화기를 어떻게 놓느냐가 중요한 일이라고 매우 강조를 합디다. (억지로 웃을려고 하지만 잘 안된다)
당신이 여기에 있을 때 내가 읽었던 책 속에 불의 얘기가 있었소. 하늘에서 인간들에게 불을 가져다 주고 자신은 온 몸을 쇠사슬로 꽁꽁 묶이는 고통을 당했다는 얘기 말이오. 당신이 친구를 찾아가고, 그 신사와 대화를 나눈 후에야 그 뜻을 조금 알게 되었소. 여보. 이제 얼굴을 좀 나타내요. 당신 친구에 관한 얘기도 좀 들어봅시다. 난 혼자 여기서 계속 지껄일 수는 없잖소. 현관문도 닫아야 하고 오늘 입금액도 다시 확인해야 한단 말이요. (그의 아내는 나타나지 않는다. 만복은 좀 더 기다리다가 돌아서면서 맥 빠진 소리로) 아내를 기다리다가 지쳐서 헛소리를 들은 모양입니다.

만복이 퇴장하는 대로 조명이 따라 가다가 꺼지고 무대 전체가 밝아진다.

아내가 환상적인 옷차림으로 나비모형을 들고 등장하여 관객에게 한
동안 보여주고는 그것을 책상 위에 올려놓고 퇴장한다. 그녀가 퇴장
하자마자 초인종 소리가 들린다. 좌우에서 현오와 만복이 급히 나온
다.

현오, 만복 : (동시에) 누구요? (일정한 거리를 두고 마주 선다)

　　　무대의 모든 조명이 꺼지고 책상 위의 나비모형에만 조명이 들어온
다. 조금 후에 슬라이드로 "나는 나비가 되었어요."라는 문구가 무대
뒷면에 드러난다. 현오와 만복이 천천히 걸어가서 책상의 좌우 모서
리를 잡고 무릎을 굽힌다. 이때 슬라이드는 꺼진다.
나비모형과 현오와 만복에게 조명이 비친다.

현오 : (슬픔을 깨무는 소리로) 여보. 지금은 겨울이요.
만복 : (안타까움을 못 참는 소리로) 여보. 날아볼 수도 없잖소.

　　　두 사람의 정지된 동작. 얼마의 시간이 지난 후 슬라이드로 "그들은
모두 나비가 되었다."는 문장이 투사된다. 음악이 흐른다.

— 막 —

날개달기

시간 —

　현 대

장소 —

　규모가 어느 정도 되는 현대 주택

등장 인물 —

　40대 초반의 남자

　그의 친구

　남자의 아내

　시부모

　동네 아이(열 살 정도 성별에 관계없음)

어느 날 초저녁.

심란한 음악이 흐른다.

남자와 그 친구가 마당의 간이 의자에 앉아 잡담을 나누고 있다.

무대 오른쪽에 커다란 은행나무가 있다.

남자 : (시선을 한 곳에 고정시키지 못하고) 이런 때는 말이야, 괜히 어디론

가 멀리 떠나고 싶은 마음이 굴뚝같단 말이야.

친구 : 야, 이 사람아. 할 일이 없어서 자네하고 나하고 이렇게 마당에 앉아 있는 게 벌써 몇 달쨋데.

남자 : 그러니 여행 타령이나 한 번 해보는 거지.

친구 : 여행, 그거 다 돈이 있을 때 하는 소리 아닌가?

남자 : 그래, 그래도 직장에서 일할 때가 좋은 때였어.

친구 : (일어나서 서성거리며) 월급 올려달라고 투쟁도 하고 말이지.(씩 웃는다)

남자 : 그건 투쟁이 아니었지. 우리의 당연한 권리를 주장하는 거였으니까.

친구 : 하긴, 그때는 모두가 다 의기양양했었지.

남자 : 북어 고추장을 듬뿍 발라서 숯불에 착 구워서

친구 : (신이 나서) 쐬주하고

남자 : (얼른 받는다) 퇴근길에 말이야

친구 : (들이키는 시늉을 하며) 원 샷

남자 : (머리에 술잔을 엎는 자세) 확인!

친구 : 한 잔 더!

남자 : 아줌마! 오늘 외상이우.

친구 : (얼른 받아서) 그때 그 포장마차 참 기똥찼는데.

남자 : 가봤어?

친구 : 우리가 이러고 있는 게 언제부턴데…….

남자 : 허긴…….

친구 : 나는 그렇다치고 말이야, 자네는 어떻게 된 거야?

남자 : 뭘?

친구 : 아니, 자네 직장에 들어갈 때는 벤츠기업인가 빤스기업인가 뭔가 해서 장래가 밝은 회사라고 그랬잖아?

남자 : 벤츠 기업? 그래, 그때는 그랬지. 벤츠보다 훨씬 장래성이 있는 벤
　　　처 기업이라고들 그랬지.

친구 : (목을 손으로 그어가며) 그런데 왜 갑자기 이렇게 된 거야?

남자 : 낸들 자세히 알겠나.

친구 : 아니, 아니 공부—하면 맨날 (엄지손가락을 세워 보이며) 이거만 하
　　　던 자네가 무슨 소리하고 있는 거야?

남자 : (조금 화가 난 듯) 보면 모르겠나. 공부—하면 맨날 (엄지 손가락을
　　　세우며) 이거만 하던 나는 마누라 일하러 간 사이에 집에 앉아서
　　　기와집을 한 시간에도 열 두어 채씩 짓고, 공부—하면 맨날 (새끼
　　　손가락을 세우며) 이거만 하던 자네는 아직 일자리를 가지고 있잖
　　　나.

친구 : 그러니까 그 까닭이 무어냐 이거야?

남자 : 까닭? 까닭? 글쎄……. 환율 때문이라고나 할까.

친구 : 그러면 자네는 직장에 있을 때 월급을 타서 모조리 딸러로 바꾸어
　　　놓았나?

남자 : 답답하기는.

친구 : 답답하기는 뭘. 우리 회사 사장도 딸러 사놓았다가 지금은 본전도
　　　다 까먹었다고 투덜대든데.

남자 : 왜 그 딸러를 전부 택배해 버렸나?

친구 : 비웃지 말게. 사장하고 우리 종업원이 넷밖에 안 되는 직장이지만
　　　그래도 재미있어.

남자 : 학교 시절에 오토바이를 어지간히도 좋아하더니.

친구 : 아버지한테 혼도 많이 났지.

남자 : 학교에서는?

친구 : 그래도 심야에 자네를 집까지 태워다 주기도 여러 번 했잖아.

남자 : 그래, 자네는 의리에 죽고 의리에 자는 의리맨이었지.

친구 : 지금은 안 그렇나?

남자 : 허긴, 내가 공부 잘 해서 잘 나가는 줄 알고 주위 사람들을 우습게 안 적도 있었지.

친구 : 야야, 그런 얘기는 할 거 없구.

남자 : 그게 사는 거야.

친구 : 그래 그 딸라를 어떻게 했어?

남자 : 에이 답답하기는.

친구 : 그러니까 답답하지 않게 설명을 해봐. 우리가 택배를 나갈 때도 말이야, 잘 모르는 길이라도 설명을 잘 들으면 쉽게 찾아 가거든.

남자 : 벤처한다고 외국에서 기계도 사들이고 딸러도 빌려다가 사업자금을 해서 돈을 벌 수 있었잖아?

친구 : 그렇지. 사업을 하려면 남의 돈도 좀 얻어 써야 하니까.

남자 : 거기까진 맞았어. 그런데 우리나라의 외환이 바닥나는 바람에 기곗값을 갚지도 못하고 빌려온 돈도 못 갚으니까 회사가 그대로 넘어진 거지.

친구 : 그럼 그 사장은 어디로 갔어. (오랏줄에 묶인 것처럼 팔을 내밀고) 이거야?

남자 : 그랬으면 내가 이렇게 허탈하지는 않지.

친구 : 그러면?

남자 : 돈을 빼돌려서 날아 버린 거야.

친구 : 어디로?

남자 : 모르지.

친구 : 아니 그걸 말이라고 하나? 목숨이 걸린 거잖아?

남자 : 그게 말이 된다는 걸 이제야 알았어. 학교에서는 그런 거 안 가르쳐주었거든.

친구 : 한심하다, 이 우등생. 일찍 말했으면 내가 오토바이 타고 쫓아가서

　　　　박살을 내주었지. 하기야 자네가 나에게 그런 말을 하겠나.

남자 : 농담이라도 고맙네. 이 사람아.

친구 : 그럼 이렇게 마냥 있을 거야?

남자 : 그러면?

친구 : (집을 둘러 보며) 자본금을 마련해서…….

남자 : (친구가 목을 돌리는 걸 바라보고 있다)

친구 : 요즈음 돈이 되는 게 부동산밖에 더 있나? 이 집은 정원 널찍하잖
　　　아.

남자 : (더 멀뚱해진다)

친구 : 아니, 학교 댕길 때는 척하면 알아듣더니 이제는 먹통이 됐군. 실
　　　업자 생활 몇 달만에 우등생이 등신이 됐군.

남자 : (일어서며) 그러면 이 집을 팔아서? (제스추어를 쓰며) 안 돼! 이 집
　　　은 우리 할아버지께서 힘들여 장만하신 거야. 우리 아버지는 이
　　　집을 절대로 팔지 않으신다구. 가문대대로 물려줄 재산이란 말이
　　　야.

친구 : 그래 그런 자네 아버님께서는 지금 시골에서 자네가 보내드리는
　　　용돈으로 잘 사시잖아?

남자 : (힘없이) 용돈 못 보내드린 지도 벌써 여러 달 됐어.

친구 : 이 똑똑한 아들! 이 똑똑한 아들!

남자 : 지금은 실업자라는 말씀을 못 드리겠어.

친구 : 이 사람, 하는 일은 벤츠였는데, 할 일은 리어카야. 지금 조상이
　　　어쩌구 저쩌구 할 때가 아니야.

남자 : 내 힘으로는 안 돼.

친구 : 내가 물건을 배달하러 가보면 말이야, 돈을 조금 더 벌기 위해서
　　　자신의 모든 것을 희생하는 사람들을 여기 저기에서 볼 수 있어.

남자 : 그래도 지킬 건 지켜야지.

친구 : 이 집 팔아서 택배회사 차리자는 말은 아니야, 이 사람아.

남자 : (화를 내며) 나더러 어쩌란 말이야. 잘 나가던 회사가 나의 뜻과는
　　　관계없이 하루아침에 폭삭 망해 봐. 머리 속에 지렁이 기어가는
　　　것 같은 고민만 쌓인다구. 자네는 몰라.

친구 : (큰 소리로) 그래, 난 모른다. 무식했으니까, 학교 시절에 공부 잘
　　　하던 놈, 그 놈도 별 수 없구나. 그래도 그런 놈들은 위기가 닥쳐
　　　도 잘 헤쳐나갈 줄 알았다, 특히 너같은 놈은 말이다!

남자 : (더 큰 소리로) 그래 실컨 비웃어라. 그렇지만 삿대도 돛대도 없이
　　　어떻게 배를 타고 가나?

친구 : (조용한 소리로) 여보게, 친구. 내가 진심을 말해 보까?

남자 : 진심?

친구 : 그래, 진심.

남자 : 말해봐.

친구 : (빈정거리는 투로) 자네 지금 뭔가를 즐기고 있는 거지?

남자 : 즐겨? 뭘?

친구 : 식구들에 대한 의무감에서 벗어나서 회사가 망하고 사장놈이 돈
　　　을 빼돌려서 도망갔다는 핑계로 무장해제하고 있는 거지, 맞지?

남자 : (어이가 없다)

친구 : 똑똑한 놈들은 남이 알지 못할 것 같은 일을 종종 하거든. 아무리
　　　머리가 좋아도 기계가 아닌 이상 좀 쉬어야 할 때도 있는 법이야.
　　　내 오토바이도 하루 종일 시동을 걸고 다닐 수는 없거든. 그리고
　　　는 식구들에게 겁을 주는 거지. 거 봐라, 내가 벌어 들이지 못하니
　　　까 고통스럽지, 그러니까 나에게 대한 대접을 똑바로 해. 나는 돈
　　　버는 로봇이 아니란 말이야. 뭐 이런 거 아니야?

남자 : 얼씨구, 잘 한다.

친구 : 세태를 핑계삼아 자신의 위력을 과시하려고 하는 얄팍한 마음 때

문에 투자할 수 있는 여유가 있는 데에도 조상이 어쩌니 하면서 일종의 책임회피를 하는 거지? 그래도 지금은 그게 통하게 돼있어. 세상이 그렇게 만든 거지.

남자 : 그리고는 이렇게 말할 수도 있지. 자 봐라, 그렇게 똑똑하던 아무개도 실업자인데, 나는 아직 건재하다. 학교 시절에는 내가 뒤떨어졌었는지 모르지만, 지금은 그렇지 않다. 나는 무슨 일이라도 해서 돈을 벌어 오고 있지 않느냐? 그러니 나에 대해 대접을 똑바로 해라, 이렇게 말이야. 그리고는 꼭 말을 더 보태지. 학교의 성적은 사회의 성적이 아니란 말이야. 아무개를 보아라 살아. 있는 답이란 말이다, 이렇게 말이야.

친구 : 그래, 그랬었는지도 모르겠다. 지금은 아니다.

남자 : (머리를 들고 위를 쳐다보며) 한 잔 했으면 좋겠다.

동네 아이가 들어온다. 두 남자 머쓱하다.

아이 : (살피다가) 안녕하세요?

남자 : 으응. 너 왔구나.

친구 : 얘는 누구야?

아이 : 이 아저씨하고 저하고는 친구예요.

친구 : 친구?

남자 : 으응.

친구 : 이제 나이조차 깎아 먹는군. 아들 만한 놈하고 친구를 하니, 나는 그만 가야겠군.

아이 : 아저씨도 친구하면 되잖아요?

친구 : 너하고 나하고?

아이 : 아이는 어른의 아버지. 이거 누가 한 말인 줄 아세요?

친구 : 어른이 아이의 아버지지 어떻게 아이가 어른의 아버지냐?

아이 : (남자를 보고) 이 아저씨 원래 이렇게 무식해요?

남자 : 아니, 나보다 훨씬 똑똑해.

아이 : 그러면 왜 아저씨가 아는 걸 이 아저씨는 몰라요?

남자 : 어른들은 생활에 쫓기다 보면 그럴 수도 있단다.

친구 : 아주 독선생이 됐구나.

남자 : 요새는 말동무도 아쉽다.

친구 : 그래 누가 그런 말했니?

아이 : 영국의 시인, 바이런이요.

남자 : 애 발음 좋지? 바이런.

친구 : 바이런보다는 바이올린이 낫지. 영어 많이 해라. 아는 거이 힘이
다. 니기미, 요새는 애들이 씨부렁거렸다 하면 영어란 말이야. 내
더러워서. (나갈 준비를 하며) 자 이 몸은 나의 집으로 택배 가겠소
이다.

아이 : 어른들은 할 말 없으면 나가버리거든. 우리 아버지도 엄마하고 싸
우다가 할 말 없으면 그냥 슬그머니 사라져 버린단 말이야.

남자 : 그래, 오늘 공부 많이 했니?

아이 : 예.

남자 : 그래, 학교 공부만이 전부는 아니다.

아이 : 요새는 아저씨가 계셔서 참 좋아요.

남자 : 왜?

아이 : 학교 끝나면 애들은 전부 학원에 가요. 거기서 노래하고 뭐하고
놀다가 저녁때가 되어야 집에 오거든요.

남자 : 그런데?

아이 : 그런데 저는 학원에 가고 싶어도 못 가요. 엄마하고 아버지가 둘
이 벌어도 할아버지 할머니하고 사니까 어려운가 봐요.

남자 : 그래 학원에 가고 싶지 않니?

아이 : 그런데 학원에 가거나 말거나 똑같은 걸요.

남자 : 왜?

아이 : 진짜 가고 싶어서 가야 결과가 좋지요.

남자 : 너는 가고 싶지 않단 말이냐?

아이 : 가고 싶지만 갈 형편이 안 되는데, 억지로 가면 마음이 편하지 않
아요. 그런데 아저씨 왕따지요?

남자 : 왕따? 그게 뭐야?

아이 : 에이, 아저씨도 그러니까 매일 이렇게 집에 계시는 거지요. 다 따
돌리니까 할 일이 없어서 말예요.

남자 : 그래 그런지도 모르겠다.

아이 : 저도요, 더러 왕따가 돼요.

남자 : 아니 왜?

아이 : 학교에 가면 애들이 전부 학원에서 있었던 일을 애기하거든요.

남자 : 그런데?

아이 : 그런데 저는 학원에 안가니까 할 말이 없잖아요. 그래서 애들하고
할 애기가 별로 없어요.

남자 : 저런. 그럼 어떻게 하니?

아이 : 그래도 요새는 신경끄고 살아요.

남자 : 신경끄고?

아이 : 그럼요. 그리고는 아저씨하고 이렇게 얘기하고 놀잖아요.

남자 : 왕따가 돼서 고민되지 않아?

아이 : 제 스스로 괜찮다고 생각하니까 별 문제 없어요.

남자 : 아이가 어른의 아버지인 게 맞는가보다.

아이 : 아저씨네에도 아이들이 있잖아요?

남자 : 그래 너보다는 다 크지.

아이 : 알아요. 길에서 오다가다 더러 만나서 알아요. 멋진 형님들이지요.

남자 : 그런데 이제 생각해보니 나는 우리 애들하고 이렇게 앉아서 이런
　　　 저런 얘기해본 적이 없었던 것 같애.

아이 : 돈만 주시면 되니까요.

남자 : (어이가 없다. 조금 있다가) 너, 엄마 아버지 사랑하니?

아이 : 그럼요. (갑자기 남자의 시계를 본다) 어, 집에 가서 엄마 기다려야
　　　 할 시간이 됐네.

남자 : 애가 애가 아니라 중늙은이야.

　　　 아내가 들어온다. 나가는 아이와 만난다.

아이 : 안녕하세요?

아내 : 응, 너였구나. (조금 피곤한 표정. 약간 꾸민 듯한 말투로) 나, 왔어요.

남편 : 수고했어.

아내 : 그래도 그런대로 재미도 있었어요.

남편 : 또 길가다가 울지 않았어?

아내 : 울긴요. 길가의 나무들을 보니까 진실을 보는 듯해요.

남편 : 아직 문학 소녀의 티를 벗지 못했군.

아내 : 영원히 문학 소녀이고 싶은 게 여성이에요.

남편 : (진지하게) 우리 아이도 우리를 사랑할까?

아내 : 그게 무슨 소리예요. 당근이지요.

남편 : 당근?

아내 : 내가 오늘 한 아이를 가르치러 갔는데, 그 아이가 글쎄 당근이지
　　　 요 이러더라구요.

남편 : (듣고 있다)

아내 : 그래서 그게 무슨 말이냐고 했더니 그냥 그럴 땐 그렇게 하는 말

이라는 거예요.

남편 : 정확하게 무슨 뜻인지는 모르고?

아내 : 그렇지요.

남편 : 그 애가 학교 공부는 잘 하나?

아내 : 당신만큼. (혀를 낼름한다)

남편 : (혼자말로) 당근이겠지.

아내 : 아 참. 오늘 당근 사 놓으셨수?

남편 : 당근이지이.

아내 : 아이, 징그러워.

남편 : 그럼, 우심뽀까?

아내 : 예?

남편 : 우리 심심한데 뽀뽀나 할까?

아내 : (조금 사이를 두고) 당신 실직한 뒤에 나에게 아양떠는 게 귀엽기도
　　　하고 서글프기도 해요.

남편 : 당근이라니까, 당근. (사이를 두고) 아니 왜 갑자기 당근은?

아내 : 오늘 아버님 어머님 오신다는 날이잖아요?

남편 : 그랬나? 아 참. 편지 확인해 보아야겠구만. 어딨지?

아내 : (안으로 들어가며) 그건 당신이 신주단지 모시듯이 주머니에 품고
　　　다니잖수!

남편 : 그렇지, 참. (주머니를 뒤진다. 편지 봉투를 꺼내어 펴본다) 맞았어!
　　　오늘이네. 이런 마중을 나가야 하는데.

　　시부모 들어온다. 아버지, 아직 정정하다.

아버지 : 마중 나올 거 없다. 니가 하도 바쁜 몸이니 우리가 택시 타고
　　　　왔다.

아내 : (안에서 급히 나오며) 제가 정신이 깜빡해서 그만. 죄송합니다.

어머니 : 요새는 늙은이가 고생하는 세상이야!

아버지 : 남편이 바쁘면 마누라도 바쁜 법이야. 자기 젊었을 때 생각해야
지.

남편 : 그래, 오시는데 불편하시지는 않으셨어요?

아버지 : 괜찮았다. 그 대신 가을인데도 먹을 거 많이 가져오질 못했다.
니들이 나중에 와서 가져가거라.

어머니 : 니들이 벌써 다녀갈 때가 되었는데, 소식이 없으니 니들이 너무
바쁜가 보다 싶었지. 그래서 우리가 모처럼 온 거야.

아버지 : 전화로 해도 되지만 전화하면 니들이 억지로 시간을 내야 할 것
같고, 그래서 오랜만에 편지를 한 번 써 봤지.

어머니 : (아들을 가리키며) 애가 전에는 편지도 곧잘 했는데, 장가들고는
전화나 해대지 편지는 통 쓰지를 않아요.

아버지 : 이 바쁜 세상에 편지는 무슨 편지. 전화나 자주 해줘도 늙은이들
은 고맙지.

남편 : 오신 김에 이번에는 시내 구경도 하시고 천천히 가세요.

아버지 : 그럴랴고 그런다. 이제 언제 자식네들하고 구경 다니겠냐? (정원
에 있는 나무를 보며) 이 나무를 보면 내 아버님 생각이 난다. 사람
들이 도시 한가운데 있는 집에 무어 하려고 나무를 심느냐고 말
하니, 아버님께서 은행나무는 변하지 않는 나무이니 이걸 보고 자
식들이 나를 사랑하는 마음을 기르게 하려고 그런다고 하셨지. 그
게 벌써 육십 년 전이야. 아버님은 가셨는데, 이 나무는 그대로 서
있구나.

어머니 : 또 그 타령이우. 시골집에서도 은행나무, 은행나무 그러고 산다.

아버지 : 내일 구경 다니려면 얼른 먹고 자야해. (안으로 들어간다.)

남편과 아내 표정이 난감해진다.
조명 꺼진다.
소리로만
'애들은 언제 들어오나?'
'여기저기 돌아다니려면 차에 기름도 듬뿍 넣어야 할게다.'

조명이 켜진다.
잘 정돈된 집안.
살림살이가 어지간히 정돈되어 있다.
약간 격정적인 음악이 흐른다.

남편 : (시계를 보며) 이거 또 늦잠을 잤군. 이제 완전히 긴장이 해제돼서
　　　　나사가 다 풀렸어. 그런데 (방안을 이리저리 둘러본다. 아버지 어머
　　　　니가 없다. 급하게) 여보! 여보!

아내 : (부엌 쪽에서 나온다) 왜 그래요?

남편 : 어머니 아버지, 어디 가셨어?

아내 : 모르겠어요.

남편 : (소리를 높여) 모르다니.

아내 : (따라 높이며) 아 일어나자마자 방안을 살펴보니 안 계신걸 어떻게
　　　　해요?

남편 : (소리 높게) 그러면 날 깨워야지.

아내 : (높게) 그래 당신 깨우면 지금 안 계신 어머님 아버님이 어디서 나
　　　　오십니까?

남편 : (조금 낮추어) 그래, 당신은 시부모를 별로 탐탁하게 여기지 않았으
　　　　니까.

아내 : (그냥 높게) 이 양반이. 지금 누구 소릴 하고 있는 거예요? 요새 들

어 당신이 아버지 원망 비슷하게 하는 소리를 했지 내가 왜 시부
모님을 탐탁하게 여기지 않아요? (신세 타령조로) 이제 애들이 어
지간히 크니 편하게 살려나 했더니, 남편이 덜컥 실업자가 됐지
요. 그래도 당신을 좀 쉬게 하려고 내가 요즈음 학습지 선생을 다
니고 있잖아요.

남편 : 이제 와서는 유세를 하게 됐군.

아내 : 당신, 시아버님이 당신을 도와주시지 않는다고 지금 나한테 화풀
이하시는 거지요?

남편 : 덮어씌우지 마!

아내 : 전에는 당신 혼자 똑똑해서 잘 나가는 줄 알았는데, 시절이 그렇
게 되질 않으니까 화가 나는 거지요. 잘 나갈 때는 가족이고 뭐고
없이 이리 뛰고 저리 뛰고. 실업자가 된 뒤에야 할 수 없이 집에
있는 거지요. 여자가 알량하게 일하러 다닌다고 배알이 꼴리는 거
지요.

남편 : 왜 이러는 거야.

아내 : 당신은 지금까지 혼자 똑똑해서 무슨 일이든지 다 할 것처럼 해
왔잖아요.

남편 : 지금 그렇지 않아. 요새는 내가 요만한 아이한테 배우고 있다구.

아내 : 그렇지만 아직 당신의 마음 속에는 당신을 도와 주시지 않는 시부
모님을 원망하고 있어요. 그래서 지난번에도 시골에 안 간 거잖아
요. 그때는 일도 없으면서 안 갔으니까요.

남편 : 그때는 면목이 없어서 그랬던 거지.

아내 : 그런 마음도 반은 있고, 반은 불만 때문이기도 했지요. 아버님이
재산을 조금만 팔아서 돈을 대 주시면 금방 돈을 벌 수 있을 것
같은 성급한 생각 때문이기도 했지요. 냄비처럼 뜨거워져서 야단
이었죠.

남편 : (두 팔을 들어 소리를 친다) 이제 누구든지 나를 마구 두들겨 패라. 오늘부터라도 오토바이 타는 법을 배워야겠다. 택배는 지금도 잘 되는 사업이래.

아내 : (더욱 냉정하게) 당신 같은 사람은 택배도 못해요. 이 도시의 지리를 잘 알아요? 이제 마흔이 다 되도록 아는 길이라고는 회사 가는 길하고 비행기 타고 외국에 가는 거밖에 더 있어요?

남편 : 그래, 그래서 나더러 어쩌란 말이야?

아내 : 조금만 더 참고 기다려 봐요. 세상의 일이라는 게 화를 낸다고 해결되는 게 아니잖아요. 때가 되면 소나기는 지나가는 거잖아요. 당신이 뭔가 잘 될 것같이 일할 때에는 아무도 뭐라고 하지 않았잖아요.

남편 : (고개를 숙이고 소파에 앉으며 머리를 쥐어 뜯는다) 알았어, 알았어. 당신의 말이 다 옳아. 그래도 나에게 자본금만 조금 있으면 회사를 만들어서 키울 수 있어. 사기를 치지도 않을 거야. 부모님 원망도 하지 않을 거야. 그냥 평범하게 살 거야. 허황한 꿈은 다 버렸다구. 요새 아이들에게서조차 뭘 배운다니까! (괴로운 몸짓)

아내 : 그렇지만 우리에게는 아무런 힘도 없어요. 오로지 기다리면서 기회를 보는 수밖에는요. 애들 학교 등록금은 융자를 내서 내거나 공부를 잘 하니까 장학금 타서 다니라고 하면 돼요.

남편 : 그러면 왕따된대.

아내 : 잘 살자고 하는데 왕따가 무슨 상관이에요.

남편 : 그래도 왕따는 안 돼.

아내 : 당신 같은 왕따는 되지 않을 거예요. 요새 애들이 당신 눈치만 슬슬 보고 있어요. 당신이 애들에게 다가가면 당신도 왕따는 안 돼요.

남편 : 그게 잘 안 돼.

아내 : 이따가 아이들보고 바카스 사오라고 할게요.

남편 : 이제 아버지로서의 권위가 사라졌는데, 바카스로 해결되는 게 아니잖아.

아내 : 실업자 생활 얼마 하더니 곧 가출하겠수.

남편 : 그래 내가 집에 있을 때 자꾸 놀려라. 나가면 그만이지. 아니 왜 내가 그런 생각을 하지 못했지? 가출, 가출!

아내 : (다가가서 붙든다) 아니 왜 이래요? 이러기를. 내 그 말 취소해요, 취소.

남편 : 취소가 문제가 아니라 나의 문제는 다른 사람이 해결해 주지 않으니 내 스스로 해결하는 수밖에 없잖아. 조금 모아 둔 돈은 다 써버렸고. 그 놈의 자식 찾는다고.

아내 : 내가 벌잖아요.

남편 : 그건 불쌍한 짓이지.

아내 : 여자도 일할 수 있다는 걸 몰라요? 좀 피곤하지만 괜찮아요.

남편 : 그건 얄팍한 핑계야.

아내 : 그래요. 지금 당신이 실업자라 하더라도 나를 사랑하는 마음이 사그라들지 않으면 언젠가는 당신이 꿈꾸어온 새로운 형태의 기업을 이룰 날이 있을 거예요. 그때까지 참읍시다.

남편 : 그게 힘들어.

　　　전화 벨 소리.

남편 : (수화기를 든다) 여보세요?

소리 : 세광이냐?

남편 : 아니, 아버님 어떻게 된 거예요?

소리 : 그래 놀랬지?

남편 : 지금 어디세요?

소리 : 여기? 버스 정류장이다.

남편 : 예?

소리 : 시골에 갈려고 그런다.

남편 : 뭐가 그리 급하신데요?

소리 : 우리가 있으면 너는 출근하는 척하고 어디로 가야 할 것 아니냐?

남편 : 예?

소리 : 그래, 지금껏 잘 버텨왔다. 전화기 밑에 봉투를 두고 왔다. 열어
보거라. 에미에게도 고생한다고 일러라. 그럼 우리는 간다.

남편 : 보, 봉투요?

전화 끊는 소리.

남편 : (조금 멍하니 있다가 생각난 듯 급하게 수화기를 들어 본다. 봉투가 있
다. 열어서 안을 본다) 이게 어떻게 된 거야?.

아내 : 무슨 일이에요?

남편 : 이리 와 봐요, 이리. 얼른.

아내 : 누구 숨이 넘어가요, 왜 이리 급해요.

남편 : 이거 봐, 이거. (봉투 안에서 쪽지를 꺼낸다)

아내 : 수표잖아요? (세어 본다) 이거 모두 몇 장이야?

남편 : 그래! 아버님이 놓고 가신 거야.

아내 : 아버님이요?

남편 : 이건 뭐야? (다른 종이를 꺼내어 읽는다) 이 집을 팔아서 그 돈을
너에게 준다. 집을 다른 곳으로 옮겨야 할거다. 돈은 알아서 쓰거
라. (잠시 말 없이 있다) 아버지! 아버지. 저는 지난 일년 동안 수없
이 이 집이라도 팔아서 새로운 사업을 하고자 했었습니다. 그런데

막상 입을 열지 못해서 그냥 이렇게 지내왔었습니다. 친구들이 집을 팔아서라도 사업 자금을 하라고 했을 때, 그건 안 되는 일이라고 미리 설레발을 쳤지요. 그리고 저는 아버지를 미워했어요. 아들의 실제 모습이 어떤지도 모르는 아버지가 야속하기도 했지요. 아버지, 이제 저는 천군만마를 얻은 기분입니다.

베토벤의 <교향곡 9번>이 은은하게 울린다.
음악이 잦아지며 시가 낭송된다.

어두운 방 안엔
바알간 숯불이 피고,

외로이 늙으신 할머니가
애처로이 잦아드는 어린 목숨을 지키고 계시었다.

아 아버지가 눈을 헤치고 따오신
그 붉은 산수유 열매―

나는 한 마리 어린 짐생,
젊은 아버지의 서느런 옷자락에
열로 상기한 볼을 말없이 부비는 것이었다.

이따금 뒷문을 눈이 치고 있었다.
그날 밤이 어쩌면 성탄제의 밤이었을지도 모른다.

어느새 나도

그때의 아버지만큼 나이를 먹었다.

옛것이라곤 찾아볼 길 없는
성탄제 가까운 도시에는
이제 반가운 그 옛날의 것이 내리는데,

서러운 서른 살 나의 이마에
불현듯 아버지의 서느런 옷자락을 느끼는 것은,

눈 속에 따오신 산수유 붉은 알알이
아직도 내 혈액 속에 녹아 흐르는 까닭일까.

시가 끝나면 남편과 아내에게 핀 라이트.

남편 : 이제 힘찬 날개를 저어 보자.
아내 : 저의 날개도 저어야겠지요?

베토벤의 <교향곡 9번> 다시 울리며 조명 꺼진다.

『월간문학』 1999년 6월호 수록

말 빌리기

등장인물 —

　　남자 (30대 후반)
　　여자 (30대 전반)
　　연출자 (소리로만)

시대 —

　　현대

장소 —

　　조그마한 사무실

무대 가운데에 사무용 탁자가 있고, 그 위에 핸드폰이 놓여 있다.
남자 한 명이 팔짱을 끼고 탁자 주위를, 초조한 듯이, 맴돌고 있다.
여자 한 명이 의자에 팔짱을 끼고 앉아, 그 남자와 핸드폰을 번갈아
쳐다본다. 무표정한 얼굴.

남자 : (핸드폰을 바라보면서) 그래, 이제 한 번쯤 신이 나게 울려 봐라. 그
　　　래야 내가 얼른 받을 거 아니냐? 내 친구 하나도 핸드폰을 사서
　　　가지고 다니면서 열심히 사용하고 있더라구.

(핸드폰을 받는 시늉을 한다) 여보세요, 어어. 난데. 지금 밥먹으러 가는 거야. 된장찌개하고 순두부찌개 뭐 그런 거지, 뭘. 그 집 여주인이 어떠냐구? 여주인이 어떠면 니가 여기까지 된장찌개 먹으러 올래? 그런다구? 지랄. 요새 주머니에 돈 좀 들어가는 모양이지? 어어. 그래. 나중에 보자구.

(핸드폰을 접는 시늉을 한다. 조금 있다가 다시 핸드폰을 거는 시늉) 여보세요? 어어. 난데. 어엉? 나라니까! 나! 나 몰라? 그래 나야. 이제야 알아듣는군! 그래, 밥 먹었어? 오늘 뭘 먹으면 좋겠나? 비빔밥? 인생이 원래 비빔밥이라구? 누구하고 밥먹으러 가는데? 나야, 여기 친구들하고 아이들하고 같이 가지. 어어. 그래. 나중에 보자구.

(핸드폰을 접는 시늉을 한다. 조금 있다가 다시 핸드폰을 거는 시늉) 여보세요? 어어. 난데. 으응. 그래. 으응. 아니. 으응. 그래. 아아니. 으응. 그래.

(핸드폰을 접는 시늉을 한다. 조금 있다가 다시 핸드폰이 울리는 소리. 얼른 핸드폰을 받는 시늉) 여보세요? 아아. 난 또 누구라구. 전화에 대고 난데, 난데 하면 누군지 알 수가 있나. 그래 웬일이야? 그냥 심심해서 걸었다구? 예이, 이런 말뼉다구 같은 사람아! 심심하다구 전화를 걸구 그래. 아무도 전화를 해 주지 않아서 그렇다구? 그럼 그 심심풀이 대상이 나란 말이지? 그런 대상이라도 되는 게 좋은 일이라구? 그럴지도 모르지. 그렇지만 이런 식으로 존재를 확인하는 건 슬픈 일이잖아? 나도 심심하면 자네에게 전화나 하라구? 그런 일은 없을 거야. 으응 그래 그래. 나중에 보자구.

(핸드폰을 접는 시늉을 한다) 이런 얘기를 주고 받으려고 핸드폰을 사는 건 아니잖아?

(여자를 힐끗 쳐다본다) 핸드폰이라는 건 바쁠 때에, 진정으로 급한

일을 해결해야 할 때에 사용하는 게 아닌가 말이야. 만약에 거미
한 마리가 공중에 떠 있다면 그 거미의 몸으로 수백 개의 전파선
이 통과할 거야. 가련한 거미들이여. 이제 그대들이 달려 있을 허
공은 사라진 지 오래 됐소이다. 아니 그대들은 이제 거미줄에 매
달리지 않고 전파선에 매달려서 먹이를 기다려도 될 때가 됐소이
다. 아아, 바야흐로 공중의 입체적 활용의 시대가 오게 됐구나.

핸드폰 벨이 울리는 소리. 아까의 소리와는 좀 다르다.
남자 핸드폰을 확인한다.
자기의 것이 아닌 것을 알고 안심하는 표정이다.
여자, 일어서며 핸드폰을 받는 시늉을 한다.
남자, 여자가 앉았던 자리에 가서 앉는다

여자 : (핸드폰을 바라보면서) 그래, 이제 한 번쯤 신이 나게 울려 봐라. 그
래야 내가 얼른 받을 거 아니냐? 내 친구 하나도 핸드폰을 사서
가지고 다니면서 열심히 사용하고 있더라구. 그런데 그 애는 핸드
폰을 자기가 산 거는 아닌 모양이야.
(핸드폰을 받는 시늉을 한다) 여보세요? 아아. 난 또 누구라구. 전화
에 대고 난데, 난데 하면 누군지 알 수가 있나. 그래 웬일이야? 그
냥 심심해서 걸었다구? 예이, 이런 개뼉다구 같은 사람아! 심심하
다구 전화를 걸구 그래. 아무도 전화를 해 주지 않아서 그렇다구?
그럼 그 심심풀이 대상이 나란 말이지? 그런 대상이라도 되는 게
좋은 일이라구? 그럴지도 모르지. 그렇지만 이런 식으로 존재를
확인하는 건 의미 없는 일이잖아? 나도 심심하면 너에게 전화나
하라구? 그런 일은 없을거야. 한 통화에 얼마 하는데. 으응 그래
그래. 나중에 보자구.

(핸드폰을 접는 시늉을 한다. 조금 있다가 핸드폰을 거는 시늉을 한다)
여보세요? 아, 난데, 나라구! 당신에게 전화하면서 난데 라고 하는
사람이 또 있어요? 하기야 그렇겠지요. 거는 사람마다 모조리 난
데, 난데 하겠지요. 그렇지만 내 목소리도 못 알아들어요? 그 목소
리가 그 목소리라고요? 아니, 그 말 진정이세요? 그래도 내 목소
리는 알아 들으셔야지요. 그래 점심은 드셨어요? 뭘 드셨는데요?
개장국요? 그거 혐오식품 아니에요? 개뼉다구는 더 맛있다구요?
당신 오늘 집에 들어오실 거예요? 그때 가봐야 안다구요? (방백으
로) 이거 갈수록 태산이군! 제 꼬라지를 몰라.(수화기에 대고) 왜
나는 무얼 먹었는지 안 물어요? 그래요. 난 뱀탕 먹었어요. 오늘
집에 들어 올거냐구요? 그건 그때 가봐야 알겠지요. 약올리지 말
라구요? 그럼 나는 약 올라도 괜찮고, 당신은 오르면 안 되는거예
요? (핸드폰을 접는 시늉)
(방백으로) 도대체 요새 사람들은 전화를 무슨 목적으로 걸고 받는
거야? 기껏해야 난데, 난데밖에 더 있어! 제기랄! 이 세상의 여기
저기에 전파가 널려 있어도 나에게 직접 관계된 것은 하나도 없
단 말이야. 그것뿐이 아니라 여기저기서 전화가 와도 그 말하는
내용이란 하나도 긴요한 게 없단 말이야! 우리에게 진정으로 다급
한 일이 이렇게도 없는 건가?

남자 : (혼자말로) 이 세상에 이렇게도 다급한 일이 없는 건가? 진짜로 다
급한 일이 있어봐. 저 놈의 전화는 무엇하러 생겨가지고 사람을
이렇게 바쁘게 만드는 거야 어쩌구 하면서 짜증을 낼텐데. 그런데
그렇기는 해. 핸드폰으로 하는 얘기치고 심각한 건 하나도 없는
것같으니까. 하기야 나도 중요한 얘기라면 핸드폰으로 할 엄두를
내지 않거든. 이 핸드폰이라는 게 암상궂은 물건이야. 서로 통화
는 되지만 결정을 내려야 할 순간에는 핸드폰을 이용하지 않게

된단 말이야. 그런데 이놈의 통신회사에서는 저희들끼리 하면 몇 시간 몇 분이 공짜네 어쩌네 하니 듣는 사람은 귀가 솔깃하잖아. 공짜라면 뭐 양잿물도 먹는다나 어쩐다나. (담배를 피워 문다)

여자 : 핸드폰이라는 게 담배 같은 물건이야. 한 번 가지고 다니기 시작하면 버릴 수 없는 거지. 그리고 맛을 들이면 자꾸 걸어대는 거야. 어어 난데, 어어 난데 하고 말이야. 통화료가 비싸다지만, 고지서 받고 투덜투덜 대는 걸 한 번 겪고 나면 비싼지 어떤지 하는 판단도 흐려지게 되거든. 그러면 또 자꾸 사용하게 되는 거지. 자동화되는 거야. 그러고는 다른 사람들에게 묻지 당신은 이동전화세를 한 달에 얼마나 내느냐고 말이야. 그래서 다른 사람보다 자기가 적게 내면 내 것은 좋은 것이여 하고 위안을 삼지. 그리고 다른 사람들보다 사용료를 비싸게 낸다고 생각하면 얼른 바꾸려고 하지. 시장에 가면 콩나물 한 가락이라도 더 얻으려는 게 여자 아니냐고 하면서 말이야. 그렇게 맘만 먹고 육개월 지나고 그러다가는 내가 좀 비싸게 내도 싸게 내는 사람이 받는 서비스와 다른 점은 없나하고 아전인수격으로 생각을 하고 마침내는 그냥 들고 다니지. 난데, 난데 하면서 말이야. 그렇지만 좀더 심각한 이야기를 주고 받을 수 있으면 좋겠는데. 아마 전화를 걸면서 다른 사람들에게 노출되어 있으니 심각한 일은 핸드폰으로 통화하지 못하는 모양이지. 하기야 내가 중요한 일을 핸드폰으로 연락하지 않으면서 남에게 그렇게 하기를 바라면 앞뒤가 안 맞는 일이지. 하여튼 핸드폰은 담배같은 거야.

남자 : (담배를 계속하여 피운다) 여자는 담배 같은 존재야. 옆에 있으면 자꾸 손이 가거든. 처음 보는 담배 같으면 호기심이 더욱 발동해서 얼른 포장을 뜯어 보고 싶어진단 말이야. 디스, 심플, 오마샤리프, 말보로. 그렇지만 포장을 뜯어서 담배가치를 꺼내어 손가락으

로 이리저리 만져 볼 때까지가 호기심이 작동의 끝이지. 일단 불
을 붙여서 한 번 빨아 보면 잘 뜯었는지 괜히 뜯었는지 금방 알게
되니까. 그리고 요놈의 입이 얼마나 간사한지 말이야, 한 번 맛을
들인 담배여야 혀에 미치는 감촉과 함께 제 맛을 알 수 있지 그렇
지 않으면 젬병이란 말이야. 여자도 마찬가지거든.
(담배를 깊이 빨아 연기를 동그랗게 뱉아낸다) 제기랄. 나는 언제 그
런 여자 만나나.

여자 : 남자란 핸드폰 같은 존재야. 가까이 두고 자꾸 눌러대야 제 모양
을 알지 멀리 떼어놓고 보면, 혼자 왕노릇한다니까. 아, 결혼한 친
구가 나보고 하는 말이 절대로 결혼하지 말래. 왜 그러냐고 했더
니, 남자는 엄청난 이기주의자라는 거야. 그래서 내가 그랬지. 그
무슨 말이냐고? 요새 텔레비전이나 어디나 나오는 거 보면 남자
가 여자를 위하여 많은 일을 한다고 하던데, 그게 무슨 말이냐고
말이야. 니가 결혼한 지 얼마나 됐길래 그런 말을 하느냐고 뒤집
어지게 혼을 냈더니. 그 애가 하는 말이 나보고 뭘 몰라서 그런대.
그러면서 우리나라는 아직 남녀평등의 나라가 아니라나. 그 애 말
이 이래요.

남자 : 아, 말 얘기가 나왔으니 내가 한 마디만 합시다. 여기에서 얼마 떨
어지지 않은 마을에 말나라가 있었대. 그런데 그 말나라에 사이가
잉꼬같은 부부 말이 살고 있었어. 다른 말들은 모두 그 잉꼬말을
부러워했지. 그런데 어느날 아내말이 죽어버린거야. 젊은 나이에
요절을 하고 만 거지. 그러자 남편말이 얼마나 슬프게 울고 야단
을 하는지 다른 말들이 말을 못 붙이는 거야. 그렇지만 문상은 해
야 하겠고 해서 구슬피 우는 남편 말에게 동네말의 대표가 조용
히 말했지. 무슨 말을 해야할지 할 말이 없군요. 그러니까 그 남편
말이, 할 말이 없긴 왜 없겠어요 빨리 가서 할 말을 구해다 주시오

그러더라나.

여자 : 어쨌든, 그 애 말로는 남편과는 말이 통하질 않는대. 아침에 밥을
해 주면 밥맛이 없다느니 반찬이 어떻다느니 어제 술을 먹어서
속이 어떻다느니 하면서 밥을 먹지 않는대. 그래서 토스트를 구어
주면, 그냥 밥이 더 나은데 어쩌구 그런대나. 비위맞추기가그렇게
어렵대요. 결혼하기 전에는 먹는 것에 대해서는 아무 말도 하지
않던 사람이 결혼하고 나서는 먹는 것에 대해서 그렇게 요사스럽
게 말을 한다는거야. (조금 화가 난 표정이다)

남자 : (좀 유들유들한 표정으로) 그래서 마을의 말들이 그 이웃 마을에 사
는 여자 말을 구해다 재혼을 시켰대. 그 말들이 또 그렇게 금슬이
좋게 잘 지내더라는거야. 그러다가 어느날 남편 말이 갑자기 저
세상으로 가버렸어. 과로에다가 새살림을 잘 살아보기 위한 신경
전으로 건강을 해치게 된 것이지. 마을의 말들이 가서 아내 되는
말을 위로했어. 아, 이렇게 되고 보니 해 줄 말이 없군요라고. 그
랬더니 그 아내되는 말이 뭐라고 그랬겠어. 이 세상에 없는 것은
빨리 단념하는 것이 낫지요, 그러니 어디 가서 해 줄 말을 구해
오세요 그러더래.

여자 : 김밥을 싸주면 김밥의 길이가 기네 짧네 하지를 않나, 단무지가
들어가서 맛이 더 없어졌네 어쩌네 하지를 않나. 오징어를 삶아서
무칠까요, 그냥 초고추장에 찍어 먹을래요 물어야 하지를 않나.
거기서 한 걸음 나아가면 이제까지 살면서 남편의 취향도 제대로
모른다고 큰 소리를 치지 않나. 어떤 아내가 김치를 잘 담그곤 했
는데, 이 남편이 김치를 먹을 때만 되면 옆집 김 선생네 김치가
참 맛있던데 어쩌구 하더라는 거야. 그래서 아내가 그 집에 가서
그 비법이라는 걸 배워 왔겠다. 그런데 김치 담그는 데 비법이라
는 게 있을 수 있나. 친정 어머니가 하시는 걸 보거나, 맛있는 김

치 먹어볼 때 거기에 들어 있는 양념이나 알아 뒀다가 그 비스름
하게 양념 버무려서 항아리에 담그는 거지. 아니면 상업용으로 만
들어진 김치통에 넣든가. 아, 이 아내가 열심히 물어서 그대로 김
치를 담가서 먹을 때가 됐는데, 또 남편이 그러더라는 거야. 하,
그 김 선생네 김치는 참 맛있던데 하고 말이야. 그래서 하루는 그
김선생네 집에 가서 김치를 한 보시기 얻어 왔겠다. 그리고는 밥
상에 그냥 올려놓았어. 남편이 한 젓가락 집어 먹더니, 아 여보 김
선생네 김치같이 할 수 없어 그러더래. 그래서 아내가 깨달았지.
이 남편은 말로 해서 되는 사람이 아니구나.

남자 : 그래서 마을의 말들이 이곳 저곳 돌아다니다가 방랑하는 수말을
데려다 주었어. 두 마리의 말은 좋았지. 암말은 해 줄 말이 있으니
좋았고, 수말은 방랑을 그쳐서 좋았고. 그런데 문제가 생긴 거야.
이렇게 많은 말들이 오고 갔으니, 그 마을에는 말 같은 말이 하나
도 남아나지 않은 거지. 전부 할 말을 찾아가거나 해 줄 말만 찾아
다니니까 마을 일이 되지 않는 거야. 말만 많아졌지 어느 말이 진
짜 말인지 가짜 말인지 구분하기조차 힘들어진 거야. 그래서 말
검사원들이 필요하게 된 거지. 그런데 그 말 검사원들도 어느 말
이 진짜인지 가짜인지 구별하는 기준을 가지고 있지 못 했다는
거지. 그래서 마침내 자기하고 비슷한 건 좋은 말이고 그렇지 않
은 건 나쁜 말이라고 판단하기에 이른 거야. 그러니 누가 그들의
판단을 수긍하고 그 판단에 따르겠어. 쉽게 살아남으려면 특정한
말 검사원의 말을 닮게 해야 했지. 그래서 말 검사원들이 여러 명
인 경우에는 어떤 말을 해야 하는지 판단하지 못 해서 남 따라 장
에 가고, 남 따라 공동묘지까지 가는 경우가 많아졌다는 거야. 그
리고는 하나의 말을 두고 다투기도 하지. 이 말은 어디서 왔느니,
저 말은 원래의 조상이 누구니 하면서 말이야. 그리고는 흰말만

놓아 두어야 한다느니 검은말도 함께 길러야 한다느니 하고 아옹 다옹거리기도 하지.

여자 : 마침내 여자는 옳지 그거구나 하고 깨달은 거야. 그래서 그 이후로 남편은 늘 김 선생네 김치를 맛있게 먹었지. 어찌 된 일이냐구? 간단해! 진짜 김 선생네 김치를 알아내지 못한 남편에게 아내는 자기가 담근 김치를 김 선생네에서 얻어 왔다고 하면서 상에 놓아준 거야. 그랬더니 남편 왈, 그래 바로 이 맛이야 하더라나. 그런 사람들을 우리는 등신이라고 하지. 이런 때에 노래 한 곡 부르고 싶군. 무슨 노래? 열무 김치 담을 때는 님 생각이 절로 나서 걱정 많은 이 심사를 흔들어 주네, 맹이야 꽁이야, 너마저 울어. (슬픈 표정을 짓는다)

남자 : 더 심각한 건 그 말이 어느 목장에서 태어났는가 하는 게 아주 중요하게 여겨진다는 거야. 남쪽에 있는 목장이냐 북쪽에 있는 목장이냐, 아니면 산 동쪽에 있는 목장이냐 산 서쪽에 있는 목장이냐 하는 게 매우 중요하고 그 말 값을 책정하는 데에도 무척 중요한 요소로 작용한다는 거야. 요새는 그런 말 값 책정 행위에 따라서 그 말을 먹이고 부리고 하는 사람들의 가치도 달라진다는 거지. 가만 있자. 내가 이런 말 하면 누가 들어주기나 하나? 괜히 나 혼자 씨부렁거리는 걸 누가 보면 나보고 (머리에 대고 손가락으로 동그라미를 그리며) 이러겠지. 마치 비 맞은 중이나 아닌가 하고 말이야. 그런 말을 듣기 전에 내가 아예 말이 되어 버릴까? 그러면 혹시 아나 누가 와서 할 말이 없군요 그러면서 해 줄 말을 데려다 줄는지. 그러면 내가 말 같은 사람이 되는 게 아니라 사람 같은 말이 된다 이 말이렷다. 그것도 신기한 일일 수 있겠군. 그러면 지금부터 말같이 사는 연습을 해 봐? (남자 엉거주춤한 포즈를 취한다) 히힝, 소리를 먼저 내야 하나, 네

발로 다니는 연습을 먼저 해야 하나? 그리고……, 나는 어느 목장
에서 태어났으며, 어느 혈통을 받고 자랐다고 해야 말 중에서 가
운데에서 높은 자리를 차지할 수 있을까?

여자 : (남자의 하는 짓을 한참 보고 있다가) 남자들이란 참으로 희한한 존
재들입니다. 스스로 말 같지 않은 말을 스스럼없이 내뱉으면서 말
이 되고자 하니 말입니다. 그러니까 답은 명확한 거죠. 여자들은
말같이 되기를 원하는 남자들과 살고 있다 이겁니다. 그러면 그런
말같은 남자들이 여자들에게 무얼 요구하겠어요? 여자에게도 말
같이 되기를 원할 거 아닙니까? 남녀가 말같이 산다면 말이 필요
하지 않겠지요.

남자 : (무관심한 척하다가) 남녀가 말같이 한다고? 앞뒤로 말이지? 그거
참 희한한 발상이네. 하기야 사람만 빼고 대부분은 앞뒤로 하지.
하기 싫을 때에 얼굴을 보면서 씩씩거리는 것도 볼썽사나운 일이
기도 해. 그것 참, 여자들은 역시 세심한 데가 있단 말이야. 남자
들은 생각하지도 못한 부분을 척 하니 알아서 말을 해 버리거든.
잘 생긴 말같은 여자들이라. 하하, 그럼 미마대회(美馬大會)가 생겨
나겠군! 미마대회에 나가기 위해서는 일단 성교육을 철저히 그리
고 일찍부터 시켜야 하겠지. 처녀 말인지 아닌지 검사하는 과정도
넣어야 할 게 아니야. 그런데 그걸 어떻게 안담. (잠시 생각하는 포
즈) 아아, 말이 돼보면 그때 가서 알 수 있을 거야. 사람들이란 늘
적응력이 강한 자에게 행운을 몰아다 주는 버릇이 있으니까! 아니
그럼 말들이 그래야 되는 거잖아. 적응력이 강한 말!

여자 : 말이 필요하지 않은 말들의 삶! 어쩌면 그게 지금보다 더 행복할
런지도 모르죠. 그냥 몸으로 말하는 말들의 삶이 말입니다. 김밥
이 기니 짧니 싸울 필요도 없구, 핸드폰을 들고 다닐 필요도 없구,
울리지 않는 핸드폰을 바라보면서 이걸 버려야 하나 말아야 하나

걱정할 필요도 없구. 남자들이란 참으로 희한한 동물들입니다. 조금만 생각을 깊게 하면 새로운 문제를 해결하는 지혜가 생겨나는 법인데, 그걸 못하니 말입니다. 어제는 모처럼 차를 타고 고속도로를 달려 봤지요. 한참 가다가 휴게소가 있길래 들어갔습니다. 마침 배도 고프고 해서요. 그런데 거기에서 어떤 젊은 남녀가 다투고 있었어요. 햄버거를 먹을 것인가 아니면 우동을 먹을 것인가 하고 말이죠. 여자는 우동은 전에도 먹어 본 거니까 모처럼 나와서는 햄버거를 먹자는 것이었고, 남자는 내가 좋아하는 것은 우동이니까 우동을 먹자는 것이었어요. 그러면서 한참 실랑이를 하더니 각자가 자기 것을 사서 먹더라구요. 햄버거라는 말과 우동이라는 말 때문에 서로 싸운거죠. 그래요 말처럼 말이 필요없는 세상에 살면 차라리 편할지도 모릅니다. (객석을 향하여) 말들에게도 고민이 있다구요? 그렇겠죠? (다른 관객을 향하여) 예? 뭐라구요? 그런 말같잖은 말 하지도 말라구요? 그렇군요. 두 분 다 지당하신 말씀을 하시는군요. 그러면 어느 말이 옳은 말일까요?

남자 : 이 말이 옳으면 저 말이 그르다는 단편적 생각으로 그렇게 물을 수도 있지요. 그러나 세상 일이라는 게 어디 한 편이 절대적으로 옳고 한 편이 절대적으로 잘못된 것이 있겠습니까? 사랑의 정도가 지나치면 스토커가 되기도 하고, 짝사랑으로 밥맛을 잃을 수도 있는 것이지요. 그런데 말들의 세계에는 그런 건 없을 것 같아요. 핸드폰을 가지고 다니지 않으니 무얼 먹었느냐고 물어볼 일이 없을 것이고, 먹는 건 늘 비슷하니까 어디 가서 무얼 먹을까 고민하지 않아도 되고 말이죠.

남자가 여자에게 음식은 이렇게 해라 저렇게 해라 하고 주문하는 건 말을 하긴 해야 하는데 꼭히 할 말이 없으니 그렇게 되는 경우도 있거든요. 진주도 늘 옆에 있으면 진준지 돌인지 가치가 없어진다고 하잖아요? 왜냐하면 보석도 옆에 있다고 믿으면 말이 없어지는 법이거든요. 말이라는 건 상대방에게 어떤 뜻을 전하기 위한 것인데 뜻을 전할 필요가 없는 존재에게 무슨 말을 하겠어요. 그저 말처럼 살게 되는 거지요. 말이 없는 말처럼 말입니다. 그러니까 말 세상이 좋다는 겁니다. (여자를 무시하는 듯한 시선으로 바라본다)

(객석을 향하여, 그렇지만 여자에게 하는 말로) 알겠습니까?

여자 : (그제서야 남자의 존재를 알아차렸다는 듯이) 여기 사람이 있었군요. 말인줄 알았더니. 세상에는 알아야 할 것도 많고 몰라서 약이 되는 것도 많지요. 그렇지만 말이 되고 싶다고 말하는 사람은 말이 되어야 합니다. 자기 소원이 얼마든지 이루어지는 세상에 살고 있으면서 그런 자그마한 소원이 이루어지지 않는다면 무슨 재미로 살겠습니까?

(객석을 향하여, 그렇지만 남자에게 하는 말로) 안 그렇습니까?

남자 : 말이 통할 듯 하면서도 마침내는 막히고 말았군요. 핸드폰이 오면 기껏해야 어어 난데, 난데 하는 거나 조금도 다를 게 없어요. 말같은 세상이라니까요. 그렇지만 내가 말이 될 수 없는 게 안타깝군요.

(객석을 향하여, 그렇지만 여자에게 하는 말로) 말보고 말하는 게 차라리 낫다니까요.

여자 : (화가 났다) 그럼 우리 말처럼 한 번 해 볼까요?

남자 : (기다렸다는 듯이) 그거 좋죠!

여자 : 그럼 이제부터 당신은 말이 되는 겁니다.

남자 : 당신은?

여자 : 당신이 완벽한 말이 되고 나면 나도 말이 되지요.

남자 : 하, 그럼 암말과 수말이라.

여자 : 그리고 앞뒤로 한다!

남자 : 그거 좋습니다.

여자 : 자, 그럼 말이 돼볼까요?

남자 : (기다리는 자세)

여자 : 우선 옷을 벗어요!

남자 : (두리번거리다가) 여기서요?

여자 : 말인데 뭘 그러세요?

남자 : 그래, 말! 말이 되고 나면 할 말이 올지 누가 아나!

여자 : 내가 할 말은 아니니까 그냥 있겠어요. 벗어요!

남자 : (웃옷을 벗는다) 그 다음은?

여자 : 바지 입은 말 보았어요?

남자 : 그렇지. 할 말이든 해 줄 말이든 그건 그런 것 같군!

여자 : 빨리 벗어요!

남자 : 남이 보지 않소?

여자 : 말이 남이 보는지 안 보는지 신경을 씁니까?

남자 : 그 말이 맞기는 해. 할 말이 없군. (핸드폰 벨이 울린다)

남자 : (얼른 받으려 한다)

여자 : 왜 이러십니까? (남자를 가로막는다)

남자 : 이 전화로 아주 중요한 이야기를 해야 해요. (벗던 옷을 그대로 걸친
　　　채 전화기로 다가가려고 한다)

여자 : (남자에게 더욱 밀착하여 막는다) 한 입으로 두 말하면 두 아비의
　　　자식!

남자 : 그래도 말 해야 할 때는 말 좀 합시다.

여자 : 말이 말을 한다구요? 그건 지금까지 당신 얘기하고는 다르잖아요?

남자 : 그래도 지금은 아주 중요한 얘기를 해야 한다니까요.

여자 : 아까까지만 해도 당신은 핸드폰으로는 중요한 이야기는 하지 않

는다고 했잖아요?

남자 : 그건 내가 말이 되려고 하기 전이지!

여자 : 아직 말이 되지는 않았어요!

남자 : 말이 되기 전에 그 사람에게 말이나 합시다. (핸드폰 벨이 연속하여 울린다)

여자 : 별 말뼉다구 같은 사람이 다 있네. 지금껏 핸드폰으로는 별로 할 말이 없다고 그렇게 투덜거려 놓고 전화벨이 울리니까 또 그렇게 안절부절 못하니 말이야!
    (핸드폰 벨이 자꾸 울린다) 한 가지 더 벗으면 전화를 받게 해 주지요.

남자 : (바지를 훌렁 벗는다)
    자! 됐소?

여자 : 당신은 말이 되기는 틀렸어요.

남자 : 무슨 말을 하는 거요?

여자 : 말이 되고자 한다면 사람이 한 말은 거뜬히 잊어버릴 수 있어야 하는데, 당신은 그렇지 않잖아요?

남자 : 그게 무슨 말이요?

여자 : 어떤 사람하고 이 전화로 중요한 이야기를 하기로 했다면서요?

남자 : 그래요.

여자 : 그래서 당신은 그 전화를 기다리다가, 기다리던 때를 지나도 전화가 오지 않으니까 세상의 별의별 말을 다 꺼내서 전화를 욕하고 전화하는 사람들을 비웃고 그랬어요.

남자 : 그랬소. 그리고 그건 내 진심이오.

여자 : 그런데 그 진심이 그보다 전에 해 두었던 약속 때문에 진심이 아닌 게 돼버렸어요.

남자 : 아, 이 전화 받고 다시 말이 되면 될 것 아니오. 왜 내 말을 못 알아

듣는 거요?

여자 : 못 알아듣는 게 아니라 당신 말이 별로 믿을 만한 것이 아니기 때
문이죠. 상황에 따라 이렇게 저렇게 변하는 뭇남자들처럼 말입니
다.

남자 : 아, 내가 여자 욕을 하고 싶어서 해요?

여자 : 그럼, 왜 자신에게 한 말도 실천하지 못하고 있는 거죠?

남자 : 세상이 그렇게 만드는 거죠. 말 대회에 나가봐요. 모조리 자기 말
이 최고라고 하면서 다 뻐기지만 그 말대로 하는 사람들이 어디
있어요? 나중이 되면 그런 건 모조리 뻥이지 뭐요?

여자 : 그렇다고 남성들이 여성을 구박해요? 그것도 한집에 살면서 말이
요?

남자 : 어쨌든지 나는 지금 저 전화를 받아야 해요.

여자 : 말이 되고 나면 받게 해 주지요.

핸드폰 벨이 계속 울린다.

남자 : 나는 이미 말이 돼있단 말이요.

여자 : 마음으로만 말이죠.

남자 : 마음으로만이라도 말이 되기가 쉽지 않아요!

여자 : 당신이 말이 되면 나도 말이 되어 준다고 그랬어요. 그것도 쉽지
않아요!

남자 : 말이 되기 전에 저 전화 받아 봅시다.

여자 : 받고 나서는 다른 말 하지 않기입니다.

남자 : 그럽시다.

여자 : (핸드폰을 남자에게 준다) 받아 보시죠.

남자 : (핸드폰을 편다) 여보세요? 네? 연출자라구요?

소리 : 그렇소. 이제 연극 연습은 그만 하고 말이 되는 연습이나 하시오.

남자 · 여자 : (어리둥절한 표정)

소리 : 내 말이 말 같지 않나 왜 가만히 있는 거요! 이제부터는 말 연습이
　　　란 말이요!

　　막이 내린다.

겨울 버마재비

등장인물 ―

병식

겉으로는 부드럽지만 주체성이 강한 40대 후반의 남자.

달수

시세에 적응을 잘 하는 재주를 가진 40대 후반의 남자, 병식의 친구.

왕건

병식이 이중역할을 함

왕건을 대신하여 죽은 왕건의 신하

달수가 이중역할을 함

영자

젊은 시절 병식의 애인

창세

달수 수하의 심부름꾼

경모

조각을 전공하는 미술대 남학생. 고미술품 감상회 회원

미란

경모와 같은 모임의 여학생

고려 초기의 장군과 병졸들 약간 명

탈춤을 추는 사람

사건전개 시간 —
　1990년대 후반과 고려시대 초기
사건전개 장소 —
　깊은 산 속의 초라한 어떤 집

공연할 때에는 막 구분을 하지 않고 조명으로 처리하여 빠른 장면전
환이 이루어지도록 하면 효과적이다.

<제1막>

초가을임이 분명한 때에 깊은 산 속의 초라한 집. 무대 중앙을 향하여
마루가 놓여 있다. 마루 아래에서 병식이 어떤 형상으로 새겨진 돌을
이리저리 돌려보면서 만지작거리고 있다. 그는 관객들이 알아들을 수
없는 정도의 소리로 노래를 부르고 있다. 「가을을 남기고 떠난 사람」.
그의 주변에는 돌로 다듬어서 만든 조각물들과 나무를 깎아서 만든
조형물들이 여러 개 놓여 있다.
얼마 후에 대학생 경모와 미란이 등장한다. 그들은 이곳에 처음 들르
는 것이 아닌 듯하다. 병식, 그들의 등장에 별로 관심을 두지 않고, 계
속하여 노래를 웅얼거리면서 돌덩이를 만지작거리며 살피고 있다.
경모와 미란, 역시 별다른 기척을 내지 않고 이것 저것 살피면서 작은
소리로 노래를 함께 부른다. 노래는 패티 킴의 「가을을 남기고 떠난
사람」이다.

조금 있다가,

병식 : (만지던 조각물을 슬그머니 숨기고 나서, 반가운 소리로) 아, 왔어?

경모 : (역시 반가운 소리로) 예, 지금 왔나이다. 아저씨.

미란 : 아저씨, 아직도 가을을 남기고 떠난 사람입니꺼? 인자 우리꺼정
그 노래를 다 알겠십니더.

병식 : (노래조로) 좋은 걸 어떡해. 그 노래가 좋은 걸.

경모 : 좋아하는 것도 유행을 따라야 더 좋은 거 아입니꺼?

병식 : (약간 심각해진다) 나도 한때는 그렇게 생각한 적도 있었지.

미란 : 그런데 지금은 그런기 아이다, 이 말씀이지예?

병식 : (익살스런 표정으로 돌아와서) 그렇지예. 그렇고 말고예.

미란 : 와 그래 됐십니꺼?

병식 : (농담조로) 낸두 잘 모리겠십니더.

경모 : 아저씨요, 그런 말씀 마이소. 자신이 겪어온 변화에 대해서 자신이
잘 모린다 하믄 누가 알겠십니꺼?

병식 : 글쎄올시다. 내는 산 속에 살기 때문에 이런 것 저런 것 생각하지
않고 살아 온 거 아입니꺼, 허허허. (초탈한 듯하면서도 어딘지 모르
게 허탈한 느낌을 주는 웃음이다)

미란 : 아저씨예.

병식 : 와 그라예.

미란 : 우리에게 뭔가 숨기는 게 있지예?

병식 : (계속하여 익살스럽게) 무얼예?

경모 : 바로 그걸 묻는 기 아입니꺼?

병식 : (딴전을 피운다. 노래조로) 산처녀는 산이 좋아 산에서 산다네.

미란 : 아저씨 오늘은 디기 이상하시네예.

병식 : (계속하여 익살스럽게) 무어가예?

미란 : 전에는 이렇게 하신 적이 없었심니더.

경모 : 맞심니더. 늘 진지하시고 심각하시고 무언가 깊은 상념에 잠긴 것
　　　같은……, 그래서 깊은 호수같은 맛을 풍기셨는데, 오늘은 와 이
　　　카십니꺼?

병식 : (심각한 표정으로 돌아와서) 그대들과 내가 만난 지가 얼마나 됐지?

경모 : 저하고는 한 육년쯤 됐고……. (미란을 돌아 본다)

미란 : 저하고는…… 경모 선배가 제대 복학하고 난 후에 만났으니까 이
　　　제 한 삼 년쯤 됐지예.

병식 : 육년과 삼 년이라. 그런데 자네들은 시시로 때때로 무엇하러 여기
　　　에 오지?

경모 : (이때다 싶어서) 예, 바로 아저씨의 그 깊은 맛 때문이 아입니꺼.

병식 : 깊은 맛?

미란 : 그래예. 무언가 있을 것 같기도 하고 아닌 것 같기도 하고.

병식 : 그러다가 자세히, 곰곰이, 차근히 생각해 보면 아무것도 없고.

경모 : 그렇지는 않심니더. 무언가 있기는 합니더.

병식 : 그게 무언데?

경모 : 그 뭐랄까. 눈에 보이지 않는 끈 같은 깁니더. 머리와 머리로 이어
　　　지는 뇌파 같은 거 말입니더.

병식 : 자네 지금 혹성탈출하나?

경모 : 지금 농담하는 기 아입니더. 육년 전에 지가 우째해가 아저씨를
　　　만났심니꺼?

병식 : 글쎄…….

미란 : (재빨리 끼어든다) 병식이 선배가 골동품 찾으러 산에 댕기다가 산
　　　에서 길을 잃어 버려가, 산 속을 헤메다가 우연히 발견한 기 이
　　　집이라 안 했능교.

병식 : 맞아. (회상하는 듯한 표정) 그때 나도 무척 놀랐지. 산돼지가 하도

오래 되어서 사람으로 변한 줄 알았다니까. 아, 그때는 참 놀랬어.
(다시 익살스런 표정으로) 곰이 사람된다는 말은 들어 봤지만 산돼
지가 사람 된다는 말은 들어 본 적이 없거든.

경모 : 애기 꼬리를 자꾸 딴 데로 돌릴라카지 마시소.

병식 : 애기 꼬리를 잘라 먹으면 시집 장가를 잘 간대요.

미란 : 와 갑자기 시집 장가 애기는 하십니꺼?

병식 : (둘을 손가락으로 가리키며) 때가 됐다는 이야기지. 내 눈은 못 속여
요. 내 비록 산 속에 산 지 십수 년이 되었지만 머리는 맑거든.

경모 : (말꼬리를 잡아채듯이) 바로 그겁니더. 어째서 아저씨가 그토록 긴
시간을 산 속에 그것도 혼자서 살아야 했는가 말입니더.

병식 : (머리를 긁적거리며) 오늘 아침에 까치가 우는 것 같았는데, (경모를
쏘아보며) 자네 까치소리 들으면 생각나는거 없나?

미란 : (얼른 끼여든다) 아침에 까치가 울면 기쁜 소식이 있을끼라는 건
인자 옛날 얘기가 돼버렸십니더.

병식 : (말꼬리를 돌릴 좋은 기회라는 듯이) 아니 와예?

미란 : 와 그런고 하면 말입니더, 인자 초가지붕에 마당이 있는 집이 을
매나 됩니꺼? 그라고 마당에 큰 나무가 서 있는 집이 을매나 되겠
십니꺼. 경치 좋은 곳에는 마카 러브 호텔인동 뭔동 하는 기 꽉
들어 섰지예, 인자는 기계로 농사를 지으니까네 타작할라꼬 해도
큰 마당이 필요 없기 때문이지예.

병식 : (여전히 익살로) 그라모 까치는예?

경모 : 아, 이런 판국에 무신 놈에 까치가 있었습니꺼? 지가 살만한 곳에
는 지보다 힘이 센 사람들이 먼저 자리잡고 냄새를 풍기고 있는
데 우찌 까치가 살 수 있었십니꺼.

병식 : 자연보호를 그렇게 하는데도 까치가 없어?

경모 : 자연보호라는 말은 까치를 보호하자는기 아이라 사람을 보호하자

는 말이 돼버렸십니더. 물을 맘대로 묵을 수 있십니꺼, 아니마 숨을 지대로 쉴 수가 있십니꺼. 그라이 까치도 더이상 못 사는 깁니더.

미란 : (경모에게 불만스런 표정으로) 아이, 선배님. 지금 이 자리에서 까치 논쟁을 하려고 합니꺼? 우리가 이 산에 올라 오면서 뭔 얘기를 했십니꺼? 벌써 이자뿄십니꺼?

경모 : (머리를 가볍게 치면서) 아아, 맞아 맞아. 내 이 아저씨하고 얘기를 하다 보마 늘 삼천포로 빠져뿐다카이.

미란 : (빈정대는 투로) 그라이 이때꺼정 핵교에 댕기는기지요.

경모 : 배우는 데에는 나아도 국경도 없다 안 카드나.

미란 : 그건 선배님하고 경우가 다른 이야기라요, 경우가.

경모 : 그래도 나는 말이야, 학사경고를 두번삐 안 받았데이. 불연속으로 두 번. 안즉 기회가 을매든지 있단 말이다.

미란 : (단호하게) 그라이 선배님을 괴짜라 안 하능교.

경모 : 그래 나는 괴짜다. 그라므 괴짜하고 돌아 댕기는 니는 뭐꼬?

미란 : 내가 선배님하고 댕기는 건 선배님 때문이 아이라 바로 이 아저씨 때문이라요, 이 아저씨!

경모 : 그래가 니는 만내는 사람마다 내는 이상한 사람 만났십니더, 참말로 이상한 사람 만냈십니더 그카고 댕깄나?

미란 : 선배님도 옆에서 거들었잖능교? 고개에다 힘까지 주고 말이라요.

경모 : 그래가 이상한 사람이 있다카이 듣는 사람마다 마카 내도 만나게 해도 내도 만나게 해도 캐가 지금 니캉 내캉 골치 아픈 거 아이가.

병식 : (둘이 입씨름 하는 것을 보고 있다가 슬그머니 끼여든다) 아니 왜 골치가 아파?

경모 : 야가 삼년 전버텀 이 산 속에 이상한 아저씨가 살고 있다꼬 마구 불고 댕기가 우리보고 여기를 안내해 달라고 야단들입니더.

병식 : (표정이 어두워진다)

미란 : (위기를 벗어나려고) 선배님이 쪼매마 기다리마 곧 안내해 줄끼라
　　　꼬 그래 놨잖십니꺼. 거다가 아저씨의 조각품이 진기하다꼬 해가
　　　한 술 더 떠 야단이었으문서.

경모 : 그래 내 아무리 실력없는 학생이라캐도 이 조각품들이 예사 물건
　　　들이 아닌 걸 내 모르까바. 내 골동품에 대해 공부하는 써클에 들
　　　어서 활동했기 때문으로 쪼매는 안다. 니도 안 캤나. 이것들이 모
　　　두 명품들이라꼬 말이야. (주위에 있는 조각품들을 죽 가리킨다)

병식 : (불안한 태도로 어쩔 줄을 모른다)

경모 : 그래가 시내에 있는 골동품 가게에서도 언지 꼭 자기들에게 아저
　　　씨를 소개시켜 달라꼬 야단이라꼬 안 캤나?

미란 : (냉정함을 찾아서) 근데 선배님예.

경모 : (약간은 멋쩍다. 딴 데를 보며) 와?

미란 : 우리가 오늘 싸울라꼬 여까장 왔십니꺼?

경모 : (미란을 보면서) 아니지 아마.

미란 : 오늘 일찍부터 와 여 오자캤십니꺼?

경모 : 아, 맞았데이. 우리가 지금 본질을 잊아뿌고 있었데이. 본질을.

병식 : (본질이라는 말에 깨어나듯) 그래 인간에게는 본질이 중요한 거야.
　　　그런데 자네들이 추구하는 그 본질이라는 게 무어야?

미란 : 아, 무슨 철학적인 답을 필요로 하는 기 아이라 말입니더, 우째서
　　　우리가 몇 년을 두고 아저씨 혼차 사는 이곳을 들락거리는가 하
　　　는 것에 대한 본질적인 답을 찾아 보자꼬 하는 깁니더.

경모 : 인자 우리도 곧 졸업을 할끼고 그라고는 살 길을 찾아야 하는데,
　　　혹시라도 아저씨가 그 해답을 주지 않을까 해서 오늘은 결판을
　　　내자고 다짐을 한깁니더.

병식 : 결판을?

미란 : 예.

병식 : 어떤 결판을?

경모 : 아저씨의 모든 것을 알아내자는 것이지예.

병식 : 나의 모든 것?

경모 : 예.

병식 : 나는 여기 있잖아. 자네들에게 보이는 그대로.

미란 : 보이는 현상을 말하는 기 아입니더.

병식 : 그러면?

경모 : 인간의 내면에 깔려 있는 본질적인 것을 말하는 깁니더.

병식 : 학사경고를 받았었다면서? 두 번이나.

미란 : 그래도 현상과 본질을 구분할 줄은 압니더.

병식 : 현상과 본질이라…….

경모 : 예를 든다면 사랑하는 사람끼리 하는 말과 정치적으로 하는 말이
　　　다르다는 것 정도지예.

병식 : 사랑과 정치라. 사랑과 정치. (왔다갔다 한다)

경모 : 우리는 바로 아저씨의 사랑을 알고 싶은 깁니더.

병식 : 내 사랑 이야기?

미란 : 너무 직접적으로 말씀디렸습니꺼?

병식 : 아니.

경모 : 우리는 인자 신세대라예. 그라이 불쾌하게 생각지 마시소.

병식 : 자네와 나는 만난 지 벌써 육년이나 되었다면서?

경모 : 예

병식 : 그런데 아직도 내가 자네를 잘 모른다고 생각하나. (조금 사이를
　　　두고 있다가, 자신 있게) 나는 자네의 본질을 잘 알아.

경모 : (놀라서) 예에?

미란 : (놀란 표정으로 둘을 바라본다)

병식 : 사람을 처음 만나서 그 사람의 겉모양을 보고 빠져들면 그 만남은

대부분 슬픈 헤어짐을 만들고 말지. 그러나 그 사람의 말을 보고
만나면 슬픈 헤어짐은 없어.

미란 : 말을 보다니예? 말이 보입니꺼?

병식 : 경험에 의해서지. 이 사람은 보랏빛 말을 하고 있고, 저 사람은 검
은 말을 하고 있고, 그 사람은 파란 말을 하고 있음을 알 수 있지.
모양으로 표현할 수도 있어. 둥근 말, 네모진 말, 세모진 말.

경모 : (넋을 놓고 병식을 쳐다본다)

병식 : 사람들은 처음에는 보랏빛 말을 하지. 그러다가 말이 점차 많아지
면 그 말이 검은 색으로 변하게 돼. 그러면서 사람들은 그걸 가리
켜서 흔히들 본심이라고 하지. 모양으로도 마찬가지야. 처음에는
둥그런 말을 하다가 나중에는 그 둥그런 것이 점차 각을 이루어
서 마침내는 세모꼴이나 네모꼴로 변하는 것이야. 그 모서리로 상
대방을 찔러서 상대방이 피를 흘리는 걸 보고 자기는 승리자라고
착각하기도 하지. 그러면서 사람들은 그걸 가리켜서 사람이란 원
래 다 그런 것 아니냐고들 하지. 원래 그런 것 아니냐고 말이야.
(허탈하게 웃는다. 조금 있다가) 그런데 자네들 말에는 색깔이 없어.
신비로운 일이지. 이곳의 맑은 공기처럼 말이야. 그게 자네들의
본질이야. 그 뭐라고 할까 아직은 때가 묻지 않은 심심산골의 풀
이라고나 할까?

경모 : (깜짝 놀란 듯이) 맞아요. 신비함! 아저씨는 신비함입니더. (미란이
보고) 안 그렇나, 미란아!

미란 : (역시 감탄하듯이) 맞아예, 맞아. 신비함이라예! 아저씨는 깊은 산
속의 난초라예. (자신의 평가가 어떠냐는 자신감에 차 있다)

병식 : 그건 그렇지 않아. 나는 난초가 될 수 없어. (무언가 고백하는 듯한
어조로) 나는 본질과 현상이 다른 사람이야.

경모 : 바로 그깁니더. 우리가 알고 싶은 건 바로 아저씨의 그 본질적인

측면입니다. 육년 동안 여러 번을 만났어도 실체를 정확히 알 수 없는 그 신비감 말입니다.

병식 : 자네들이 신비감이라고 하니 말일세마는 나는 내 자신에 대해서 이렇다 저렇다 말한 적도 없지마는 일부러 말을 하지 않으려고도 하지 않았어.

미란 : 그러이까네, 우리에게 그 이야기를 해돌라꼬 하는기 아입니꺼.

병식 : 이렇게 텔레비전 인터뷰하듯이 얘기를 하라고 하면 무슨 얘기를 어떻게 하겠나.

경모 : 그라모 우리가 아저씨의 신비감을 풀기 위해가 준비해 온 질문들을 하나씩 해 볼께예. 하나씩 답해 주이소.

병식 : (과거를 회상하는 듯) 그건 옛날에 내가 많은 사람들에게 당한 수법이라네. 방송 기자네, 신문 기자네, 잡지 기자네 하는 사람들에게 말이야. 허허. (속이 빈 듯한 웃음이다)

미란 : (경모를 바라보며) 보이소, 선배님. 분명 과거가 있는 사람 같잖은교.

경모 : (고개를 끄덕이며) 그렇네. 우찌 됐든 오늘은 이 아저씨가 가지고 있는 신비를 풀어내서 그것과 이 조각작품들과 어떤 관계가 있는지 알아내야 된데이.

병식 : 오늘은 날씨도 좋으니 생각도 잘 정리되겠군. (혼자서 마당을 빠져나가 산으로 들어 가며) 자네들은 그냥 여기에 잠깐만 남아 있게.

미란 : (경모에게) 선배님. 저 아저씨 또 산으로 갑니더. 저 아저씨가 산으로 가믄 하루 종일이잖십니꺼. 그라믄 오늘도 해답을 얻기에는 틀린 깁니더. (안타깝다) 얼릉 가서 쫌 잡으이소.

경모 : (미란을 멀거니 쳐다본다) 물어볼 끼 한두 가지가 아인데.

미란 : 얼른! 저 아저씨 잠깐은 하루 종일이란 말입니더. (발을 동동 구른다)

경모 : 그 아저씨가 은제 우리가 잡으면 잡히더나? 으째 그리 빠른지 쫓
     아 가지도 못한다이까네. 내 및 년 동안이나 산에서 저 아저씨 잡
     아 볼라꼬 따라 댕기다가 실패하고 이때꺼정 왔다이까네.
미란 : 내 국민학교 때에 홍길동이가 축지법 써가 날라 댕기는 거맹키로
     빠르게 댕긴다는 건 만화로 본 적이 있지만 이 세상에 그런 사람
     있다는 말은 못 들었십니더.
경모 : 타잔도 아이고, 늑대도 아이고, 사람은 사람인데 우째 이래 사노.
미란 : 그래 선배님은 저 아저씨에 대해서 아능기 하나또 없능교?
경모 : 도대체 저 아저씨 연세가 얼만동 가족이 우찌 됐는동 하나또 아능
     기 없다카이. 그래가 신비하다꼬 안 카드나.
미란 : 그럼, 저 아저씨 이제 은제 내려 오능가요?
경모 : 하루 종일이지 뭐. 산에 가면 해가 빠져야 온다카이. 점심은 무얼
     먹는지도 모르겠다카이.
미란 : 그라믄 우짜지요?
경모 : 내는 오늘 아저씨에 대한 신비를 풀고 이 산을 내리갈끼다.
미란 : 내는 우짜고요?
경모 : 니도 같이 있어야제.
미란 : 해빠질 때까지요?
경모 : 그럼.
미란 : 그럼 집에는 은제 갈라꼬요?
경모 : 아저씨 만나가 문제가 다 해결되믄…….
미란 : 해결이 안 되믄?
경모 : 내도 여서 살란다.
미란 : (깜짝 놀라서) 예?
경모 : 을매나 좋노. 이 산 속에는 공기좋고, 물좋고, 사람 신비롭고. 아저
     씨가 묵을 건 해결하겠지 뭐. (유들유들하다)

미란 : 내는 우짜란 말입니꺼?

경모 : 사람 나아가 스무살이 넘으마 지일은 지가 알아서 하는 법이다이.

미란 : 선배님 이제와서 까만 말 하기요? 세모꼴로 말하기요?

경모 : 내는 내 진심을 얘기했다, 와.

미란 : 해빠지도록 기다리다가 아저씨도 안 오마 내는 우짜노. (혼자말로) 늑대굴에 들어온 내가 바보지.

경모 : (방백조로) 믿는 자에게 복이 있나니, 오 그대여 초조하게 굴지 말지어다. (미란을 힐끗 쳐다보고서 다시) 겉으로 빛나는 금 상자를 골랐지만 결국에는 허빵을 친 어리석은 인간이 되지 않도록 해 주소서. (미란에게) 내려가기 싫으마 우짜든동 아저씨가 나타날 때까정 기달려야 안 되나. 우리도 산 속에 들어 가서 이런 것 저런 것 구경이나 해 보자. 뭐가 있을란동 아나.

미란 : 산 속에 들어가가 (경모를 다시 한번 살피고) 이상한 짓 하지 마소. 내 소문 다 낼끼구만.

경모 : 이상한 짓? 그래라. 그라믄 누가 손해 볼낀공? (놀리는 몸짓. 산 속으로 들어 간다)

미란 : (약이 오르지만 할 수 없이 따라 간다)

〈제2막〉

주위가 어둑어둑해지고 음습한 동물의 소리도 난다. 자세히 들여다 보아야 얼굴을 식별할 수 있을 정도의 어두움. 병식의 집에는 아무도 돌아 오지 않았는지 불이 켜지지 않았다. 달수와 창세 무대 오른쪽에서 살금살금 등장한다.

달수 : (나지막한 소리로) 이 집이 틀림없나?

창세 : 아, 글쎄 틀림없다카이요. 내 아까 고 지집아 뒤를 몰래 밟아 왔다
　　　 가 눈여겨 보아 놓고 사장님에게로 쏜살같이 달려 간거 아입니꺼.

달수 : (고개를 갸우뚱한다)

창세 : 아 지를 그래 못 믿으십니꺼? 지가 한 일에 어디 한 분이라또 실패
　　　 한 적 있습니꺼?

달수 : 그런 적은 없지만 자네가 어린 계집애 말을 너무 쉽게 믿고 괜히
　　　 흥분하는 게 아닌가 해서 말이야.

창세 : 우짜든동 안으로 들어가 보시더.

달수 : 그래. 그렇지만 여차직하면 재빨리 몸을 피해야 하네. 쓸데없이 봉
　　　 변당하지 말고 말이야.

창세 : 아 그야 이몸의 전공과목 아입니꺼.

　　　 창세와 달수, 마당으로 들어선다. 창세는 마당 주위에 널려 있는 조각
품들을 들여다보다가 깜짝 놀란다. 그는 달수에게 마당 주위에 올려
놓은 조각품들을 손가락으로 가리키며 흥분한 표정이다. 둘이는 정신
이 없이 이것저것 만져 보면서 감탄하고 고개를 끄덕이고 야단이다.
이때에 미란이 무대 왼쪽에서 어깨가 축 처진 모습으로 등장한다. 얼
굴에는 고민의 빛이 역력하다. 그녀는 달수와 함께 있는 창세를 보고
놀라는 표정이더니 무관심으로 이내 아까처럼 착잡한 표정을 짓는다.

미란 : (천천히 창세에게로 가서 퉁명스럽게) 아저씨! 여는 웬일로 오셨능
　　　 교?

창세 : (소스라칠 듯이 놀라 조각품을 얼른 제자리에 놓으며) 아이구메, 깜짝
　　　 이야. 아 떨어져뿠다. 삼대 독자 떨어져뿠다. 누구라? 아 이거 불
　　　 이 있어야 얼굴이 보이지. 이거 불 없나? 불! (순간적으로 불이 팍

들어온다) 어이구 깜짝이야. 아 떨어지겠다. 사대독자!

미란 : 아이. 아저씨가 우짠 일로 이까장 오셨능교?

창세 : 야야. 니가 우리 가게에 와서 심심커든 이상한 아저씨한테 가 보
자 안 캤나?

미란 : 근디요?

창세 : 그런데 이때꺼정 한분도 같이 가자꼬 하지 안하대. 그래가 내가
오늘 아침에 니 뒤를 몰래 밟아가 안 왔나.(의기양양하다)

미란 : 남자는 다 그렁교?

창세 : 뭐가?

미란 : 다 도둑놈잉교?

창세 : (뭔가 말이 통하지 않는다) 그 뭔 소리라?

미란 : (울 듯이) 나도 모립니더.

창세 : (미란의 몸을 샅샅히 살피면서) 야가 어디 산에가 뒹굴다가 니리 왔
나 옷꼴이 와 이모냥인고? 누구한티 뭘 뺐겼노?

미란 : (불현듯 창피하다) 뭐가예? (자기의 옷매무시를 살핀다)

이때 경모가 무대의 왼쪽에서 천천히 등장한다. 창세가 경모의 등장
을 지켜 보다가 미란에게 저 사람이 그 사람이냐는 뜻으로 눈짓을 한
다. 미란이 고개를 끄덕거린다.

창세 : (알았다는 듯이 입맛을 쩍쩍 다시면서 경모에게로 간다) 어이구 이거
안녕하셨습니꺼? 처음 뵙겠습니더.

경모 : (어리둥절한 표정으로 걸어 온다)

미란 : (너는 이제 임자 만났다는 표정)

창세 : 하, 이거 일찍 찾아 뵙고 인사를 디렸어야 하는데, 이제야 이렇게
인사를 디립니더. 절 받의소. (마당에서 큰절을 한다)

경모 : (더욱 어리둥절하다)

미란 : (이제 어리둥절해진다)

철수 : (기침을 큼큼한다)

창세 : 아, 예. 여, 우리 사장님이 같이 오셨습니더. (달수더러) 사장님 이
리 오시소.

달수 : (거드름을 피우며) 나, 달수올시다. (조각품들을 가리키며) 나보고 이
방면에서는 전문가라고들 합니다. 자 여기……. (명함을 내민다)

경모 : (명함을 받으며) 예, 그러십니꺼?

달수 : (뭔가 이상하다. 창세에게 다가가서 귓속말로) 여보게 저 사람 너무
젊지 않나? 어딘가 이바리가 맞지 않는 것 같은데…….

창세 : 에이, 사장님도. 요새 젊고 늙고가 문젭니꺼. 맹그는 물건이 을매
나 참하냐 이게 문제지. 저 물건들 한번 보이소. 현물이 말해 주고
있잖습니꺼, 현물이. 사장님도 산 속서 십년만 계셔 보이소. 저 사
람 정도로 젊고도 남을 낍니더.

달수 : (고개를 끄덕이며) 허긴 그래.

창세 : (기가 살아서) 그런데 속세에서 돈깨나 벌었다고 술집에 가면 이년
한테 팁을 주고 저년한테 팁을 주고….

달수 : (이 사람이 지금 무슨 소리를 하느냐는 표정이다)

창세 : 또 이차 가자, 삼차 가자. 노래방 가자, 소주방 가자. 그뿐입니까?
계집질은 또 안 합니꺼? 거다가 툭하면 사업차니 어쩌니 하믄서
동남아 관광이나 갔다오고. (달수 이외에 모두 재미있다는 표정들
이다) 갔다와가는 에이즈인지 뭔지 때문에 걱정이나 하고 말입니
더. (신이 났다) 그런 놈들은 이 지구상에서 싹 쓸어 가야 한단 말
입니더. 고생고생해가 먹고 사는 사람들이 있는가 하면 이건 하루
아침에 줄서기 잘 해가 떼돈 버는 사람이 안 있능교. 그카만 누가
열심히 일할라 합니꺼? 길거리의 현수막에는 멋지게 써 붙여 놨

지예. 열심히 일하는 사람이 잘 사는 사회. 그런데 텔레비전 유스
에는 오렌지족이 어쩌니 저쩌니, 멀쩡해야 할 다리가 갑재기 무너
져가 어쩌니 저쩌니 하고 떠들지를 않나 세금을 내도 누가 떼먹
었는지 알 수가 없다카질 않나 거다가 지존파가 어쩌니 저쩌니
하고 떠들어 대니 우째 안심하고 열심히 일하고 싶은 맘이 생기
겠습니꺼?

달수 : (기가 차서 마당을 왔다갔다 하면서 경모의 눈치를 본다)

창세 : (신이 나서) 그러나 (길게 뺀다) 사장님은 나를 믹이 살려 주시니꺼
네 예외에로 하겠십니더. (달수에게) 됐지예. (달수 안심하는 표정이
다) 그런데 (경모를 향하여) 와 이러코롬 바보 짓을 하십니꺼. 내 어
두와서 자시 보지는 못했지만도 이 물건들이 아주 멋진 것들임에
틀림없십니더. 이 물건들을 시장에 한분 내놔 보이소. 아마 불이
날낍니더. 대도시에 돈많은 사람들 안 많십니꺼. 이집이 이게 뭡
니꺼? 안에 카라 테레비죠온 있습니꺼? 씨디비죠온 있습니꺼? 좋
은 차 최소한 이천오백씨씨 되는 차 있십니꺼?

경모 : (모른다는 뜻으로 손을 가로 젓는다)

창세 : 거 보이소. 아무리 좋은 물건 맹글면 무얼하능교. 팔아야 합니더.
팔아야 돈이 생기고 돈이 있어야 지집도 생기고. (아차 싶다. 미란
이를 쳐다보며) 아이구 요 요 조둥아리. (근엄한 말로 바뀌며) 남자
는 무릇 세 가지 뿔을 조심하라캤는데. 손뿔, 입뿔 그리고 (사타구
니를 가리키며)……. 뿔, 히히.

달수 : (창세에게 점잖은 소리로) 자네 그 사설 언제 그칠라나?

창세 : 예? 아예. 인자 다 했습니더. 사장님 말씀 하이소.

달수 : (경모에게) 아 이거, 죄송하게 됐습니다. 저 사람은 원래 신이 나면
마구 지껄여 대는 버릇이 있습니다. 나쁜 사람은 아니니 용서하시
길 바랍니다.

경모 : (자기는 이 상황에서 아무 관계도 없다는 뜻으로 손을 가로 젓는다)

달수 : (경모가 말을 하지 않는 것에 괴이함을 느끼지만 불쾌해서 그런 줄 알고) 그러나 저 사람의 말에도 어느 정도의 일리는 있습니다. 물건을 이렇게 만들어 놓기만 하고 유통을 시키지 않으면 물건의 가치를 인정받을 수 없게 됩니다. 다양한 정보가 나날이 새롭게 쏟아지는 이 시대에 귀중한 물건을 가지고 계시기만 한 것은 지나친 욕심입니다. 돈을 가진 사람들이 정당한 가격을 지불하고서 그 진가를 나누어 가지도록 은혜를 베풀어야 하는 것이지요. 지금은 어두워서 물건값을 매기기 힘이 듭니다마는 얼핏 보기에도 이 조각품들에는 정신이 살아 있는 듯해서 상당한 가격이 나갈 것으로 생각됩니다. 모쪼록 우리들에게 일을 맡기시면 선생님께서는 조금이라도 손해가 없도록 처리를 해 드리겠습니다. (창세에게) 여보게, 어찌 됐나?

창세 : (기다렸다는 듯이) 아,예. 여어 있습니더. (품에서 봉투 두 개를 꺼낸다) 이거는 계약금쪼로 가져 온 것이고예, 이거는 헤헤, 계약섭니더. 만사는 불여튼튼이라꼬. 돌대가리도 뚜디려 보아야 안심하는 세상 아입니꺼. (모두 웃는다. 자기 말이 잘 돼서 그런 줄 안다. 종이를 펴면서) 여어다 도장만 꽉 눌러 주만 됩니더. 도장이 없으마 지장이라도 개않십니더. (경모에게 종이를 건넨다)

미란 : (그들이 하는 꼴을 가만히 보고 있다)

경모 : (안 받으려고 뒷걸음질 치면서) 아, 나, 나는(손을 내젓는다)

달수 : (경모에게 다가가서) 아니 그러실 것 없습니다. 이 세상 사람들이 다 사기꾼이라고 해도 우리만은 믿어도 좋습니다.

창세 : (혼자말로) 뭐라꼬? 지가 질로 못된 사기꾼이면서. 우리를 믿으라꼬. 이 좋은 물건들을 그래 헐값에 가져다가 비싸게 팔아 묵을 생각을 하문서 우리를 믿으라꼬? 에이 이 똥구멍에 말뚝을 박을 놈

아. 이놈에 목구 멍이 포도청이지. 이 순진한 사람들에게 가짜 문서를 디미는 이 심정이 고약하구먼. 이 내꼬라지가 뭐꼬? 토끼같은 새끼들만 아니라면야 요런 지랄할 필요가 없는데, 여우같은 마누라야 이제 다 늙은 형편이고. 내도 이번이 마지막이다. 이라다가 난중에 죽어가 어디로 가겠노? 하긴 시방은 지옥이 만원이라카이 어쩔 수 없이 천당으로 가겠다마는 그래도 선택되가 천당에 가야지 어쩔 수 없이 천당에 가서는 조상뵐 민목이 없잖나.

달수 : (문서를 들고 중얼거리는 창세를 보고) 아니 자네 비 맞았나?

창세 : 예? 비가 옵니꺼?

달수 : 이 사람이. 자네 비맞은 중처럼 무얼 그렇게 씨부렁거리냐 말일세.

창세 : 아, 예. 배가 고프다 안 캤습니꺼.

달수 : 배가 고프다고? (시계를 본다) 그렇긴 하겠군. 점심 먹은 지 벌써 여섯 시간이나 지났으니. (경모에게) 뭐 좀 먹을 게 없을까요? 라면이나 빵이나. 우리는 주인장을 얼른 뵙고 일을 빨리 처리하고 가려고 먹을 걸 저 밑에 있는 차에 두고 와서 말입니다. (약간은 멋쩍다)

경모 : (당황하여 무대 뒤로 슬금슬금 도망친다)

창세 : (미란이에게) 저 사람 버버리는 아니제?

미란 : (고개를 가로 젓는다)

창세 : (고개를 따라 저으며) 아니 이 사람들이 우째된 심판인고? 자네도 그 단새에 버버리가 됐나?

경모가 없어지면서 오버랩되어 병식이 등장한다.

병식 : 아니, 이 집에 웬일로 사람들 소리가 나는고?

달수와 창세 어리둥절해진다.

창세 : (병식이 쪽으로 쫓아가서) 뉘신교?
병식 : (이상한 사람 다 있다는 투로) 나? 이 집 주인이요. 그런데 당신은?
창세 : 주인이라캤습니꺼?
병식 : 그렇다니까.
창세 : 그라모 아깨 그 젊은 줸은 주인의 아드님이십니꺼?
병식 : 젊은 줸? 아들?
창세 : 예에. 아드님요.

병식, 달수를 쳐다본다. 금방 알아차린다. 달수, 병식을 자세히 뜯어 본
다. 병식의 소리가 어디선가 듣던 목소리다. 그러나 아직은 잘 모른다.

병식 : 그러면 당신도 내 아들이요?
창세 : 무슨 그런 말씀을…….
병식 : 그러면 아무도 내 아들은 아니오.

달수, 병식에게 다가 온다.

달수 : 저 혹시…….
병식 : (침착한 태도로) 달수로구만.
달수 : 맞아. 병식이, 맞지?
병식 : 아닐세.
달수 : 아니라니. 내 금방 자네를 알아 보겠는데.
병식 : 자네들이 알았던 그 병식이가 아니란 말일세.

다른 사람들 두 사람 사이를 궁금하게 여긴다. 경모도 돌아온다. 미란이 경모에게 다가가서 흥분한 표정으로 무어라고 말을 한다. 두 사람집 뒤로 숨어서 병식과 달수의 말을 엿듣는다.

달수 : (위기를 모면하려는 듯이 창세에게) 자네 차에 가서 뭐 마실 것좀 가져오게. (창세 무대에서 사라진다. 조금 있다가 다시 병식에게) 아니그게 무슨 말인가?

병식 : 뿐만 아니라, 이제는 자네들과 상종할 수 있는 병식이도 아니란말일세.

달수 : (다시 한번) 아니 그게 무슨 말인가?

병식 : 자네들은 나의 소식을 모르고 있었겠지만 나는 자네들의 소식을다 알고 있었네. 오늘 아침에 까치가 유난스럽게 울어대더군.

달수 : 그러면 나를 만난 것이 반갑지 않단 말인가. 그것도 이렇게 아주우연히 만났는데 말이야.

병식 : 아니지. 이건 우연이 아니야.

달수 : 그럼

병식 : 일차적으로는 저 물건들 때문이지.

달수 : 그 다음엔

병식 : 자네가 쫓아가는 그 돈 때문이지.

달수 : 그거야 현세에 살아남기 위해서는 어쩔 수 없는 일 아닌가?

병식 : 그렇지는 않네. 우리가 지난 시절 열정에 빠져서 거리를 달리면서부르짖은 구호가 무엇인가?

달수 : 그거야 민주화 해라, 독재자 물러가라 이런 거 아니었나?

병식 : 맞았네. 그때에 사람들은 우리를 보고 투사니 열사니 하고 떠들어댔지.

달수 : 그랬었지.

병식 : 그런데 이제는 우리와 정신적 궤를 함께 했던 사람들이 모두 변해
　　　버린 거야. 별을 달고 의기양양하게 하늘로 향한 것이지.

달수 : 살다보니 그런 거 아니겠나.

병식 : 살다보니? 그때 우리들이 살다가 적절히 변하자고 다짐했던가?

달수 : 그렇다고 어떻게 하자고 한 것도 없잖은가?

병식 : 그러니까 그 당시에 우리들의 정신적인 가치가 무엇이었는가를
　　　이 사람들과 같이 확인해 볼 필요가 있다는 말인가?

달수 : (말이 없다)

병식 : 우리들이 젊었던 시절, 그때는 모두 하나의 가치를 향하여 열정적
　　　으로 돌진하였지. 그러면서 우리들은 맹서를 했었지. 세상이 변해
　　　도 우리들은 변하지 말자고.

달수 : (말이 없다)

병식 : 그때에 변하지 말자는 말이 어떻게 변하자고 구체적인 상황을 지
　　　적한 것은 아니었지?

달수 : 그래서. 우리들이…….

병식 : 그렇지만 우리들은 그게 무엇을 말하는 건지 마음과 마음으로 느
　　　끼고 알았어. 동지애라고나 할까. 뭐, 그런 거였지.

달수 : 그리고는 오랫동안 헤어져 있었잖나? 벌써 십수 년이나 됐잖나?

병식 : 그래. 당분간은 함께 있다가 자네는 밖에서, 나는 안에서 떨어져
　　　지냈지. 나를 주모자로 몰아서 말이야.

달수 : 그건 지나간 일이잖나?

병식 : 그렇지, 바다 위에 배가 지나가면 그 자국이 금방 없어진다고 해
　　　서 그 배를 타고 있던 사람들의 기억도 쉽게 사라진다고 생각해
　　　서는 안 되네.

달수 : 그렇다고 모든 사람들이 그 기억을 다 간직하고 있는 것은 아니잖
　　　나?

병식 : 자네로서는 그렇게 생각하고 싶겠지. 그러나 과거를 기억하고 있
　　　　는 사람이 하나라도 있다면 그 과거는 소중한 것이야. 그게 인간
　　　　이 가진 본질적인 장점이자 단점이기도 하지.

달수 : 이제 나는 과거를 버리고 사는 것이 더욱 현명한 일이라는 걸 알
　　　　게 되었네.

병식 : 자네가 깨끗이 잊을 수 있던 과거를 나는 잊을 수 없어서 오히려
　　　　더욱 소중히 붙들려고 하는군.

달수 : 잊을 건 잊어야 하지 않나?

병식 : 우리가 거리에서 뛰어 다니며 소리치고 잡혀 가고 할 때에 이런
　　　　일을 영원히 잊어서는 안 된다고 밤낮으로 중얼댄 사람이 바로
　　　　자넬세.

달수 : (화가 난 표정으로) 지금은 다르잖나?

병식 : 뭐가 다르다는 건가?

달수 : 상황이 다르잖나?

병식 : 어떤 상황이 어떻게 다르다는 말인가?

달수 : 여러 가지로.

병식 : 돈이 생기니 다르게 된 거겠지. 욕망의 방향이 바뀐 거고.

달수 : 나는 현실을 중시할 수밖에 없다는 결론을 얻었네.

병식 : 그래도 지금보다는 우리가 어떤 하나의 목표를 향하여 목숨을 불
　　　　사를 듯이 돌진했던 그 시절의 삶이 더욱 의미있는 것이 아닐까?
　　　　자기 자신의 이익이나 명예가 아니라 좀더 큰 질서를 위하여 노
　　　　력하는 삶, 뭐 이런 것 말이야.

　　　무대 서서히 암전된다.

<제3막>

무대가 점차 밝아 온다. 용명되면서 탈춤 사위가 펼쳐진다. 배우 한 사람이 탈춤을 추면서 대사를 읊어댄다. 대사의 내용은 「도이장가」.

님이시여, 님이시여.
그대들의 죽음으로 더 큰 죽음 막았으니
그대들의 한번 죽음은 영원히 살았음이로다.
아아, 그대들의 넋이여
빛나는 충절로
나의 영혼을 더욱 뜨겁게 하소서.

춤이 끝나가면서 천천히 회전무대에 의하여 무대의 가운데에 있던 장치가 바뀐다. 고려 초의 전투장. 무대 가운데에서 고려 병졸 두 명이 코를 불며 쿨쿨 자고 있다. 순시하는 장교가 무대 오른쪽에서 등장한다.

장교 : 아니, 이 녀석들이. (큰 소리로) 불이야!
병졸 1 : (잠에서 깨지 않은 채) 야 임마. 웃기지 마.
장교 : 불이 났다니까.
병졸 1 : 그러면 니가 꺼.
병졸 2 : 왜 이리 시끄러워. 고향 가는 꿈을 꾸는데, 에이.
장교 : (딱하다는 표정이다) 하긴 고단하기도 할거다. 고향에 있는 처자식
　　　도 보고 싶을 거고. (약간 감상적인 태도다. 그러나 여기는 전장이라
　　　는 생각을 한다) 그렇다고 이렇게 잠을 자다가는 모두 죽게 돼. 애
　　　들아, 일어나 밥먹으러 가자!
병졸들 : (벌떡 일어나며) 밥! (두리번거린다. 밥이 없고 장교가 버티고 섰다)

회전무대 위의 장치가 좌우로 나뉘어서 사라지고 무대가 넓어진다.

병졸 2 : (장교에게 큰 소리로) 보초 근무 중 이상 무!

장교 : (병졸들에게 다가가며) 이놈들! 근무 중 이상 무라니? 잠을 자고서도
　　　이상 무야? (점점 다가 간다)

병졸 1 : (뒷걸음으로 물러서며) 이상이 없어서 잠을 잤습니다.

장교 : 뭐라고? 너는 근무 중에 잠을 자면 영창감이라는 걸 모르나?

병졸 1 : 영창요?

장교 : 그래.

병졸 1 : 아이쿠 이젠 죽었다.

장교 : 그러면 여기서 조금 더 훈련을 할까 아니면 영창에 보내 줄까?

병졸들 : 훈련할랍니다.

장교 : 그래? 그럼 물어 보자. 훈련 중에서 가장 기초가 되는 훈련은 무엇
　　　이지?

병졸 2 : 그거야 제식훈련 아닙니까.

장교 : 맞았어. 자 그럼 시작해 보자. (조금 있다가, 무대 오른쪽을 가며) 너
　　　희들도 이리와.

　　병졸들 우르르 나와 선다.

장교 : 이열 횡대로!

병졸들 : 이열 횡대! (외치면서 이열 횡대로 선다)

장교 : 제식훈련 중에서 가장 기초가 되는 것은 행군이다. 지금부터 행군
　　　훈련을 한다. 알았나!

병졸들 : 예의. (길게 뺀다)

장교 : 행군 중에 군가한다. 군가일발 장진. 군가는 진짜 사나이. 앞으로 갓!

병졸들 : (행군을 시작한다. 서로간에 발이 맞지 않는다)

　　　　대령 중령 소령은 호텔방으로
　　　　대위 중위 소위는 장급방으로
　　　　상사 중사 하사는 여관방으로
　　　　불쌍하다 우리쫄병 어인숙으로
　　　　야야야야 야야야야

장교 : (놀라서) 아니 이놈들이. 제자리에 섯. 야 너희들 지금 언제 노래하
　　　고 있는 거야?
병졸 1 : 모릅니다.
장교 : 그것도 모르는 노래를 어떻게 배웠나?
병졸 1 : 꿈속에서 배웠습니다.
장교 : 꿈속에서?
병졸 1 : 네, 그렇습니다.
병졸 2 : 그거말고 또 있습니다.
장교 : 꿈속에서 배운 거 말이야?
병졸 2 : 네, 그렇습니다.
병졸 1 : (앞으로 나서며) 제식훈련 중에서 기초는 행군이다. 지금부터 행
　　　군훈련을 한다. 알았나!
병졸들 : 예의. (길게 뺀다)
병졸 1 : 행군 중에 군가 한다. 군가일발 장진. 군가는 진짜 사나이. 앞으
　　　로 갓!
장교 : (어리둥절하다)
병졸들 : (행군을 시작한다. 서로간에 발이 맞지 않는다)

나 태어나 이 강산에 군인이 되어
꽃피고 새우는 어언 삼십년
무엇을 하였느냐 무엇을 바라느냐
나 죽어 이 강산에 묻히면 그만이지
아아 다시 못 올 흘러간 내 청춘
푸른 옷에 실려 간 꽃다운 이내 청춘

장교 : 아까 것보다는 조금 낫군! 가사가 그럴듯해! 그런데 그게 왜 진짜
　　　사나이냐?

병졸 1 : 우리 신세를 말하는 거 아닙니까?

장교 : 그러면 너희들이 진짜 사나이란 말이렸다.

병졸 2 : 그러믄요.

장교 : 그렇게 생각하면 생각에 맞게 행동을 해라, 이놈들아!

병졸 2 : 우리들 즉 진짜 사나이들은 영창에 가지 않는 거죠?

장교 : 벌은 벌이고 칭찬은 칭찬이다!

병졸들 : (손을 쳐들면서 구호를 외치듯) 일구이언 이부지자, 일구이언 이부
　　　　지자! (장교에게 다가간다)

장교 : 너희들 지금 하극상을 벌이는거냐? 나한테 덤비는 거야?

병졸 1 : (구호를 외치듯) 우리도 사람이다. 고향으로 보내달라!

장교 : 군에서 하극상이면 어떻게 되는 줄 알지?

병졸 1 : 탈영입니다.

장교 : 누가? 네가?

병졸 1 : 아입니다. (장교를 가리키며) 장교님이 말입니다.

장교 : (기가 찬다)

병졸 2 : (큰 소리로) 고향으로 보내주세요.

장교 : 그래, 그래, 이 싸움만 끝나면 너희들은 자동으로 고향 앞으로 갓

한다. 걱정하지 말아라.

병졸 2 : 이 싸움이 언제 끝납니까?

장교 : 나도 모른다.

병졸들 : (구호를 외치듯) 책임있는 답변하라! 책임있는 답변하라!

장교 : 상대방 군사들이 너무나 싸움을 잘 한다. 그러니 이 싸움이 언제
   끝날지 알겠는가?

병졸 1 : 우리도 용감하게 싸웁시다. (동료들을 쳐다본다. 아무도 응답하지
   않는다)

장교 : 상대방의 대장은 지렁이 후손이라고 한다.

병졸들 : 지렁이 후손?

장교 : 그렇다. 그러니 섣불리 대항할 수가 없는 형편이다.

병졸들 : 집에 가자. 집에 가자!

장교는 어쩔 줄을 모른다. 이때 왕건이 무대의 왼쪽에서 등장한다. 왕
임을 표시하는 노란 모자를 썼다. 초가집이 군막으로 사용된다.

왕건 : (장교에게) 어떻게 훈련은 잘 되어가는가?

장교 : 옛. 근무 중 이상 무!

왕건 : 좋았어. (주위에 선 병졸들을 힐끔 쳐다본다. 병졸들의 자세가 별로 마
   음에 들지 않는다. 고개를 가로 흔들며 혼자말로) 이 싸움이 언제 끝
   나겠나. 군사 하나하나가 스스로 무장하지 않으면 싸움에 이길 수
   는 없는 법이거늘.

신하가 황급히 등장한다.

신하 : 왕이시여! 슬픈 소식이옵니다.

왕건 : 또 싸움에 졌단 말이로군.

신하 : 그렇습니다. 견훤의 군사들에게 또 당하고 말았습니다.

왕건 : 그러면 이제는 이 막사까지도 위험하게 됐단 말 아니요?

신하 : 그러하옵니다, 왕이시여!

장교 : (병졸들을 째려 보면서) 그런데도 너희들은 꿈이나 꾸고 있었잖나.
       에이 못난 것들!

왕건 : 이제 와서 그들을 탓하면 어찌하나. 그들도 내 형제요 내 가족인
       걸.

장교 : (허리를 굽신한다)

신하 : 왕이시여, 빨리 옥체를 피하셔야 합니다.

왕건 : 아니, 나는 괜찮네. 어서 병사들이 안전한 곳으로 피하도록 조처를
       하게. 나도 곧 자리를 뜨겠네.

병졸들 : 왕이시여, 옥체를 보전하소서!

쳐들어오는 군사들의 함성이 크게 들려 온다. '왕건을 잡아라', '왕건
이 우두머리다', '왕건은 노란 모자를 썼다' 등의 소리도 들려 온다.

신하 : (무대 끝의 이쪽 저쪽으로 가서 살핀 후에) 이제 뚫고 나갈 길도 모두
       막혀 버린 듯합니다. (절망적이다)

왕건 : 걱정하지 말게나. 인명은 재천이라는데, 끝까지 버티는 수밖에.

신하 : 인명은 재천! 그렇지. (자신의 모자를 벗는다) 왕이시여, 이 모자를
       쓰고 옥체를 피하소서.

왕건 : 아니, 이게 무슨 말이오.

신하 : 그리고 그 모자와 옷을 저에게 주소서.

왕건 : (대충 무슨 의미인지 알아차렸다) 그건 아니 되오.

신하 : 아니, 이래야만 됩니다. 한 사람이 죽으면 나라가 망하지만 두 사

람이 죽으면 나라가 존속됩니다, 왕이시여!.

왕건 : 그대는 죽는 것이 소원이란 말이오?

신하 : 이판에 죽고 싶은 사람이 어디 있겠습니까?

왕건 : 그런데?

신하 : 그렇지만 내 몸을 던져 더 큰 것을 구한다면 그것도 가치 있는 일
일 겁니다. 왕이시여, 한시가 급합니다. (왕건의 모자를 빼앗으려 한
다)

왕건 : 그대의 충절에는 하늘도 무심하지 않을 것이요.

신하 : 부디 나중에라도 저를 기억에서 빼버리지는 말아 주소서, 왕이시
여!

왕건 : (모자를 벗어 신하에게 주고 신하의 모자를 받아서 쓴다)

신하 : (왕건에게 정중히 인사하고) 나가 싸우는 동안 옥체를 피하소서.

왕건 : (판단을 내리지 못한다)

신하 : (병졸들에게) 애들아, 이 싸움에서 이겨야 고향에 돌아갈 수 있다.
우리에게 남은 것은 용맹스러움밖에 없다. 자, 가자!

밖에서 '왕건이를 잡아라', '왕건이는 노란 모자를 썼다' 등의 소리가
들린다. 왕건은 군막의 끝에 가서 숨는다. 불경 읽는 소리를 낸다.

소리 : 야, 노란 모자를 잡았다. 왕건이인지 확인해 보아라.

왕건은 군막 끝에 숨어서 오들오들 떤다.

소리 : 이 나라의 최고 공신은 나요. 거, 무슨 소리를 하는거요. 이러다가
나라 망하겠소. (쌓아 놓은 물건이 무너지는 소리가 난다) 무너졌소.

왕건 : (웅크렸다가 일어서면서 위엄을 갖추어 말한다) 경들은 잘 들으시오.
        내가 오늘날 이렇게 왕이 된 것은 나를 대신하여 싸움터에서 죽
        은 두 공신 때문이오. 그러니 그 두 공신에게 개국의 공훈을 인정
        하는 훈장을 수여하고, 그 가족들에게도 여러 가지 혜택을 주도록
        하시오.

왕건의 말이 끝나면 무대가 암전되면서 아까와 같은 탈춤이 펼쳐진
다. 탈춤이 펼쳐지는 동안 회전무대가 제자리로 돌아온다.

<제4막>

회전무대가 돌면서 병식이의 집이 만들어진다. 마루에 걸터 앉아 있
는 병식과 달수. 병식은 의기양양한 자세이나 달수는 패배자의 표정
을 짓고 있다.

병식 : 우리는 후손에게 어떤 혜택을 주기 위해서 민주화를 외치면서 거
        리를 뛰어 다닌 건 아니었지.

달수 : 우리의 후손에게 혜택을 주기 위해서는 지금 여기에서 우리가 살
        아 있는 동안 많은 재물을 남겨야 한다는 걸 나는 깨달았네.

병식 : 글쎄. 그걸 깨달음이라고까지 할 수 있을까? 가장 원초적인 욕망
        에 충실하자는 건데?

달수 : 바로 그거야. 우리는 더 큰 것을 위하여 목숨을 내거는 것만 깨달
        음인 줄 알고 그렇게 행동하려고 했었다는 것일세. 그렇지만
        ……

병식 : 그렇지만, 이제는 물질적 풍요에 짓눌려서 그런 생각은 내버리기

도 하고 그렇게 행동하려고 하지도 않는다는 말이군.

달수 : 지난날의 그 고고한 척한, 지사연한 자세를 누가 오늘날에도 알아 주는가?

병식 : 그러면 자네는 누구에겐가 인정받기 위하여 지금까지 살아왔단 말인가?

달수 : 꼭 그렇다고 할 수는 없지만, 반드시 그렇지 않다고 할 수도 없는 것이지.

병식 : 그렇다면 어떻게 하면 그 인정을 받을 수 있겠나?

달수 : 일단은 부를 축적해야 한다는 것이었지?

병식 : 정신적인 지조를 꺾어 가면서?

달수 : 그렇게 해야 한다면 그렇게라도 해야지.

병식 : 그 다음의 비난은 누가 감당해 주나?

달수 : 그 다음의 비난이라?

병식 : 변절자라는…….

달수 : 변절자?

병식 : 그래.

달수 : 자네 지금 삼류소설 쓰고 있나?

병식 : 필요하다면.

달수 : (고민하는 표정) 이제는 아니야. (조금 더 큰 소리로) 이제는 아니야! 이제 와서 나를 보고 누가 변절자라고 할 수 있어? (병식을 가리키며) 자 네가? (자리에서 일어나 마당으로 나온다)

병식 : (긍정도 부정도 아닌 자세로 가만히 있다)

달수 : 내가 그 어두운 굴에서 벗어 나와 사회를 새로 배우고 돈을 모으기 위해서 애를 썼다고 해서 누가 나를 보고 변절자라고 할 수 있어?

병식 : 처녀라고 애를 밸 수 없는 것은 아니니까.

달수 : 뭐라구?

병식 : 인간에게 필요한 것은 배가 부른 돼지가 되려는 욕망을 충족하기
위해 매진하는 열정이 아니라 배가 고픈 소크라테스가 되고자 하
는 지조야.

달수 : 지조? 그렇지 우리가 한창 젊었을 때에는 그것만 있으면 모든 것
이 해결될 것 같았어. 그리고 책에도 그렇게 쓰인 경우가 많이 있
었고. 그러나 과학 문명이 이렇게 발달하는 시대에 지조라는 개념
은 사라지고 말았어. (단호하다)

병식 : 그럴까? 자네는 벌써 정신의 중요성을 버렸단 말이지?

달수 : 하루가 달라지는 이 세상에 과거에 집착하는 그런 정신이 무슨 필
요가 있단 말인가? 눈을 다시 뜨고 둘러보면 여기저기에 우리의
삶을 풍요롭게 해주는 것들이 잔뜩 있단 말일세.

병식 : 거기에는 내가 만든 그 조각물들도 한몫을 하겠지?

달수 : (조각품들을 만져 보며) 그렇고 말고. 이것들은 아주 좋은 재보들이
야. 모두 돈을 깔고 앉아 있어.

병식 : 자네는 어찌하여 그 물건들의 값에만 몰두해 있나? 그 물건들이
어떻게 하여 만들어졌는가 하는 정신적 과정을 생각해 보지는 않
고.

달수 : 현상과 본질에 관해서 토론을 하고 그것이 삶의 전부인양 착각하
고 있을 때에는 그럴 여유가 있었겠지.

병식 : 그런데.

달수 : 그런데 이제는 그러고 있을 여가가 없어 즉각적이어야 한단 말일
세. 한번에 보고 돈이 될 것인가 쓰레기가 될 것인가 판단을 내려
야 한단 말이야.

병식 : 그렇다면 자네에게 과거란 한갓 고통스런 혹덩이에 불과하겠군.

달수 : 그럴지도 모르지.

병식 : 그렇다면 역사란 어떤 의미를 갖는가?

달수 : 그것도 내가 당장 의미를 부여할 수 있는 것은 아니라고 생각되네.

병식 : 아니, 그렇게도 당당하던 자네가 어찌하여 이렇게 웃기는 사람이
되었나?

달수 : 세상이 그렇게 만들었지.

병식 : 아닐세. 자네가 그렇게 된 것은 결국 자네 자신 때문일세.

달수 : 내 자신 때문에?

병식 : 그렇지. 욕망을 달성하고자 하는 자네 자신 말이야.

달수 : 욕망이 없는 사람도 있는가?

병식 : 어떤 욕망이냐가 문제지.

달수 : 삼십대 중반이 된 부부가 아들을 하나 얻었어. 얼마나 기뻤겠나?
그들은 아이를 열심히 키웠어. 그런데 그 아이가 부모를 닮은 짓
은 하나도 하지 않는 거야. 얼굴도 자기의 부모를 닮은 것 같지
않고. 뭐 발가락 이 닮았다고나 할까 부모의 모습과 그 아이의 모
습은 아주 달랐어. 그렇지만 그 부모들은 어찌해야겠나? (조금 있
다가) 늦으막에 얻은 아들이라서 감사한 마음으로 이러저러한 일
들은 잊으며 살기로 했지.

병식 : 자네 같으면 그렇게 하겠나? 그렇지 않을걸. 분명히 자네는 혈액
검사를 해서 그 아이는 자네의 아이가 아니라는 걸 밝힐 걸세. 그
리고는 그 아이가 태어났던 병원에 가서 혹시 신생아 때에 아이
가 바뀐 게 아닐까 하고 문의를 했을걸세. 부둥켜안고 살아야 하
는 과거를 깨끗하게 하기 위해서 말이야.

달수 : 자네 같으면 그렇게 하지 않겠나?

병식 : 물론 그렇게 하겠지.

달수 : 그러면 무어가 문제란 말인가?

병식 : 그 다음이 문제지. 자네는 그 다음에 올 일들에 대해서도 이미 답

을 가지고 살아 가고 있고, 나는 그 다음에 올 일에 대해서는 어떤
답을 가지고 있지 못하며 그 답을 찾으려고 일부러 애를 쓰지도
않는다는 것이지.

달수 : 그러면 누가 더 현명하다는 말인가?

병식 : 글쎄, 누가 더 현명하다고 할 수 있을까. 이제 자네를 보니 내가
십수년 동안 산에서 숨어 산 보람이 있는 것 같으이.

달수 : 그건 또 무슨 말인가?

병식 : 과거를 잊고 세상에 휩쓸려 살기로 한 자네나 산 속에서 과거에
매달려 살고 있는 나나 똑같은 모습을 하고 있고 똑같은 생각을
하고 있다면 그 얼마나 서글픈 일인가. 아무 의미 없는 짓거리를
장소가 다른 곳에서 하고 있었다는 결론밖에 더 있나.

달수 : (말이 없다)

병식 : 우리들이 큰 소리를 지르며 거리를 달리고 나서는 무슨 얘기를 했
었나?

달수 : (말이 없다)

병식 : 자네가 말은 하지 않지만 기억에 남아 있을 거야.

달수 : (말이 없다)

병식 : 물고기와 곰발바닥은 한꺼번에 구할 수 없는 것이다. 하나는 물에
서 얻는 것이고 하나는 산에서 잡아야 하는 것이니까. 물고기를
포기해야만 곰발바닥을 구할 수 있다. 사람의 삶에 있어서도 마찬
가지이다. 위태로운 사태에서 목숨과 의로움은 함께 하지 않는다.
그럴 때는 목숨을 버려야 의로움을 얻을 수 있다. 그러니 우리는
치사한 목숨보다는 의로움을 얻어야 한다. 뭐 이런 거였지.

달수 : (괴로운 표정이다)

병식 : 그런데 그곳에서 나온 뒤로 자네들은 알맞게 변신들을 잘하더군.

달수 : 세월이 달라졌잖나?

병식 : 어떻게?

달수 : 현실이 날로 달로 바뀌고 있음을 자네는 진정으로 몰라서 이러는
　　　건가?

병식 : (단호하게) 나에게는 달라진 것이 아무 것도 없어.

달수 : (조금 용기를 얻은 듯이) 그건 자네가 달라진 오늘 속으로 들어가
　　　가려고 하지 않고 있기 때문이야.

병식 : (약간 흥분했다) 지금 이곳, 지금 이것이 나의 현실이란 말이야!

달수 : 그렇다면…….

병식 : 그래. 나의 주변 상황이 변했더라도 나는 지난날의 나, 그대로야!

달수 : 그래서 왕을 위해서 죽은 신하들을 그리워하고 있는 거야?

병식 : 그때가 행복한 때였지. 자기가 믿고 지켜야 할 것들을 위해서는
　　　목숨을 아끼지 않았던 그때가.

달수 : 지금도 우리의 목숨을 바쳐 일해야 할 것들이 많아.

병식 : 자네처럼 돈을 위해서. 가짜 문서를 만들어서 남을 속여 가면서?

달수 : 자네는 나보고 변절자니 자신의 욕망을 쫓아가는 속물이니 하고
　　　욕을 하지만, 자네도 나보다 나은 것이라고는 하나도 없어.

병식 : (충격을 받았다) 아니 뭐라구?

달수 : 그 뒤로 자네는 영자를 어떻게 했나?

병식 : (놀라운 심정. 그러나 드러내지 않으려고 참는다) 영자, 잊어야 할 사
　　　람 중의 하나지.

　　　무대의 오른쪽 가운데에서 영자가 나타난다. 핀 라이트를 받는다.

영자 : 병식씨, 당신이 가지고 있는 그 신념을 저도 믿어요. 한나라 백성
　　　이면서 불평등을 느끼는 사람들이 있다면 그건 개선되어야 할 문
　　　제겠지요. 저는 행동할 수는 없지만 병식 씨를 정신적으로 지원하

는 후원자가 될래요. (사라진다)

병식 : (회상에 잠기는 표정이다) 꽤 예쁜 여자였지. 별로 배운 것도 없는데에 밝고 명랑한 여자였어. 그 여자를 만나면 나는 이상한 불꽃에 휩싸이는 기분이었어. 그리고 나 자신에 대해 반성하는 계기가 되기도 하였지. 그 여자는 슬픔을 안고 살아야 하는 사람이었어. 어릴 때부터 자기의 목숨은 자신이 책임져야 하는 처지였으니까.

무대의 오른쪽 가운데에서 영자가 나타난다. 핀 라이트를 받는다. 잠옷 차림이다.

영자 : 병식씨, 당신이 구호를 힘차게 외치며 거리를 달리는 모습을 보면 나에게도 힘이 생겨요. 나에게 당신의 후손을 기를 수 있는 기회를 주세요. 그 힘을 영원히 지상에 남겨 두고 싶어요. (사라진다)

달수 : 그때 우리들은 자네가 우리들 중에서 가장 먼저 아버지가 될 줄 알았지.

병식 : 그랬는지도 모르지. 그 뒤로 나는 그 여자를 만나지 못했으니까. 그곳에 잡혀 간 뒤로 그 여자는 나에게 한번도 오지 않았어.

무대의 오른쪽 가운데에서 영자가 나타난다. 핀 라이트를 받는다. 초라한 복색이다.

영자 : 저는 두려웠어요. 당신같은 영웅이 좁은 공간에 갇히게 되었다는 사실이 두려웠어요. 내 뱃속에서 커가는 아이에게도 당신의 모습을 보여주기 싫었어요. 사람들은 모두 나에게 말했지요. 낙태를 하라고. 요즈음 애 하나 지우는 게 뭐 그리 어려운 일이냐고 말입니다. 골목에 있는 병원에 가면 보증인 없이도 수술할 수 있다고

요. 저는 그런 말을 듣는 것조차 두려웠어요. 이 아이가 어떤 아인
데, 이 아이가 어떤 아인데……, 그래서 저는 당신에게도 알리지
않고 나를 모르는 사람들이 살고 있는 곳으로 가서 살기로 하였
습니다. (사라진다)
달수 : 자네는 지금까지 영자 씨가 나타나기를 기다리며 산 거지? 자네의
　　　과거 속에 가장 크게 자리잡고 있는 것은 우리가 쫓았던 신념이
　　　점차 퇴색해 가고 있는 것을 안타까워하는 마음이 아니라 그 여
　　　자와의 만남이었지? 그렇지? (지금까지 자신이 당한 추궁을 병식이
　　　에게 하는 태도다)
병식 : 그럴는지도 모르지. 잊어야 할 것과 잊어서는 안 될 것이 있는
　　　데…….
달수 : 그러면 자네 나에게 물어 보게. 골동품 장사를 해서 돈을 모으고
　　　그 돈을 모아서는 무엇 할 것인가 하고 말이야.
병식 : 그러면?
달수 : 정치를 할 것이네.
병식 : 그렇겠지.
달수 : 그래서 영자씨 같은 사람이 없도록 좋은 정치를 할 것이야.
병식 : (빈정거리는 투로) 처음엔 다 그런 꿈을 가지고 정치를 한다고 우리
　　　가 얼마나 토론을 했나. 이제 자네는 그 길을 가겠다, 이 말이지?
달수 : (조각품을 하나 집어 든다) 내가 아까 여기에 와서 이 조각품들을
　　　들여다봤을 때 느꼈어. 아, 이 물건들은 골동품이 아니라 숨을 쉬
　　　고 있는 화석들이로구나 하고 말이야. 그런데 자세히 들여다보고
　　　나서는 또 한번 놀랐지. 이건 모두 다 영자 씨의 얼굴을 닮았어.
　　　자, 보라구. 그리고는 여기에 그녀에 대한 자네의 그리움도 담겨
　　　있다구.
병식 : 지나친 추리는 금물이야.

달수 : 이제 그 추리를 멈추도록 해주지.

병식 : (의미를 알아차린 듯) 나는 여기에서 한 발자국도 나가지 않겠네.

달수 : 지금까지 살아오면서 세상살이는 자네의 뜻대로만 되지 않는다는 걸 알았을 것 아닌가? 떼쓰지 말고 가세.

병식 : (시큰둥하게) 어디로 말인가?

달수 : (조각품을 집어 들면서) 이 여인을 찾아서 말이야!

병식 : (화를 내면서) 자네 지금 무슨 말을 하고 있는 거야?

달수 : (가만히 듣고 있다)

병식 : (여전히 화를 내면서) 내가 이제껏 살아 온 것이 그 여자를 만나기 위해서 살아온 것으로 아나? 내가 그 여자를 만나기 위해서 살았다면 사람들이 북적거리는 도심지에서 소문내면서 살아야지 왜 이 산 속에 묻혀 있었겠나?

달수 : (이제 자신감을 얻었다. 약간 유들유들하게) 그게 다 우리가 젊은 시절에 습득한 전술 아닌가?

병식 : 전술?

달수 : 그래애. 나비를 끌어들이려면 향기를 뿜으면서 제자리를 지켜라.

병식 : 나비? 향기?

달수 : 그럼. 우리는 그곳에서 나온 뒤에 사회에 적응하기 위하여 변신까지 하면서 노력해야 했지만 자네는 그럴 필요가 없었지. (자신감이 넘친다) 아내도 있겠다, 자식도 있겠다, 그들은 자네가 없어도 살아 남았겠다. 이제 남은 것은 그들을 만났을 때 어떻게 해야 할 것인가. 그래서 자네는 산 속에서 조각품을 만들기 시작한 거야. 내가 장사꾼으로 변절, 그렇지 자네 말대로 변절하듯이 말이야. 자네는 표면 논리로는 목숨 바쳐 따라야 할 신념이 사라지고 있으니 과거를 그리워하며 존재하고 있다고 하지만 실제로는 자네의 혈육을 만나기 위한 기다림의 시간을 보냈을 뿐이라구.

병식 : (어이가 없다)

달수 : 자, 가세. 이제는 더 이상 기다릴 필요가 없네. 나비가 꽃을 찾듯이 가세.

병식 : (달수를 기가 막혀 쳐다본다)

달수 : 자네의 조각품들만 팔아도 영자씨와의 장래는 안락하게 보낼 수 있을 걸세. 물건 파는 것은 내가 책임지지. 지난 시절을 생각해서 자네가 손해를 보게 하지는 않을 것이야.

병식 : (입맛이 쓰다. 어물어물하고 있다)

달수 : 아니, 뭘 하고 있나. 어서 가자니까!

병식 : (계속하여 어물어물한다)

달수 : 자, 어서. 시간이 지나면 마음이 식게 마련이야.

병식 : (꿈에서 깨어난 듯) 으응, 잠깐만 기다리게 내 들어가서 옷을 좀 갈아입고 나올 테니. 여기서 기다리게. (아까 숨겨 논 조각물을 얼른 꺼내 품에 넣고 안으로 들어간다)

달수 : (흔쾌히) 아, 그래, 그러게. (승리자가 된 기분이다)

병식 : (방 안으로 들어간다. 방안에 불이 켜진다)

달수 : (혼자말로) 지까진 놈이 별 수 있어. 고려 시대에 목숨을 바친 자들은 역사에라도 남지만 이 시대에 무슨 역사가 있어. 하고 많은 사람들 중에서 왜 내가 희생자가 되어야 해. 하, 내가 이걸 깨닫는 데에 왜 이렇게 많은 시간이 소요됐는고. (시계를 보며) 지금 가면 한밤중에 도착하겠군. 일단 집에 가서 이놈을 놀래 주고. 우리가 살고 있는 걸 보면 깜짝 놀랠 거야. 내일은 경찰서에 가서 콤퓨터 아니 컴퓨러 조회를 신청해야지. 김순경, 아 고녀석이 좀 까다롭단 말이야. 연말선물이나 하나 하지 뭐. (왔다 갔다 한다. 밖을 내다보며) 그런데 먹을 거 가지러 갔던 이놈은 왜 이렇게 안 와. 혼자만 먹고 올래나? (방 안쪽을 기웃기웃한다. 조각품들을 들여다보며)

역시 살아있어. 그리움이 살아 있어. 병식이! 역시 대단한 놈이야.
그렇지만 내 변설에는 맥을 못 추더군. 내가 앞으로 이 세 치 혀의
덕을 단단히 볼게다. (시계를 또 들여다본다. 조금 초조해진다) 아니,
왜 이렇게 한 놈도 안 나타는 거야, 이거 (짜증이 난다. 방안을 들여
다보며) 병식이, 너무 잘 차릴 것 없네. 나가서 좋은 옷을 사 입어
야 할 것이니 말이야. 대충 입고 가세. (답이 없다)

경모와 미란, 손을 잡고 슬금슬금 나타난다. 아까보다는 훨씬 다정한
모습이다.

달수 : (경모와 미란을 번갈아 쳐다보며, 다 안다는 듯이) 산에 오니까 조오
　　　치. 산은 엄마 품과 같은 곳이야. 낯선 남녀가 만나도 금방 다정해
　　　지는 곳이 산이란 말이지. (손가락으로 둘을 번갈아 가리키며) 둘이
　　　좋은 사이지? 나는 한번 척 보면 탁 알아요. (근엄한 말투로) 그대
　　　들은 오늘 이후로 단순한 남녀 관계가 아닐 것이로다. (둘이는 깜
　　　짝 놀란다) 내가 아까 자네들을 딱 보았을 때 직감적으로 느꼈지.
　　　조각품으로 산에서 만난 두 남녀! 자네는 배 (경모를 가리킨다. 경
　　　모 놀라는 표정), 자네는 항구! (미란을 가리킨다. 미란 흠칫 한다. 달
　　　수 여유 있는 자세로) 세상살이란 다 그런 거야. 적도 없고 아군도
　　　없는 거야. 그냥 그렇게 살아가는 거야. 알겠어?

달수, 경모와 미란을 자세히 들여다 본다. 경모와 미란, 약간은 쑥스럽
다.

달수 : 그런데 말이야. 이제는 자네들이 당분간 이 집을 지켜야 할 걸세.
경모 : 예? 거 무신 말씀입니꺼?

달수 : (의기양양) 이 집 주인이 말이야. 나하고 산을 내려간단 말이야.

미란 : (놀라서) 예에? 그라모 이 조각품들은예?

달수 : 내가 처분해야지. 거 다 쓸데가 있어요.

경모 : 그카만 안 되구만요.

달수 : 왜?

미란 : 여 아저씨가 가진 신비를 안즉 풀지 못했단 말입니더.

달수 : (웃으며) 신비?

경모 : 예.

달수 : 이 사람들아, 신비는 무슨 신비. 그 사람은 고려 시대 때 죽은 사람
       이야, 고려 시대 때. 고려 시대면 지금으로부터 몇 년 전인고?

미란과 경모 무슨 말인지 정확한 뜻은 모르지만 죽었다는 말에 동시
에 놀란다.

경모 : 그카마 그 아저씨가 유령이라 말입니꺼?

달수 : (대답이 없다)

경모 : (고개를 끄덕이며) 아, 그래. 이자 알거같다. 유령이라카마 우리가
       홀딱 홀리가 따라 댕깄구마. (미란을 보면서) 그라마 그 아저씨가
       가졌던 신비 때민에 니캉 내캉 하나가 됐다 이말 아이가.

미란 : 와 이카노? 부끄럽구로.

달수 : 그게 아니라 병식이는 이제 나처럼 과거를 싹 잊고 현실로 용감히
       뛰어들기로 했다네. 그가 가졌던 이념들은 고려 시대의 유물로 남
       겨 놓기로 한 것이지.

미란과 경모, 아직도 미심쩍은 눈치다. 이때 창세 씩씩거리며 등장한다.

창세 : 원, 빌사람 다 보겠네. 묻는 말에는 대답도 하지 않고 내빼뻐리노.

달수 : 자네는 왜 이제야 오나?

창세 : (들은 척도 하지 않고) 이 밤에 어델 그리 급히 가는지 모르겠네.

달수 : (얼른 살핀다) 누가?

창세 : 이집 주인 말입니더.

달수 : 뭐? 뭐라구? (매우 당황하는 태도다) 병식이가?

　　　경모와 미란, 방문을 벌컥 연다.

경모와 미란 : (동시에) 아저씨?

　　　병식이 없다. 방안을 들여다보던 미란, 주저앉는다.

경모 : 없잖아!

달수 : 이, 이럴 수가…….

미란 : 경모씨, 저건 뭐라예?

경모 : 글쎄. 뭔 종이 쪼가리 같은데, 함 보자.(안으로 들어간다) 이 뭐라
　　　꼬 씨있노. (종이와 조각품을 손에 들고 나온다)

미란 : 어디 보입시더. (들여다본다) 겨울… 버마재비…….

창세 : 겨울 버마재비?

달수 : 그래 그건 우리들이 십수 년 전에 암호로 주고받던 맹세야.

경모 : 무신 뜻이라예?

창세 : 뜻은 무슨 뜻. 겨울에 범 아가리로 들어가지 말자, 뭐 이런 거겠지.
　　　젊은 아아들이 뭔 의미있는 말을 했겠노?

달수 : (큰 소리로) 자네 지금 나의 과거를 완전히 무시하자는 건가?

창세 : 에이, 사장님도 말이 그타 이말이지, 뜻이 그타 이말입니꺼.

달수 : 겨울 버마재비란 우리들의 맹세를 저버리지 말고, 변절하지 말고,
　　　 깨끗하게 살자, 타락한 세상에 타협하지 말고 살자, 사랑을 버리
　　　 지 말자 이런 의미로 내가 지었던 암호 맹세야.

미란 : 그라모 지금은 누가 버마재비입니꺼?

달수 : 글쎄. (자신이 없다)

창세 : (경모에게) 자네 손에 든 건 또 뭐꼬?

경모 : 이거예? 그 아저씨가 끝까지 감출라꼬 했든깁니더.

달수 : (침통하게) 어디 보세. (받아 든다) 맞았어. 영락없는 영자 씨야. 병
　　　 식이는 이 산 속에 살면서 영자 씨에 대한 그리움을 이렇게 달랜
　　　 거야. 지독한 놈! (조금 있다가, 창세에게) 여보게!

창세 : (멍하니 있다가 깜짝 놀란다) 예? 아 예에.

달수 : (조각품들을 가리키며) 이 물건들을 모두 차에다 싣게.

창세 : 예에?

달수 : 어서!

창세 : 쥔도 없는디, 우째 물건을 실어 냅니꺼? 도둑님 될라캅니꺼?

달수 : 병식이는 이 물건을 나에게 인수하고 사라진거야. 이 물건을 처분
　　　 해서 영자 씨에게 보내야 해. 얼른 실어!

창세 : 그라지예.

미란 : 이자 겨울 버마재비는 없어진기가?

경모 : 뭔 소리를. 변하지 말자, 사랑하자. 벌써 잊아뿟나? 내캉 내캉 버마
　　　 재비 하재이. (서서히 다가가서 미란을 끌어 안는다. 반항없이 안기는
　　　 미란)

　　　 달수와 창세가 웃으며 바라보는 동안에 천천히 막이 닫힌다. 「가을을
　　　 남기고 떠난 사람」 조용히 들린다

달구벌 에바타

등장인물 ―

    신부

    김신부(프랑스 신부)

    서상돈

    어린 서상돈

    서인순

    김광제

    사장

    사무원

    서기(서상돈의 서기)

    청년 1

    청년 2

    서상돈의 며느리들

    함경도에서 온 사람

    마을 사람

    밥을 얻어먹으러 온 사람들

    소작인 1, 2, 3, 4 등 여럿

    여자들 1, 2, 3, 4 등 여럿

    젊은이 1, 2, 3 등 여럿

교수
일본인들
시간 —
1999년 현재
1898년부터 1913년 사이
장소 —
서상돈의 집
광문사 사무실

<서 막>

1999년 현재
사무실 (후에 광문사 사무실이 됨)
책상등 간단한 소도구
사무원, 사장, 신부
김수희의 <애모>가 나지막히 울리며 막이 오르면, 사무원이 노래를
흥얼거리며 책상 앞에 앉아 있다. 책상 위에는 여러 개의 신용 카드가
놓여 있다. 전화벨 소리.

사무원 : 아, 예. 그렇습니다. 신부님이시라꼬예? 사장님은 안죽 안나오셨
십니더. 예, 지가 대충 일을 봅니더. 그라마, 신부님께서 한 시간
쯤 후에 여로 오신다 이 말씀이지예. 예. 알았십니더. 그리 전해
드리지예.

이 카드 저 카드를 이리저리 움직이는 사무원.

사무원 : (몸을 이리저리 흔들며 흥얼거리다가) 여서 빼다가 여다가 넣고.
그래 그렇지 그거 아주 좋은 생각이군. 역시 내 머리는 비상하단
말이야. (가락에 맞추어) 그대 앞에만 서면……. (자기 도취된 듯 돈
다. 그러다가) 아이야, 그럼 이 카드는 우짜지? (다시 책상 앞으로 가
서 카드를 이쪽 저쪽으로 옮겨 본다) 이쪽 거 빼다가 이쪽으로 넣고,
몇일 있다가 이쪽에 넣었던 거 빼서 요다 넣고. (조금 있다가) 그래
그러면 된 거야. 역시 내 머리야. (제 흥에 겨워서) 위 아 더 월드,
위 아 더 월드. 세상이란 별거 아니지. 이렇게 요령을 부려 가며
적당히 사는 거지 뭐. 위 아 더 월, 위 아 더 월. 이럴 줄 알았으면
카드 몇 개 더 맹글어 놓을 걸. 마누라 때민에 못 만들었잖아. 이
놈의 마누라, 내가 카드 만든 거 알면 난리지긴다니까. 카드가 우
리를 잡아 묵느다능기라. 그카믄서 날 자아무을라 카능기라. (관객
을 향하여) 여러분들은 그카지 마시소이. 인생 살마 을매나 산다꼬
헐뜯고 쌈질한단 말인교. 카드 마이 만들어가 내 돈 적게 들이가
푸짐하게 쓰마 그기 존거 아잉교?

사장 : (아까부터 사무원이 하는 짓을 지켜보고 있다) 니 또 시작했나?

사무원 : (멈칫한다) 사, 사장님 오싰능교!

사장 : 아까부터 내 다 보고 있었다.

사무원 : 지도 모리게 지가 하는 짓을 다 보고 계싰다, 이 말씀입니꺼?

사장 : 그래, 와?

사무원 : 와, 그카마 사장님이 몰캉교?

사장 : 몰카라이?

사무원 : 몰카도 모리십니꺼?

사장 : 그기 뭔데? 니는 참 아는 것도 많드라.

사무원 : 다 사장님 덕분 아잉교. 몰카라능건…….

사장 : 몰래 카메라 아이가?

사무원 : 다 아시면시롱.

사장 : 그래 내 몰카로 가만히 보니까, 니 신용카드로 뭘 짓을 하능가 보데.

사무원 : 아이쿠. 사장님 몰카 성능이 보통이 아니네예. 사장님 이리 한 분 와 보이소. (책상쪽으로 사장을 끈다) 안죽 해결 몬한 일이 하나 있십니더.

사장 : (혼자말로) 30대 남편이 제일 겁나능기 마누래가 카드들고 백화점 가능기라던데, 이놈아는 머스마가 돼갔고 맨날 카드를 이리 놓았다 저리 놓았다 한단 말이야.

사무원 : (사장에게) 30대 기업 말씀입니꺼? 이제 그런 거 다 필요없습니다. 내끼 있어야제, 넘의 돈으로 회사늘리마 뭐합니까? 빚져가 허덕대는 것들은 다 정리돼야 한다카니까요. 결국 그 손해는 국민들에게 안 돌아옵니꺼.

사장 : 그래 그래. 니는 생각은 제대로 하는 거 같다.

사무원 : 사장님예. 지 얘기 한 분 들어보시소. (카드를 가리키며) 지가 전번에 주식이 막 오른다고 난리를 지길 때, 이 카드사에서 돈을 빌리가 투자를 안 했십니꺼.

사장 : 그래가 우째됐노? 내 하지말라 안 캤나!

사무원 : 우째되긴 뭘 우째돼요. 다 날려 버렸지요.

사장 : 그래가 니 그 회사에 진 빚을 우째 갚을끼고?

사무원 : 그라이 지가 꾀를 지어낸 거 아입니꺼. 안즉 마누라는 그걸 모르거든예.

사장 : 말해 바라, 우짤래.

사무원 : 우선 돈 빌린 카드는 나두고, 이 카드로 돈을 빌리가 갚는깁니더. 그라고는 얼매 있다가 요 카드로 돈을 빌리가 먼저 빌린 거를 갚는다 이 말입니다. 마침 카드마다 결재일이 달라서 을매나 다행

인지 모립니더.

사장 : (어이가 없다) 너 같이 살면 세상에 무슨 걱정이 있겠노. (혀를 찬다)

사무원 : 하믄요. 지가 이만한 머리를 가지고 있으니 사장님 보필 잘 해드리는 거 아입니꺼.

사장 : 보필? 니 말 잘한다. 니가 내를 보필한다카마 우째 보필한다 말이고?

사무원 : (머뭇거린다)

사장 : 니가 말하는 그 보필이라는 건, 보필이 아니라 니가 반드시 해야할 일을 하고 있는 것 뿐이야. 사무원이 지가 일하는 회사를 위하여 사무보고, 사무실 관리하고 고객관리하는 건 당연한 일 아이가?

사무원 : (머뭇거린다)

사장 : 니 지금 직원 하나 더 늘리달라꼬 그러는게지?

사무원 : 아, 아입니더. 그건 아입니더.

사장 : 그라믄 내한테 말할라고 했든기 뭐꼬?

사무원 : 아, 참. 그걸 잊아뿔 뻔 안했십니꺼? 자꾸 머라카지 마이소. 자꾸 까먹십니더.

사장 : 그래 알았구마. 머라카지 않을테이, 말해바라.

사무원 : 예. 이 카드에서 저 카드로 돈을 였다 뺐다 하믄 내 돈을 하나도 안 디리고 맨첨에 뽑은 돈은 내가 가지게 안 됩니꺼.

사장 : 그렇지.

사무원 : 그카믄 그 사람들은 뭘 먹고 살지예?

사장 : 니가 믹이살리잖나.

사무원 : 예에?

사장 : 니는 이 카드 저 카드에서 빌린 돈을 갚으면서 원금만 주나?

사무원 : 아니지예. 수수료 안 줍니꺼.

사장 : 그래 그게 그 사람들 먹고 사는 밥이야.

사무원 : 아하. 그렇구나.

사장 : 그러니 니는 돈을 빌리가 주식에 넣었다가 다 날리고 지금은 이자
　　　　를 꼬박꼬박 물고 있는기다, 알겠나.

사무원 : 아아. 알겠십니더. 지는 제찌에 빠져가 그거는 미처 생각도 몬했
　　　　십니더.

사장 : 그카마 니는 우째야 되겠노?

사무원 : 빚을 갚아야지예.

사장 : 우째 갚을래? 빚 못 갚으마, 니가 가지고 있는거 다 뺏긴단 말이다.
　　　　우얄래?

사무원 : 집에 가가 솔직하게 말해야겠십니더.

사장 : 그래 바로 그기다. 니 재주가 비상한 척하고 카드를 가지고 놀아
　　　　봐야 니한테 그냥 한 푼이라도 보태 줄 사람 아무데도 없다. 카드
　　　　가지고 오래 끌마 이자가 원금보다 더 많아진데이. 카드로 빌린
　　　　것도 빚이란 말이다. 거다 대고 위 아 더 월드는 머꼬?

사무원 : (풀이 죽었다) 그래 댔으마 좋겠다 아입니꺼. 요새는 영어 안 하
　　　　모 시체다 아입니꺼.

사장 : 그래 그라마 됐다. 어려분 시절에 어려분 일을 하고 있으마, 정신
　　　　을 똑바로 차리고 있어야제. 니가 자꾸 돈돈 하마 나더러 월급 올
　　　　리돌라는 말로밖엔 안 들린다.

사무원 : 아, 아입니다. 인자는 카드 마카 불태뿔랍니다. 실은 지도 카드
　　　　수수료 땜에 걱정이었거든예. 그래가 담배. (얼른 말을 지우려고 한
　　　　다)

사장 : 그래가 담배도 끊을라캤다 이기지?

사무원 : 다른 방법이 없잖십니꺼.

사장 : 그라이 작으나 크나 살림을 잘 살아야 한다카이. 자기 처지에 맞
　　　　는 일을 해야 하는 기다. 오늘 집에 가거든 당장 아내하고 의논해

가 빚갚아래이. 돈을 허투루 쓰면 있는 돈도 다 달아나 버리는 법
　　이데이. 돈이라카는 건 참으로 묘한 거다.
사무원 : 잘 알겠심니더. 사장님이 그렇게 구두쇠 노릇하시는 것도 이제
　　이해가 갈라캅니더.
사장 : 일 원을 버는 것도 중하지만, 일 원을 쓰는 기 더 중한 기다.

　　사무원, 책상 위의 카드를 주머니에 집어넣는다.
　　신부가 나타난다.

사무원 : 아! 이것좀 보래이.
사장 : 또 뭘 보라카노?
사무원 : 그기 아이고예. (손으로 신부를 가리키며) 아까…….
사장 : 전화를 하셨던 분!
사무원 : 아, 예.
사장 : 신부님!
사무원 : 아, 예.

　　사무원 급히 신부에게로 다가간다.

사무원 : 이거 죄송하게 됐심니더. 지가 정신이 없어가 그만…….
신부 : (사무원에게) 괜찮습니다. (사장에게) 안녕하셨습니까?
사장 : 아, 예. (사이) 이렇게 직접 찾아 주시니 부끄럽심니더.
신부 : 아니, 오히려 이렇게 늦게야 찾아뵈어서 미안합니다. 일이 있을 때
　　마다 지원을 해 주시면서도 늘 익명으로 하시니 그 동안에는 드
　　러내 놓고 얘기하기가 좀 어려웠던가 봅니다. 어쨌든 사장님의 후
　　원이 아니었으면 우리가 전개하고자 했던 일들이 그렇게 잘 되기

는 어려웠을 겁니다. 이제서야 감사의 말씀을 전합니다.

사장 : 아, 오히려 부끄럽습니더. 좋은 일, 더 큰 일을 하시는 분들에게 조금이나마 보탬이 되고자 했던 것인데 말입니다.

사무원 : (혼자말로) 아이, 그라마 우리 사장이 넘의 행사에 돈이나 뭐 그런 걸 대줬다 이말이야? 이 회사를 위해가 쎄빠지게 일하는 나한테는 월급말고 아무 것도 준 게 없으민서. 그라고는 이제 와가 아이 부끄럽십니더 어쩌구 이런단 말이제. 그라고 머 나더러 빚질테니 카드 가지고 장난치지 마라꼬. 와 내가 사장보고 내 빚 갚으라꼬 할까봐. 그래 먼 곳에 있는 건 부드럽게 대하고, 가까이 있는 건 가차없이 공격해라 이거구먼.

신부 : 그렇지만 모든 일은 드러낼 때가 있는 법입니다. 이제 새로운 천년을 맞이하는 이 시점에서 돌아보아야 할 의미가 있는 것들은 정확하게 돌아보아서 역사적으로 정리를 하고 새 날을 맞아서 새로운 삶을 살 수 있도록 해야겠지요.

사장 : 새 날 새 삶이라카이 가슴을 설레게 하는 말로 들립니다.

신부 : 그렇지요. 이 천 년을 맞이하는 우리가 자신을 새롭게 하고 참된 가정을 이루어 좋은 이웃으로 살자는 의미입니다. 그리고는 민족과 인류가 함께 가자는 것입니다. 이 지구 상의 모든 것들은 공평하게 나누어지지 않기 때문에 넘치는 곳과 부족한 곳이 있는 겁니다.

사장 : 옛날에도 누가 그런 생각을 했었십니꺼?

신부 : 꼭히 지금 말씀드린 대로는 아니지만 그런 정신을 가지고 사신 분이 있었지요.

사장 : 그기 누굽니꺼?

신부 : 궁금하십니까?

사장 : 신부님께서 그리 말씀하시니까네 더 궁금합니더.

신부 : 그러면 한 번 그 분을 만나러 가 볼까요?

사장 : 아이, 그 분이 여 어디 사십니꺼?

신부 : 장소는 이 근처인데, 시간은 한 90년쯤 지났습니다.

사장 : 그럼 내보고 죽으라 이 말씀이십니꺼?

신부 : 아닙니다. 이제 과거를 비추는 거울로 그 분의 생전 모습을 보실
　　　수 있도록 하겠습니다.

사장 : 아, 예. (사무원보고) 니는 여 꼼짝 말고 있거라.

사무원 : (뾰로통해서) 야, 걱정말고 잘 갔다 오시소. 신부님도예. 아이, 신
　　　부님은 잘 가시소. (돌아서서 몸짓을 해가며) 위 아 더 월. 영어로
　　　월, 영어로 월.

<제1막>

서상돈의 집
1894년 경 초가을 어느 날 낮
서상돈, 서기, 청년 1, 소작인 1, 2, 3, 4 등 여럿, 마을 사람

제1장

초가을 따뜻한 햇볕이 쪼이는 가운데 서상돈의 집에 여러 사람들이
모여 있다.

소작인 1 : 아, 그 참 날씨 한 분 경치기 좋다. 나락이 익을 때가 되이 하
　　　늘이 도우사 이카는갑다.

소작인 2 : 맞다. 맞다. 우리 어르신네 땅을 부치니까네 일마다 순조롭다

카이. 우리가 어르신네 땅 부친 뒤로 가뭄드는 거 봤나? (소작인들 하나씩 가리키며) 봤나? 봤나? 봤나? 그라이 우리 어르신은 하늘이 내신 분이라카이.

소작인 3 : 그랄른지도 모르제. 아, 시방은 3만석지기나 되는 재산을 가진 분이 안즉도 쌀밥을 안 잡수신다캐도.

소작인 4 : 그 참말이가?

소작인 1 : 야가. 니 지금 그걸 누한테 묻는기고? 니 어르신네 땅 처음 붙이나? 니 땅 띠야 되겠네. 기본 소양이 안 됐다 이 말이다.

소작인 4 : 아 그 자석 디기 뭐라카네. 내 그 사실을 모른다는기 아이라, 안즉도 그냥 보리쌀에다가 쌀을 섞어 드시는가 이 말이제.

소작인 3 : 참말이라 캐도. 아, 어르신이 부산 하단포에서부터 낙동강 칠백리를 오가는 배에다가 소금, 쌀, 면포, 한지 이런 것들을 싣고 다니는 사업을 하시가 돈을 엄청 벌고 있어도 쌀밥은 안 드신다 카이.

소작인 1 : 아, 그래 지금도 고령의 개포나 화원의 사문진에 가마 어르신네가 벌여논 사업에 종사하는 사람들이 벌떼같이 왔다갔다 안카나.

소작인 3 : 그카마 쌀은 다 팔아뿔고 잡숫지는 않는갑네.

소작인 4 : 야야, 그 말도 안 되는 소리 하지마라. 그 어르신이 돈때민에 그렇게 졸장부같은 짓을 하시겠나. 쌀밥을 안 자시는 데에는 분명히 그 뭔 까닭이 있을 끼다.

소작인 2 : 글씨, 내는 모리겠다.

소작인 1 : 내도 모린다.

소작인 3 : 그카마 누가 알겠노?

소작인 4 : 이 집에 심부름하는 그 사람은 알끼다. 내 난중에 한 분 꼭 물어 보꾸마.

청년 1 등장. 약간 불량기가 있어 보인다.

소작인 2 : 자아는 이서방 아들 아이가?

소작인 1 : 그렇네.

소작인 3 : 짜슥, 일본에 갔다카드이 은제 왔노?

청년 1 다가온다.

청년 1 : 어, 아재들 안녕하신교?

소작인들 : 어어, 그래.

소작인 4 : 니 은제 왔노?

청년 1 : 한 사날 됩니더.

소작인 2 : 여어는 와 왔노?

청년 1 : 쌀밥좀 얻어 물라꼬요.

소작인 1 : 쌀밥?

청년 1 : 와예. 나는 오마 안 됩니꺼? 그리구 이 집 어른이 시찰이 됐다카
대요.

소작인 2 : 시차리? 시차리가 뭐꼬?

청년 1 : 무식하긴. 시차리가 아이라 시찰 말입니더. 시찰. 그캐서 서시찰
아입니꺼. 서상돈 시찰이란 말입니더.

소작인 2 : 이 자석이. 그래 내 무식하다. 니는 일본이나 갔다왔다꼬 뻐기
는기가?

청년 1 : 일본에 가마 뭐 합니꺼. 거어나 예나 가난하고 배운 것 없는 놈
이 살기 어려분 건 똑같은 기라요.

소작인 4 : 잘 배와 왔다. 니 아부지 복장이 터지겠구마.

청년 1 : 지금 복장이 터져가 누워계십니더. 밑천 한 푼도 없이 내가 뭔

재주로 돈을 벌어 옵니꺼?

소작인 3 : 그라문 착실히 소작이라도 부쳐야제. 아, 어르신네 땅을 부치
면 목구멍에 거미줄은 안치잖나, 이 사람아.

청년 1 : 인자는 다 틀렀십니더. 소작 부치가 언제 돈 모읍니꺼? 한 탕
해야 하는 깁니더.

서기가 여러 사람들과 어울려 나타난다.

서기 : 여러분들, 우리 어르신께서 시찰을 하시게 되었으니, 앞으로는 세
금도 더 잘 내고 논밭도 열심히 가꿉시다.

소작인 1 : 시찰하고 세금하고 뭔 상관이 있십니꺼?

서기 : 있고 말고. 시찰이란 이 지역에 매겨진 세금을 먼저 내고, 나중에
사람들로부터 세금을 거두는 일을 하는 벼슬이야.

소작인 2 : 그라모 시찰은 만날 손해 안 납니꺼?

서기 : 그럴 수도 있지.

청년 1 : 아닙니더. 그럴 수는 없습니더.

소작인 3 : 그기 뭔 말인고?

청년 1 : 시찰은 자기 돈으로 세금을 먼저 내고 나중에 거두기 때민에 은
제든지 돈을 남게 거두는 깁니더. 인제 서시찰은 떼돈 벌게 된 깁
니더. 경상도 관찰사가 알아서 한 자리 준 거 아입니꺼?

서기 : 자네 무슨 말을 그렇게 하나?

청년 1 : 와예? 뭐가 잘못됐십니꺼?

서기 : 잘못되고 말고. 애초에는 어르신께서 덕이 없으시다고 시찰 벼슬
을 사양하셨지. (사이를 두고) 그런데 이 근동에는 그럴 만한 재력
을 가진 사람이 없어서 세금을 채우기 어렵다는 말을 듣고 허락
하신 거라네. 나라 살림을 위해서 말이야.

청년 1 : 그라마 앞으로 서시찰 나리께서 소작인들을 위해가 을매나 봉사
　　　　하시는가 두고 봅시더. 재물 앞에 강한 사람 없십니더. 그라고 아
　　　　니 손 안에 들어온 재물을 와 내치겠십니꺼? 그것도 나라에서 법
　　　　으로 보장된 일인데 말입니더. 재물은 가지만 가질수록 더 갖고
　　　　싶은 깁니더. 아흔 아홉 석 가진 사람이 한 석 가진 사람에게 백
　　　　석 채우게 한 석마저 내놓으란다는 말도 있잖능교.
소작인 4 : 니, 버르장머리없이 어르신을 시험하지 마라.
청년 1 : 시험하지 말라꼬예?
소작인 4 : 그래. 와?
청년 1 : 그 말은 어데서 들었능교?
소작인 4 : 성경 말씀이다. 와?
청년 1 : 성경 말씀요?
소작인 2 : 그래. 와? 우리는 그걸 다 믿는다.
청년 1 : 아재들은 성경 말씀대로 사십니꺼?
소작인 3 : 그칸다 와? 아이 그칼라꼬 노력한다 와.
청년 1 : 진짜 그런가 두고 보입시더.

　　　소작인들 왁자한 분위기.

서기 : 자자. 이러지 말고 우리 어르신에게 축하의 말씀이나 드리러 가세.
소작인들 : 그라지예.

　　　서상돈 등장.

서상돈 : 갈 거 없네. 나 여기 있네.
서기 : 어디 다녀오시는 길입니꺼?

서상돈 : 신부님 좀 뵙고 오는 길일세. 시찰을 하게 되고 보니 그것도 벼
슬이라고 어깨가 무겁군. 지금까지 김신부님께서 우리를 잘 보호
해 주셔서 재물을 벌어들이게 됐으니, 앞으로 어떻게 할 것인가
하는 것도 말씀을 드려야 하지 않겠나? (사람들에게) 이보시게들!
내가 시찰 역할을 잘 해서 자네들에게는 해가 되지 않도록 할 뿐
아니라 나라에도 손해가 되지 않도록 할 것이니 염려 놓으시게.
이익금이 생기면 그것도 나라에 바칠 것이네. 백성이 낸 세금은
다 나라에 바쳐야 할 것 아닌가? 오늘 나를 위하여 이렇게 모였으
니 조촐하게나마 음식을 들고 가시게. (서상돈 퇴장)

서기 : (청년 1을 바라보며) 우리 어르신은 한 번 하신다면 하시는 분이니
다른 걱정은 하지 맙시다.

청년 1 : 말은 하기 쉬운 겁니더. 그라이 말이 문제가 아이고 실천이 문젭
니더. 두고 봅시더. (퇴장)

소작인 1 : 야야! 니는 밥 얻어 묵을라꼬 왔다 안 했나?

청년 1, 대답없이 사라진다.

소작인 3 : 절 마, 저 거 와 저캐쌌노? 어디 잘못 꼬였는갑다.

소작인 4 : 지 일이 욕심대로 안 되이 그라겠지. 젊은 시절 저리 보내믄
안 될낀데.

제2장

서상돈과 서기가 마주 앉아서 계산을 하고 있다.

서기 : (장부를 서상돈에게 보이며) 어르신 여기 있습니다.

서상돈 : (장부를 만지며) 살림 일체는 자네가 맡아서 하는 것 아닌가? 나
　　　는 방향만 결정하고 세부적인 것은 자네가 잘 처리해 왔잖나.

서기 : (감격한 마음으로) 저에게 너무 과분한 일을 맡기셔서 몸둘 바를
　　　모르겠습니다.

서상돈 : 맡은 바 일을 잘 하니 다행 아닌가? 올해 살림도 전하고 비슷하
　　　겠지?

서기 : 예. 그렇지만 전하고는 많이 달라질 것 같습니다.

서상돈 : 아니, 왜? 사업이 잘 안되었나?

서기 : 그게 아니라, 사업도 전보다 훨씬 잘 되고 있고. 특히….

서상돈 : 응 그래. 특히…….

서기 : 시찰로 해서 얻을 수 있는 이익이 수월찮습니다.

서상돈 : 이보게, 시찰로 해서 떨어지는 결전도 나라에 바쳐야 하네.

서기 : (놀래서) 예에?

서상돈 : 놀랠 것 없네. 세금을 거둘 수 있는 권한은 어디에 있나?

서기 : 그거야 나라에 있습지요.

서상돈 : 그렇지. 그러면 나는 나라에서 손이 모자라 세금 거주는 일을
　　　하도록 위임을 받은 사람이야. 그러니 세금을 거두고 남는 이익금
　　　도 나라의 것인 거야. 요사이 나라 재정이 어렵다고 하는데 나라
　　　일을 하고서 그 대가를 세금 거둔 이익금으로 받는다면 그걸 어
　　　찌 백성이 할 짓이라고 하겠는가? 세금을 낸 사람들을 생각해 보
　　　게. 나는 하늘에서 맡긴 재물을 내가 임시로 관리하는 것뿐이니,
　　　별다른 욕심이 없네.

서기 : 잘 알겠습니다.

서상돈 : 재물은 여러 사람에게 나눌수록 가치가 있는 것이라네.

서상돈 퇴장
마을사람 등장

마을사람 : 뭔 재미를 좀 봤능개?

서기 : 이 사람이 지금 무슨 소리를 하는 거야. 바늘도 안 들어가 어르신
네가 얼마든지 꿀꺽해도 되는 재물을 기어코 안 하시겠다는 게야.
백성들 것은 백성들 것이라나 원.

마을사람 : 역시 서시찰은 다르시구먼. 그라이 사람들이 마카 서시찰 땅
을 부치려고 안카나. 저기 마실에 가가 요리문답 책 보는 사람들
에게 물어 봐. 자네들 그 책을 뭐하러 보나 하고 말이여. 그카만
그 사람들이 뭐라 카는지 아나?

서기 : 뭐라고 하는데?

마을사람 : 뭐라카긴. 서시찰 땅 부칠라고 그라지예, 이칸다카이. 시찰 어
른은 인격이 높으신 분이라카이. 근데 내가 알기로는 시찰 나리께
서 공부를 벨로 안 하싰다카는 이바구를 들은 것 같은데, 맞는 깅
가?

서기 : 아, 열 살 적부터 큰 시장에서 장사를 하신 분이 뭘 배우셨겠소?

마을사람 : 그카만 그런 인자한 마음은 어디서 나오는긴고?

서기 : 아, 서양에서 오신 김신부님이나 요리문답, 성경 이런데서 배우시
는 게 아닌가.

마을사람 : 그래 그래. 그나저나 자네는 평생 이렇게 서시찰 어른의 서기
만 할낀가?

서기 : 글쎄. 떡장사가 떡고물을 챙길 줄 알아야 장사하는 재미도 있는
건데. 떡고물을 챙기기는커녕 있는 떡도 다른 사람에게 넘겨줄 판
이네.

마을사람 : 자네가 좀 챙기지 그러나.

서기 : 이 사람아. 윗물이 깨끗한데 어찌 아랫물이 흐려지나. 아랫물이 흐
　　　려지려고 하다가도 맑은 웃물이 크게 내려와 버리니 흙물은 간
　　　곳이 없네 그려. 자네가 온 걸 보니 한 잔 하고 싶은 모양이지. 이
　　　리 오게. (일어난다)
마을사람 : 시찰 어른 감사합니다. 심심하면 목을 축일 수 있게 해 주셔서
　　　말입니더.

<제2막>

광문사 사무실
1906년 6월말경
서상돈, 김광제, 청년 2, 젊은이 1, 2, 3 등 여럿

제1장

서상돈과 김광제가 젊은이들과 대구광문사에 모여서 이런저런 사항
들을 검토하고 있다.

김광제 : 시찰 어르신이 광문사 부회장직을 맡으시어 일을 처리해 주시는
　　　덕분에 많은 일들이 잘 되어 가고 있습니다.
서상돈 : 그게 아닙니다. 회장님이 혈기로 일을 밀어붙이시니까 잘 되는
　　　겁니다.
김광제 : 어이쿠, 밀어붙이기로 말한다면 시찰 어른을 당할 사람이 있습
　　　니까? 한 번 결정하면 한 방향으로 밀어붙이시니까 시찰 어른하
　　　고 일을 하면 두려운 것이 없습니다.

서상돈 : 이제는 젊은이들이 더 많은 활동을 해야할 때입니다. 작년에 을
사조약이 체결된 후에 우리 민족의 의기가 다 꺾였지요. 외교권을
박탈당한 나라가 무슨 힘이 있어서 제 나라를 지킨단 말입니까?
젊은이들을 똑바로 가르쳐서 자신이 해야할 일을 정확히 알게 하
는 것이 중요한 일입니다.
김광제 : 그래서 시찰 어른께서는 새로운 교육기관을 만들어야 한다고 역
설하셨군요.
서상돈 : 서구에서는 이미 좋은 교육제도가 마련되어서 자기나라의 장래
를 위하여 어린이로부터 젊은이들에 이르기까지 새로운 지식을
마음껏 배우고 익힌답니다.
김광제 : 어르신은 천주교 신자이시니 서양인 신부로부터 첨단의 소식을
들으실 수 있겠군요.
서상돈 : 지금 대구에 게신 김신부님께서 우리의 실정에 맞는 훌륭한 조
언을 많이 해 주시곤 하죠.
김광제 : 지난번에 남문 밖 관덕당에 개교한 사범학교는 진정으로 걸작이
었습니다. 저는 회장으로서 눈물이 다 날 지경이었다니까요. 어르
신의 제안이 아니었다면 힘든 일이었지요.
서상돈 : 과찬의 말씀입니다. 그런데 실제로 감사할 사람은 신태휴 감사
입니다. (젊은이들을 보고) 안 그렇습니까?
젊은이들 : 그렇지요.
서상돈 : 경북도내 각군에 사립 소학교 하나씩 세우고, 대구에는 중학교
과정의 사립보통학교를 세운다는 계획을 세웠지만, 감사가 비협
조적인 자세를 가졌다면 하기에 어려운 일이지요.
젊은이 1 : 지금도 관리들 가운데에는 우리가 하는 일을 못마땅하게 여기
는 자들이 있십니더. 지들도 이 나라 백성이고 여어서 살거면 다
같이 협조할 일인데 와 그카는지 모리겠십니더.

젊은이 2 : 아, 이 사람아. 새로운 지식을 가진 사람들이 자꾸만 생기나문 지들이 먹을 건더기가 줄어든다고 생각하이 그러는기 아이가. 우리가 찾아가가 협조 좀 해 주시소 카만, 뜻은 좋은데 어쩌구 하민서도 고치묵은 소리를 하잖나. 마카 속이 까매가 지 묵을거 읎나 살피는기라.

서상돈 : 그래도 나랏님께서 우리가 전개하는 교육운동에 보태라고 지난 이월에 천원이나 되는 특별 하사금을 보내주셔서 얼마나 감읍했는지 모르네.

김광제 : 그건 참으로 굉장한 일이었습니다. 그건 우리 대구광문사 문회의 큰 성과이기도 하지만 나아가서는 이 나라의 미래를 위한 밝은 전망이 제시된 것이라고도 할 수 있습니다. 힘을 더 쏟아야지요. 서울에서 윤치호 선생이나 민영휘 선생들도 의무교육을 실시해야 한다고 주장하고 있습니다. 함께 발을 맞춰 나가면 좋은 날이 올 겁니다.

젊은이 3 : 회장님예. 비협조적인 사람들은 우야까예?

젊은이 1 : 내는 그런 놈들 보마 얼굴에 탁 춤을 뱉아주고 싶은기라.

젊은이 2 : 그캐도 같이 사는 사람들 아이가. 우리가 쪼매 기다리마 다 우리핀이 되는기라. 안그렀십니꺼 어르신!

서상돈 : 자네는 더 이상 교육을 받지 않아도 되겠네. 함께 사는 사람들끼리 서로서로 욕하면 교육을 한들 무슨 소용이 있겠나. 자네는 교육 다 받은 셈이네.

모두 웃는다.
이때 청년 2가 헐레벌떡 뛰어 들어온다.

청년 2 : 회장님, 아이구 어르신! 긴급한 소식이 하나 있십니더.

젊은이 1 : 니는 관청에 일보러 가드이 일은 안 보고 이리 헐레벌떡 뛰와
　　　　　뿐나?
청년 2 : 일을 보고 있다가 이 소식이 더 급한 거 같아가 이리 안 왔십니
　　　　　꺼.
김광제 : 무슨 소식인가?
청년 2 : 우리 관찰사께서 평안북도로 가신답니더.
젊은이 3 : 그기 무신 말이고? 평안북도에 학교가 필요하다 이 말이가?
젊은이 2 : 여기 일이 안죽 안 끝났는데…….

　　　김광제, 서상돈을 바라본다.
　　　서상돈 한동안 말이 없다.

서상돈 : 그래 후임에는 누가 온다든가?
청년 2 : 후임자는 발령을 내지 안했다캐요.
젊은이 1 : 머라꼬? 니가 잘못 들은 거 아이가? 관찰사 자리를 비워두마
　　　　　우째되노?
김광제 : (서상돈에게) 그러면 어떻게 되지요.
서상돈 : 이거 일이 심상치 않습니다. 경북 관찰사 자리가 비게 되면 대구
　　　　　군수가 대리를 하게 돼 있습니다.
김광제 : 그럼, 지난 1월에 군수로 온 박정양이 말입니까?
서상돈 : 그렇습니다.
청년 2 : 그 사람은 이등박문이 등용시킨 친일파 아닙니꺼?
젊은이 2 : 글마가 일본말을 기가 차게 한다카대.
젊은이 3 : 일본말 잘 하마 뭐하노. 이등박문 눈에 등거 보이, 지 나라 팔
　　　　　아묵는데 앞장 설 놈 아이가.
청년 2 : 그카마 우리가 전개하는 학교 설립운동은 우째됩니꺼?

젊은이 1 : 친일파하고 무슨 일이 되겠노.

서상돈 : 이건 일본국이 분명 무슨 꿍꿍이속이 있어서 하는 짓입니다. 통
감으로 온 이등박문이 보통이 아니라더니 이제 그 발톱을 드러내
기 시작했군요. 우리나라를 지배하는 방식을 정치적인 것에서 경
제적인 것으로 바꾸는 겁니다. 백성들이 생각하지 못하게 하고,
먹고 살기 어렵게 만드는 겁니다.

김광제 : 나라의 앞날이 점점 어두워집니다, 어르신.

조명 아웃 되는 듯하다가 인서트 장면.

김광제가 책상에 앉아 있다.
청년 2가 말한다.

청년 2 : 회장님, 인자 우리는 선화당 앞에서 일하지 몬하고 달서교로 쫓
기가야 합니더. 선화당에는 일본놈들이 맹근 대구이사청이 들어
온답니더.

슬픈 곡조의 노래 깔린다.
조명 아웃

제2장

대구광문사 사무실
서상돈, 어린 서상돈, 서인순, 김광제, 젊은이들

김광제 : (웅변조로) 여러분! 우리는 지금 나라 이름은 있으되 국권은 없는

한탄스런 현실 속에 살고 있습니다. 나아가서 나라를 팔아 먹으려는 세력들이 점차 늘어가고 있습니다. 우리가 전개했던 신교육운동은 이제 더 이상 펼칠 수가 없게 됐습니다. 지금 달구벌의 역사를 상징하며 3백여 년을 버텨온 선화당에는 대구이사청이 들어옵니다. 일본인들이 활개를 치며 이 달구벌의 경제를 쥐락펴락하고 있습니다. 이런 위기를 잘 넘기기 위해서는 우리의 생활을 잘 건사해야 할 것입니다.

서상돈 어르신께서 이런 제안을 하셨습니다. 이제 신교육계몽운동을 펼쳐서 나라를 구하려던 우리의 열성을 방향을 바꾸어 현실적인 문제를 해결하는 쪽으로 모으자고 말입니다.

젊은이 1 : 현실적인 문제라는기 뭐를 말하는 깁니꺼?

김광제 : 우선 대구이사청과 그 뒤에 버티고 있는 일본 군대에 대하여 제대로 인식하고, 그들이 비호하고 있는 일본 상인들의 횡포를 막자는 것입니다. 그리고 일제에 아부하는 무리들에 맞서서 우리의 정신을 불러일으키고 자포자기로 무기력해진 사람들을 깨우치자는 것입니다.

젊은이 2 : 뜻은 좋지만, 그런 걸 하려면 자금도 필요하고 조직도 있어야 안 됩니꺼?

김광제 : 좋은 지적입니다. 그래서 이번에는 서상돈 시찰 어른께서 직접 일을 맡아서 하시기로 응락을 하셨습니다.

젊은이들 : 아, 그라문 됐십니더.

젊은이 3 : 새 회장님 한 말씀 하시소. 저희들 가슴이 시원해지게시리 말입니더.

서상돈 : (일어나 나온다) 이제 우리는 새로운 국면으로 접어들었습니다. 실제로 먹고 사는 게 중요한 문제가 된 것입니다. 배가 고프면 아무 것도 할 수 없다고 말합니다. 그렇지만 배가 고프기 때문에 더

용감해질 수도 있습니다. (고개를 떨군다)

인서트 장면
1866년, 대구 감옥
열여섯 살 된 서상돈이 옥중에 있는 삼촌 서인순을 면회하고 있다.
서인순은 짚자리를 뜯어먹고 있다.

서인순 : 아우구스띠노, 그래, 이제는 먹고 살만 하냐?

서상돈 : 예. 발로 뛰면서 돈을 번 지 한 육칠년 되니 먹고 사는 것은 걱정
없습니다.

서인순 : 다행이다. 다 하느님의 뜻이니라.

서상돈 : 아재요!

서인순 : 그래, 내가 여기 있는 것도 다 주님의 뜻이니라. 어린 네가 잘
있다니 내가 이제는 죽어도 마음 편하겠다.

서상돈 : 무슨 말씀을 하시는 겁니까?

서인순 : 그래, 새방골의 할아버지들께서 잘 돌봐 주시느냐?

서상돈 : 그럼요. 제가 장사를 잘 하고, 용기를 가지고 도전을 할 수 있는
것은 할아버지들께서 잘 돌봐 주시고 새로운 지식을 알려 주셔서
가능한 겁니다.

서인순 : 주님의 섭리는 진정으로 대단하구나.

서상돈 : (간절한 소리로) 아재요. 짚자리 고만 잡수시고, 제가 가져온 음식
좀 드시지요.

서인순 : 아우구스띠노야. 고맙다만 지금 내 뱃속은 맛있는 음식을 받아
들일 수 없다. 이 짚자리가 가장 좋은 음식이란다. 네가 가져온 음
식은 앞으로 활동을 많이 해야 할 네가 먹어라. 일하러 다니려면
얼마나 배가 고프겠느냐.

서상돈 : (엎드려 운다) 아재요, 아재요!

서인순 : 남자는 쉽게 울어서는 안 되느니라.

서상돈 : 아재요. 저는 인제 쌀밥은 먹지 않을랍니다.

서인순 : 무슨 일이든지 한 번 마음먹으면 변치 않는 사나이가 되거라.

서상돈 : (흐느끼며) 아재요. 자주 들르도록 하겠습니다.

　　인서트 장면 끝

서상돈 : (계속하여) 배는 고파본 사람만이 그 고통을 압니다. 여기서 배가
　　　　고파지기를 바라는 사람이 있습니까? (둘러 본다) 아무도 없지요.
　　　　일제는 그걸 노리는 겁니다. 화폐를 유통시켜서 고리대금을 하는
　　　　겁니다. 그리고 일제가 우리나라에 꾸어주는 형식으로 들여온 돈
　　　　이 삼백 만 원이나 됩니다. 점차 우리들의 목줄을 위협하기 위한
　　　　수단으로 만들기 위한 것입니다. 이런 행위에 대항하기 위하여 우
　　　　리들은 대동단결하여 새로운 길을 찾아보는 데에 열성을 기울여
　　　　야 할 것입니다. 본인은 그런 일에 힘이 자라는 데까지 협조하고
　　　　도움을 줄 생각입니다. 농공은행을 설립하여 농사를 짓고 공장을
　　　　운영하는 데에 도움이 되는 일을 하겠습니다.

젊은이들 : 그 말씀을 들으이 우리도 힘이 납니더. 힘을 합쳐가 뭉치마 몬
　　　　할 일이 없지예.

김광제 : 감사합니다. 그러면 이제부터 민의소 운영은 서상돈 어르신께서
　　　　맡아서 하시고, 광문회의 일은 본인이 맡아서 해나가겠습니다.

<제3막>
제1장

서상돈의 집
제2막과 같은 시기
서상돈, 서기, 소작인 여럿, 청년 1

서상돈과 서기가 이런 저런 이야기를 주고받고 있다.

서상돈 : 이종국이라는 사람은 일을 잘 하는가?

서기 : 아주 잘 합니다.

서상돈 : 그 사람도 역시 한발 앞서가는 사람이야. 그래 봉산동 터는 좁지
는 않은가?

서기 : 육백 평이나 되니까 잠업전습소를 차리기에는 충분합니다.

서상돈 : 누에를 잘 치면 비단을 생산할 수도 있으니까 아주 건설적인 착
안이지. 김신부님께서 언젠가 상업을 할 사람, 방직업을 할 사람,
산림을 개발할 사람으로 나누어 일을 하면 좋을 거라는 말씀을
하신 적이 있지.

서기 : 그러면 이제 어르신께서 방직업에도 손을 대시려고 하십니까?

서상돈 : 아니야. 그건 할 사람이 따로 있어.

서기 : 따로 있다니요?

서상돈 : 자네도 잘 아는 분이네.

서기 : 제가 잘 아는 분이라면…. 이회장 말씀입니까?

서상돈 : 그렇지. 나보다 훨씬 지혜가 뛰어난 분이시지.

서기 : 이회장께서는 또 어르신네가 추진력이 있다고 말씀하시더군요.

서상돈 : 장군 멍군이군. 그런데 우리가 취급하는 물건 가운데에 고등소

채도 있나?

서기 : 그런 것은 없습니다. 주로 마른 물건들을 취급하니까요.

서상돈 : 그러면 고등소채를 가꾸는 장소를 한 번 마련해 보게. 자본이
　　　　돌게 되면 사람들 입이 고급스러워지게 마련이거든.

서기 : 어디쯤 했으면 하시는 데라도 있으신지요.

서상돈 : 남산동 언덕받이에 하면 물도 잘 빠지고 좋을 것 같은데…….

서기 : 그렇게 하도록 하겠습니다.

　　밖이 약간 시끄럽다.

서상돈 : 무슨 일이지?

서기 : (밖을 내다보더니) 소작인들이 왔습니다.

서상돈 : 지금은 일할 때지 몰려다닐 때가 아닌데.

　　소작인들 서상돈에게 호소하듯이 다가온다.

소작인 1 : 어르신! 저의 사정을 굽어 살펴 주시소예.

서상돈 : 왜 그러나?

소작인 1 : 살림을 살다 보이 돈이 다 떨어져가 농기구를 살 수가 없습니
　　　　　더.

서기 : 자네는 몇 달 전에도 돈을 빌려 갔잖나?

소작인 1 : 그렇지만 물가가 천장 높은 줄 모리고 뛰니까네 정신이 없어
　　　　　예.

서기 : 자네들 무얼 믿고 자꾸 돈을 빌려주겠나? 어르신네 땅을 부치는
　　　　것만도 다행 아닌가.

소작인 1 : (머쓱해진다) 그렇습니다예.

서상돈 : (서기에게) 자네 저기 가서 상자 좀 가져 오게.

서기 : (약간 못마땅하다) 예

서상돈 : (소작인 1에게) 얼마나 필요한가?

소작인 1 : 예? 담보가 없십니더.

서상돈 : 이 사람아 무슨 소리를 하는가? 내가 무슨 고리대금업잔가.

소작인 1 : 지금 당장 필요한 건 작은 액수입니더.

서기 : (상자를 가져온다) 여기 있습니다.

서상돈 : (상자를 열고 돈을 꺼낸다) 자, 여기 있네.

소작인 1 : 어이구 어르신, 고맙습니더.

소작인 2 : (앞으로 나서려 한다)

서기 : (가로 막는다) 자네는 안 되네. 벌써 다섯 번째 아닌가?

소작인 2 : (머리를 긁고 서 있다)

서상돈 : 여보게, 그 사람도 급한 모양이네.

서기 : 그래도 한두번이면 몰라도…….

서상돈 : 급하다보면 자꾸 믿을만한 사람을 찾게 돼 있는거야. (소작인 2
    에게) 이리 오게. (돈을 주면서) 돈을 모으게 되거든 꼭 갚아야 하
    네.

소작인 2 : (허리를 굽신) 고맙십니더. (나간다)

서기 : 어르신, 이렇게 해서 나가고 들어오지 않는 돈이 수월찮습니다.

서상돈 : 여보게. 내가 누구의 힘으로 돈을 버나. 나 혼자 힘으로 버는 것
    은 아니잖나. 저 사람들이 있는 물건 없는 물건 다 쓸어 가지고
    일본인에게 가서 돈을 빌리면 그 뒤에는 어찌 되겠나. 눈을 감고
    있어도 다 보이는 일 아닌가. 없는 사람들에게 일곱 번씩 일흔 번
    을 베풀어도 아무 문제없는 일일세. 다 한 식구들 아닌가. 저렇게
    빌려 준 돈을 받으려고 생각하면 내 머리만 복잡해지는 법일세.

서기 : 그래도 머리 검은 짐승은 은혜를 원수로 갚는다고 하지 않습니까?

서상돈 : 오죽하면 그러겠나.

서기 : 어르신의 뜻은 참으로 알 수 없습니다. 자기자신에게는 그렇게 엄
격하시면서도 다른 사람들에게는 그렇게 너그러우십니까?

서상돈 : 내 몸은 저 사람들이 겪는 고통을 겪지는 않으니 자신에게 엄격
해야 하는 것일세. 내가 나 자신에게 스스로 한 약속은 무슨 일이
있어도 지켜야 하는 것 아닌가. 저 사람들이 우리만큼 살게 될 날
이 하루 빨리 와야 하는 거지. 아마 돈을 빌려 가면서 얼른 갚으리
라고 마음 속으로 몇 번씩 다짐할걸세.

서기 : (가만히 듣고 서 있다)

청년 1 등장

청년 1 : 안녕하신교? 민의소 회장님!

서기 : 아니 너는 웬 놈이기에 그리 버르장머리가 없느냐?

청년 1 : 버르장머리는 벌써 농공은행에 잡혀 먹었능기라요.

서기 : (찬찬히 뜯어본다) 으응. 너 이놈 저 건너 이서방네 아들놈이구나.

청년 1 : 괜히 이놈 저 놈 하지 마시소. 나도 인자 애 아부지라요.

서기 : 그래, 애 아부지란 놈이 그리 부랑스럽냐?

청년 1 : 부랑스런 건 하나도 없구만요.

서기 : 그러면 너의 아버지 장례 때 장례비가 부족해서 어르신께서 빌려
주신 돈은 갚았냐?

청년 1 : (조금 누그러진다) 그래서 이렇게 안 왔습니꺼?

서기 : 그래 돈을 내 놔 봐라.

서상돈 : 너무 다그치지 말게.

서기 : 돈 액수가 얼마인지는 알고 있지?

청년 1 : 한 오십 원 됩니더.

서기 : 그래. 그러면 돈을 내 봐라.

청년 1 : 그 전에 한 오십 원만 빌리 주소.

서기 : 너 지금 그걸 말이라고 하나?

청년 1 : 먼저 사람들에게는 자꾸 빌리 주셨잖십니꺼.

서기 : 자네 요새 일진회 어쩌구 하면서 돌아다닌다며?

청년 1 : 그건 와예?

서기 : 와예라니?

청년 1 : 일진회에 있으마 사람 아닝교? 돈 빌리주마 빚진 거 다 갚을낍
　　　　니더.

서기 : (화가 나서 때리려고 한다)

서상돈 : (상자를 열어서 돈을 꺼낸다) 자 여기 오십 원이 있다. 받아라.

청년 1 : (받는다)

서상돈 : (서기에게) 빚을 받게.

서기 : (청년에게 달려들어) 이리 내라. (돈을 빼앗는다)

청년 1 : 일단 내 손에 드왔으마 내 돈 아잉교? 와, 빼앗아 가능교?

서상돈 : (화가 나서) 나를 시험하지 마라. 너는 벌써 두 번째 나를 시험했
　　　　다. 너는 배울 것과 배우지 않을 것을 혼동하고 있다. 일진회에 관
　　　　계를 하고 있거든 앞으로 우리 앞에 일절 나타나지 말아라. 너는
　　　　제법 똑똑하다고 들었는데 그 말이 허사로구나.

청년 1 : (무슨 말을 하려고 한다)

서상돈 : (화가 난 채 그대로) 세상의 일이란 순리대로 되는 게 있고, 그
　　　　순리를 어겨야 되는 게 있다. 그런데 너는 순리를 지켜야 할 때는
　　　　순리를 어기고 있고, 순리를 어겨도 좋을 때에는 순리를 지키고
　　　　있다. 그러면서 나를 시험하고 있다. 나는 지금껏 너와 같은 젊은
　　　　이들을 해코지 하고자 한 적이 없다. 그런데 너는 그렇지 않은 것
　　　　같구나. 너와 같은 젊은이들이 많아지면 하늘도 우리를 돌아보지

않는 법이다. 어려울 때일수록 협동하면서 살아야 그 고통을 쉽게
이겨낼 수 있는 법이다. 이제 가거라. 다시는 내 앞에 나타나지 말
거라. 오늘 빚진 돈은 갚지 않아도 좋다. 지금 나라 빚이 일천 삼
백 만원이다. 나라 빚 갚을 생각이나 하는 그런 사람이나 되거라.

큰 소리로 음악이 울리며 암전

제2장

제1장과 같은 장소
무대 밝아지면 제1장과 같은 장소
며칠 후 일요일
서상돈의 며느리들
일을 거들어 주는 사람들
밥을 얻어먹으러 온 사람들
며느리들이 식사 준비를 하고 있다.

둘째며느리 : (맏며느리에게) 형님, 저는 일요일이 제일 좋기도 하고, 제일
　　　　나쁘기도 해요.

큰며느리 : 아니 그게 무슨 말이야?

둘째며느리 : 성당에 가서 미사를 드리면서 가만히 있으면 기분이 참 좋
　　　　거든요. 새벽 공기도 좋구요.

큰며느리 : 그런데?

둘째며느리 : 그런데 새벽에 미사를 마치고 나오면 해야 할 일들이 꽈악
　　　　있으니까 마음이 무거워지는 거지요.

셋째며느리 : 맞아요. 형님들. 다른 사람들은 일요일이면 동화사다 화원이
　　　　　 다 놀러 가기에 바쁜데, 우리들은 일요일에는 하루 종일 다른 사
　　　　　 람들에게 밥을 해 주느라고 바쁘니 말이죠.

큰며느리 : 그러면 동서는 지금 어디 놀러 가고 싶은 모양이지?

셋째며느리 : 그럼요. 가고 싶고 말고죠. 남들은 우리보고 부잣집으로 시
　　　　　 집을 가서 참 좋겠다고 부러워하는데, 우리는 이게 뭐예요?

둘째며느리 : 막내 동서도 그런 생각을 한 적이 있어?

셋째며느리 : 그럼요. 화원 일터도 가보고 싶고 부산에 있는 일터도 가보
　　　　　 고 싶고.

큰며느리 : 금강산은 가고 싶지 않아?

둘째며느리 : 형님, 우리 언제 시아버님한테 애기를 해서 금강산에 한 번
　　　　　 가도록 해요.

셋째며느리 : 그렇게 해요.

큰며느리 : 이 사람들이 무슨 일을 시킬 때는 꼭 나를 앞세워.

둘째며느리 : 형님은 우리의 두목 아닙니까? 형니임.

셋째며느리 : 시아버님께서는 형님을 무척 아끼시잖아요.

큰며느리 : 그래. 그렇게 생각해?

둘째며느리 : 그러믄요.

큰며느리 : 그렇지 않아도 몇일 전에 시아버님께서 약속을 하셨다우.

셋째며느리 : 뭐라고요?

큰며느리 : 너희들 일요일에도 밥이나 하려니까 고달프지 그러시면
　　　　　 서…….

둘째며느리 : 그러시면서?

큰며느리 : 그렇지만 계속해야 한다 이러시잖아.

셋째며느리 : 에이 싱겁기는. 형님도 참.

둘째며느리 : 자 일이나 합시다. 일이나. 이제 겨울이 되면 손이나 얼어터

지도록 그릇을 닦아야 할 테니, 연습하는 셈치고 일합시다.
큰며느리 : 그러시고는 가을걷이 끝나거든 나들이 갔다 오너라 이러셨거
　　　　든.
둘째며느리 : 정말요?
큰며느리 : 그럼. 말을 끝까지 다 들어야지.
셋째며느리 : 오늘은 모처럼 신나는 날입니다 그려.

　　일을 도와 줄 사람들이 들어온다.

여자 1 : 안녕하신교? 주인네들!
여자 2 : 주인네들은 안으로 들어가시소. 우리가 밖에서 일 할테니.
큰며느리 : 그렇게 하시죠. 어지간한 건 다 준비됐습니다.
여자 3 : 새벽부터 고생 많았심더.

　　며느리들 안으로 들어간다.

여자 1 : 하여간 시찰 어른댁 며느리들도 대단하데이.
여자 2 : 그카고 말고. 그 잘 사는 데도 말이야, 불쌍한 사람들한테 밥해
　　　　준다꼬 새벽부터 준비를 하믄서도 불평 한마디 안 한다카이.
여자 3 : 집안에 커다란 기둥이 떡 버티고 있어뿌니까네 온갖 것이 다 잘
　　　　된다 아이가.
여자 2 : 우리 집구석은 은제나 이 집맹키로 되겠노.
여자 1 : 우리 집구석도 집구석이지마는 나라 모양도 힝편 없는갑더라.
여자 2 : 일본 놈 시상 아이가.
여자 3 : 세금은 뭔 놈의 세금이 그리 많노. 그래도 나랏님이 힘이 없으니
　　　　까네 그냥 당하고만 있는기라.

여자 1 : 세월이나 빨리 가가 세상 떠나는 게 젤로 편한 일일 것 같다마.

여자 2 : 그래 생목숨 끊으마 안 되이까 말이다.

여자 3 : 이 사람들 흉칙한 소리하고 있데이.

여자 1 : 세상 살기가 하 어려브니 그카는 거 아이가.

여자 2 : 우리는 그래도 일요일을 기다리며 살 수 있는 행복을 받고 있데이.

여자 3 : 그래. 아무런 희망도 없는 사람들은 우째 살겄노.

그들이 바쁘게 움직이기 시작하자 남루한 사람들이 한 패 몰려온다.

남자 1 : 어이, 뭐하는교? 빨리 한 그릇 주소.

여자 1 : 그 디기 급하네. 우물 가가 숭늉 찾겠다.

남자 2 : 밥 본 지가 언젠지 모리겠으이 급하게 된기라예.

남자 3 : 그래도 오늘이 있으이 행복하다 안 카나.

여자 2 : 오늘이 있어가 행복하다는 사람이 와 이리 많노?

남자 4 : 밥 한 그릇 뚝딱 묵고, 하늘을 믿고 벌러덩 눕어 자다가 내 갈 곳으로 갈 수 있으이 행복한기라예.

여자 1 : 그카고 보이 아저씨는 일요일 마둥 오는가배요.

남자 4 : 일도 안 시키고 밥 주는데 와 안 오겠는교.

여자 2 : 그캐도 공짜를 좋아하마 안 되는데예.

여자 3 : 어여, 이리와 보자.

여자들 그리로 간다.

남자 2 : (남자 1에게) 야! 니 이 집에 크리스마스날 와 봤나?

남자 1 : 크리스마스마 한 겨울 아이라.

남자 2 : 그래.
남자 1 : 그때 뭐 할라꼬 길거리에 나와서 돌아댕기노. 집 구석에 처 박혀
　　　　있지.
남자 3 : 그때 오마 뭔 일이 있나?
남자 2 : 그럼.
남자 4 : 뭔 일인데?
남자 2 : 뭔 일인가 하마 말이다.

　　　모두 궁금하다.
　　　이때 여자 3, 밥을 가져 온다.

여자 3 : 자 밥이 왔어예. 퍼뜩 묵고 일보소.

　　　남자들 밥을 먹기에 바쁘다.
　　　먼저 먹은 사람이 묻는다.

남자 3 : 그래 뭔 일인데?
남자 2 : 뭔 일인고 하마, 시찰 어르신네 창고문을 여는기라.
남자 4 : 누가? 와?
남자 2 : 시찰 어르신이 온 사람들에게 창고 안에 있는 물건을 다 나눠주
　　　　시는 게라.
남자 1 : 참말이가?
남자 2 : 야, 이눔아야. 내가 뜨신 밥 얻어 묵고 와 싱거운 말 하겠노?
남자 3 : 니 그래가 뭐좀 얻어 갔나?
남자 2 : 그라모. 쌀하고 북어하고 안 얻어갔나. 그래가 설 때 잘 묵었다.
남자 4 : 니는 와 인자 와서 그런 말해가 약을 올리노.

남자 2 : 느그들은 빌어 묵는데 선수들이라가 다 아는 줄 알았제.

남자 3 : 그라모 이번 크리스마스는 을매나 남았노?

남자 2 : 밥 얻어 묵는 거 열 번만 더 하마 그때가 된다.

남자 1 : 그때까지 뭐하노?

남자 2 : 요리문답이나 외아라.

남자 3 : 요리문답?

남자 2 : 그래. 요리문답이라카는 건 하느님에 관한 지식을 적어 놓은 책
　　　　이다.

남자 4 : 그건 와 보노?

남자 2 : 그걸 잘 알고 있으마 시찰 어른께서 더 잘 해 주신다아이가.

남자 1 : 아, 크리스마스라고?

남자 2 : 니는 뭐좀 아네.

남자 4 : 야, 근데 우리 밥을 그냥 얻어 묵었는데 미안 안 하나?

남자 3 : 글킨 글치.

남자 4 : 그라이 우리 이 집에 축복 있으라고 풍물이나 한 판 놀아주고
　　　　가자.

남자 2 : 거참 좋은 생각이다. 거지에게도 축복 있으라. 모든 인간에게 축
　　　　복 있으라.

남자 1 : 개똥밭에 굴러도 이 세상에 사는 것이 좋은 법! 우리 모두에게
　　　　희망 있으라.

벽에 걸려 있는 풍물을 떼어서 한 판 두들긴다.
여기저기서 나와 춤을 추는 사람들.
풍물이 고조되자 암전.

<제4막>

제1장

대구광문사 문회 사무실

1907년 1월 29일 오전

서상돈, 김광제, 함경도에서 온 사람, 청년 1, 청년 2, 젊은이들 다수

사람들이 모여서 이야기가 분분하다. 일부는 격앙된 분위기.

김광제 : 여러분, 이제 특별 회의를 마무리할 때가 되었습니다. 우리 대구
 광문회 문회가 출발한 지 이제 일년이 되어갑니다. 지난 해에는
 각군에 학교를 하나씩 세우려는 계획으로 일을 진행시켜 고종 황
 제로부터 격려금을 받는 영광이 있었으나, 간악한 일제의 교묘한
 탄압으로 실패하고 말았습니다. 뿐만 아니라 관덕당에 세웠던 사
 범학교도 문을 닫고 말았습니다. 우리는 결국 달서교까지 쫓겨나
 게 되고 오늘에 이르렀습니다. 다만 서상돈 부사장님께서 시작하
 신 민의소는 활동을 하고 있습니다. 이는 민간인이 주도하는 경제
 단체로 의미가 있는 일이라고 생각됩니다. 오늘은 특별회의 날로
 이제 우리 단체의 명칭을 대구광문회 문회가 아닌 대동광문회로
 바꾸자는 의견에 대한 토론을 하고자 했던 것입니다. 그리고 그
 회장을 박혜령으로, 부회장을 저로 정하였습니다. 이제 우리 단체
 는 일본동아동문회, 청국광학회와 연락을 하여 친목을 도모하고
 교육을 확장하기로 결정하였습니다. 이상에 대하여 다른 의견이
 없으시면 폐회를 하겠습니다.

서상돈 : 의장, 잠깐 본인이 건의서를 하나 제출하겠습니다.

김광제 : 예, 어르신. 말씀하시지요.

서상돈 : (침착한 목소리로) 이제 우리 민족은 쭉지 부러진 새꼴이 되고 말
았습니다. 나랏님은 있으나마나하게 되었고, 어리석은 백성들은
누구를 믿고 의지하며 살아야 할 지 모르고 있습니다. 다만 활개
를 치는 것은 일제와 그 앞잡이들 뿐입니다. 더욱이 이등박문이
우리나라에 통감으로 온 이후에는 정치적, 경제적 탄압이 심해져
서 우리로서는 아무런 희망이 없는 삶을 살아야 합니다. 특히 우
리를 잘 살게 한다는 명목으로 들여온 빚이 일천 삼백 만 원이나
됩니다. 그들이 우리를 잘 살게 한다고 빚을 들여 왔으나 우리들
은 그 혜택을 하나도 받지 못하였습니다. 그렇지만 그 빚은 우리
들이 갚아야 합니다. 현재 우리나라의 경제적 여건으로 보아서는
국고로 그 빚과 이자를 갚을 길이 없습니다. 그 빚을 못 갚으면
이 나라 땅은 고스란히 일본 것이 되는 것입니다. 백성들이 나라
일을 생각하지 않고 개인 일에만 매달리면 그 나라는 결국 망하
고 마는 것입니다.

사람들, 웅성거린다.

서상돈 : 우리가 이 빚을 갚는 길은 오직 하나뿐입니다. 우리들은 지금보
다 더 많은 것을 생산할 수 없으니 지금 있는 것을 절약하여 돈을
모아서 갚는 것입니다. 이건 한 개인이 감당하기에는 너무 힘든
일입니다. 우리에게 손톱만큼이라도 애국심이 있고 미래를 걱정
하는 마음이 있다면 모금운동을 벌여 나가는 데에 참여해야 하는
것입니다. 그러면 무엇을 절약할 것인가 하는 문제가 생깁니다.
담배를 끊는 것입니다. 우리 이천만 동포가 담배를 석달만 끊고
그 대금을 매달 한 사람당 이십전씩만 모으면 쉽사리 그 빚을 갚
을 수 있습니다. 단연하기는 어렵다지만 마음만 먹으면 얼마든지

몇 달간은 가능합니다. 그 돈을 갚아야 우리는 우리의 국권을 되
찾을 수 있습니다. 우선 나부터 팔백 원을 내놓겠습니다.

사람들 박수를 치며 환호한다.

김광제 : 모두 찬동하셨습니까?
사람들 : 찬동하다마다요.
함경도 사람 : 저는 함경도에서 온 사람입니다. 그런데 여기 와서 단연으
　　　로 국채를 갚자는 제안이 나오고 시찰 어르신께서 팔백 원이나
　　　되는 거금을 먼저 내놓으신다니 이런 애국적 활동이 있다는 것이
　　　참으로 다행한 일이라고 여겨집니다. 본인은 이제 전국을 순회하
　　　면서 이런 일이 대구에서 있었음을 전하고 이 운동에 많은 사람
　　　들이 자진하여 참여하도록 권유를 하겠습니다. 일본 유학생들에
　　　게도 전해야 할 것 같습니다. 진심으로 우리 애국하는 마음이 사
　　　라지지 않았음을 오늘 알았습니다. 여기 달구벌에서 주창된 이 운
　　　동은 분명 전국적으로 확산시켜서 모든 백성이 참여하도록 해야
　　　할 운동입니다. (앉는다)

사람들 : 옳소! 좋은 의견이오.
김광제 : 그러면 이 운동을 전개하기 위해서는 일할 사람들이 필요합니
　　　다.

사람들 서로 하겠다고 야단이다.

김광제 : 여기서 새로 뽑는 것도 좋지만 이미 대구민의소가 있으니 거기
　　　서 주로 업무를 추진하도록 하겠습니다. 그리고 그 일을 추진하는

모임을 대구국채담보회라고 정하겠습니다. 또 다른 의견 없으십
니까?

청년 2 : 이제는 도하의 언론들이 우리의 일을 잘 보도하도록 해야 합니
더. 이천만 겨레가 하나로 뭉치자면 우리의 본래 뜻을 잘 전해야
할 것입니더. 그러니 아까 시찰 어르신이 제출하신 건의서를 각
지방 단체와 언론에 전하도록 하면 좋겠습니더.

김광제 : 좋습니다. 그러면 그 건의서를 <국채일천삼백만원보상취지>라
고 작성하여 전국에 배포하겠습니다. 어떻습니까?

사람들 : 찬성이오.

김광제 : 그러면 오늘 회의를 모두 마치겠습니다. 안녕히 돌아가십시오.

사람들 퇴장하고 김광제, 서상돈, 청년 2만 남는다.

김광제 : 어르신, 대단하십니다. 어디서 그런 발상을 하시게 되었습니까?

서상돈 : 곧 부활을 준비하기 위한 사순절이 시작됩니다. 이 사순절에는
우리들이 많은 것을 절약해야 하는 시기입니다. 그때 절약한 것을
모아서 불우한 사람들과 나누지요. 삼개월이라는 시간을 정한 것
도 사순절에서 비롯된 것이지요. 가난 구제는 나라도 못한다고 하
지만 사회 구성원들이 합심하여 노력하면 적어도 현재보다는 나
아질 수 있습니다.

김광제 : 어르신께서는 지혜 주머니이십니다. 그런데 왜 하필 담배를 끊
어서 돈을 모아야 한다고 생각하셨습니까? 단연하기가 쉽지 않은
데요.

서상돈 : 김사장도 잘 알다시피 담배는 지금 일본에서 건너온 일본 상인
들이 폭리를 취하는 대표적인 상품입니다. 특히 이 달구벌의 경우
에는 일본 상인들이 공급권을 쥐고 있어서 우리가 담배를 피우면

피우는 만큼 우리의 돈이 연기로 사라지는 것이 아니라 일본일들
배를 불리는 데에 쓰이는 겁니다. 더욱이 지금 일본인들이 우리에
게 팔고 있는 담배는 군용이 흘러나온 것으로 장사하는 일본인들
은 세금도 내지 않고 있습니다. 지금 달구벌의 인구가 4만 여명인
데, 담배집이 50여 군데나 됩니다.

김광제 : 사전에 아주 치밀하게 연구를 하셨군요.

서상돈 : 기초가 튼튼해야 하지요. (청년 2를 가리키며) 저 사람이 많은
애를 썼습니다.

이때 청년 1이 나타난다.
술에 취한 듯하다.

청년 1 : (서상돈을 바라보며) 서시찰 어른! 오늘은 제법 바른 말을 하시는
군요.

청년 2 : (서상돈을 가로 막으며) 아니, 이 사람이 지금 무슨 짓을 하려고
이러는 거야.

청년 1 : (청년 2를 보며) 나에게 반말 하지마. 나는 너보다 나이가 많아.

청년 2 : 그래 상놈은 나이가 벼슬이라더라. 나이만 쳐 먹으면 다야? 말투
까지 바꾸고 말이야?

김광제 : 이 사람들아! 왜 이러나?

청년 1 : (서상돈에게) 시찰 어른 당신은 나에게 당신을 시험하지 말라고
하셨소. 그렇소 이제는 시험이 아니라 고문을 할 것이오. 당신이
주장한 단연운동 제창은 잘 한 것 같지만 결국은 당신의 무덤을
파는 짓이오.

청년 2 : 아니 이놈을 그냥. (주먹을 부르쥔다)

청년 1 : 지금 시국이 어떻게 돌아가는지 잘 아시잖소.

서상돈 : 술이 깨거든 이야기하세.

청년 1 : (말투가 변한다) 내가 술 취했다고? 나는 당신을 만나면 술 취한
기분이었어. 그래, 이런 세상에 당신 같은 사람이 살고 있는데, 어
찌 내가 맨 정신으로 당신을 바라보겠어. 당신이 신이야? 당신이
젠 채 해도 혼자 울 날도 있을 거야. 그래 이제 나는 술을 먹지
않고서는 당신을 만날 수 없어. 그래 다음에 나를 만나고 싶거든
일진회로 와!

청년 2 : 이놈의 자식! 어디다 대고 반말이야.

서상돈 : 일곱 번씩 일흔 번이라도 참으라고 했다.

청년 2 : 이런 놈은 정신이 들게 해주어야 합니더. (청년 1을 후려친다. 계
속 두드려 패면서) 이런 놈은 아주 없애 버려야 해!

얼마 후
청년 1이 바닥에 누워 있다.
청년 2가 내려다보고 있다.

서상돈 : 이보게! 이제 분이 다 풀렸나?

청년 2 : 안즉 멀었십니더.

서상돈 : 이제 됐네. 폭력은 마지막 순간까지 자제해야 하는 것이네. 자네,
나를 좀 따라 오게. (김광제를 보고 눈짓을 한다)

청년 2 : 저놈을 밖에다 끌어 내놓고 오겠습니다.

김광제 : 아닐세. 지금은 밖이 너무 추우니 여기에 놔 두게. 내가 보고 있
겠네.

어두운 분위기의 음악이 흐르며 암전하는데 다음 장면들이 노출된다.

제2장

국채보상운동에 참여하려는 사람들의 행렬
금붙이등 패물을 보내오는 아녀자들
전국 각지에서 회가 만들어지고 모금 운동이 벌어짐
대구의 기생 앵무가 일백원을 희사하고 남자들의 참여를 촉구함

무대 한쪽에 일본인 몇 명과 청년 1이 모여 있다.

일본인 1 : 이거 큰 일 나잖았스무니까?

일본인 2 : 글쎄 말입니다.

일본인 3 : 나라에서도 꼼작 못하게 만들어 놓았는데, 백성들이 빚을 갚
겠다고 아우성아니무니까? 대구에 있는 앵무라는 기생도 일백원
을 냈다고 하무니다.

일본인 2 : 조선의 백성들이 몽땅 일어난 것이무니다. 이러다가는 내가
은행에 맡긴 돈은원금도 찾지 못하겠스무니다.

일본인 1 : 한반도를 일본의 손에 넣어야 중국도 우리 맘대로 할 수 있는
것인데 말이무니다.

일본인 3 : 문제는 그 국채보상운동이라고 하는 것이 단순한 운동이 아이
라 이 말이무니다. 그거는 일종의 항일운동이무니다. 조선의 백성
들이 힘을 모아서 우리에게 본때를 보이겠다 이 말이 아니겠스무
니까?

일본인 2 : 그런데 누가 그런 일을 시작했스무니까?

청년 1 끼여든다.

청년 1 : 대구에 있는 서상돈이라는 자입니다.

일본인 1 : 아이. 서상돈이라 하믄 대구의 상권을 손에 쥐고 있는 인물
　　　　　아니무니까?

청년 1 : 그렇습니다.

일본인 2 : 그러면 서상돈을 잡아야 되겠스무니다.

일본인 3 : 그런데 그거는 안 되무니다. 그 사람은 대구에서 꿩장한 신망
　　　　　을 받고 있기 때문에 함부로 건드렸다가는 되려 큰 코 다치무니
　　　　　다.

일본인 1 : 좋은 방법 있스무니다.

일본인 2 : 무슨 방법이무니까?

일본인 1 : 지금 조선의 국채보상운동은 전국적으로 번져 가고 있는데,
　　　　　대한매일신보의 양기탁이나 배델이 앞장서고 있으무니다.

일본인 3 : 알겠스무니다. 바로 그거무니다. 양기탁과 배델을 잡아서 대
　　　　　한매일신보까지 없애 버리는 것이무니다.

일본인 2 : 좋스무니다. 누가 그런 일을 하겠스무니까?

일본인 1 : 우리가 나서면 조센징 감정이 더 나빠질 것이무니다.

　　　일본인 3, 청년 1을 바라본다.
　　　일본인 3, 다시 일본인들을 쳐다본다.

일본인 3 : 됐으무니까?

일본인들 : 됐으무니다.

　　　일본인들, 청년 1을 불러서 무슨 말을 한다.

　　　청년 1이 나타난다.

스포트 라이트

청년 1 : 베델, 양기탁 너희들도 이제는 끝이다. 여기는 일본군이 있는 땅
　　　　이란 말이다. 그런데 신문사를 빙자해서 국채보상운동을 지원한
　　　　다고. 대한매일신보! 어림없는 소리다. 너희들은 일진회가 있다는
　　　　사실을 알아야 한다. 자, 보란 말이다. 모든 것이 일본제국이 계획
　　　　한 대로 착착 진행되고 있잖으냐? 너희들이 벌이는 그 운동은 씨
　　　　를 틔웠지만 자라기 전에 말라죽고 말 것이다.

서상돈 쓰러질 듯하다.
라이트 아웃

〈제5막〉
제1장

서상돈의 집
1910년 8월 29일 오전
서상돈, 어린 서상돈, 김신부, 청년 2, 서기

실망에 빠져 있는 서상돈
청년 2 등장.

청년 2 : 어르신네!
서상돈 : 아니? 자네가 언제 왔나?
청년 2 : 지금 바로 오는 길입니더.

서상돈 : 그 동안 잘 있었나?

청년 2 : 어르신께서 걱정해 주시가 잘 있었습니더. 그칸데, 어르신께서
          는 안색이 안 좋으십니더. 어디 편찮으십니꺼?

서상돈 : 그런데 지금 웬 일로 왔는가?

청년 2 : 어르신 놀라지 마시소.

서상돈 : 그래. 말해 보게.

청년 2 : 이완용이가 기어코 나라를 일본에 팔아 묵었습니더.

서상돈 : (놀라서) 아니 뭐라고?

청년 2 : 오늘 그랬십니더.

서상돈 : 이완용이는 애국운동 하던 사람 아닌가?

청년 2 : 그렇지예. 처음에는 그랬는데 시방은 아입니더.

서상돈 : 그러면 신채호나 이런 분들은 어찌 됐는가?

청년 2 : 안즉은 잘 모립니더.

　　　서상돈, 책상 위의 책보따리를 어루만진다.

청년 2 : 그기 뭡니꺼?

서상돈 : 지난날에 서재필이 나에게 맡기고 간 족보라네. 서재필이 나보
          다 한 항렬 낮지. 한창 독립운동을 한다고 다닐 때에는 나도 참
          기분이 좋았지.

청년 2 : 선각자들은 이제 다 떠나시는깁니더.

서상돈 : 그래 알겠네. 나도 생각좀 해야겠네. 자네는 아직 자유로운 몸이
          아니니 조심하게. 건너채에 빈 방이 있을 걸세.

청년 2 : 예. 어르신 심려마시소.

　　　서상돈 고개를 들어 맞은편을 본다.

십자가가 벽에 비친다.
무릎을 꿇는 서상돈.
성호를 긋는다.

서상돈 : 주여 저의 기도를 들어 주소서. 나라잃은 불쌍한 사람, 갈 곳 없어 헤매게 된 이 어리석은 양의 소리를 들어주소서. 오늘 없어진 나라와 함께 목숨을 끊지 못하는 것은 저의 작은 목숨이 아까와서가 아닙니다. 주님의 소리를 듣고 행동을 하기 위해서입니다. 주님! 어찌하여 이 나라를 버리셨나이까?

쓰러져 가는 나라를 바로 세우기 위하여 저는 주님의 종으로 열심히 살았습니다. 그렇지만 제가 하고자 하는 일들이 처음에는 크게 시작되었다가 종내에는 뱀의 꼬리처럼 사그라지곤 했습니다. 신교육을 장려하기 위한 운동이나 국채보상운동이 처음과 같지 못하였습니다. 힘을 가진 자들의 방해가 있었다고는 하나 이는 저의 덕이 부족하여 그렇게 된 것입니다.

이 나라 백성들은 안중근 도마가 이등박문에게 총을 쏘았다는 소식을 듣고서도 기뻐할 수가 없었습니다. 그렇지만 저는 그 일이 있고나서 바야흐로 애굽을 탈출하는 기쁨을 맛볼 줄 알았습니다. 그런데 그게 너무나 좁은 소견이었습니다. 그것을 빌미로 하여 일제는 우리나라를 더욱더 억압하게 되었고, 마침내 오늘의 지경에 이르렀습니다. 그렇지만 이렇게 멀쩡하게 살아 있는 제가 죽어서 주님 곁에나 갈 수 있을런지 모르겠습니다. 아니 그보다 주님을 증거하다가 목숨을 버리신 조상님들을 떳떳하게 뵈올 수 있을런지 모르겠습니다.

인서트 장면

어린 서상돈이 서인순의 시체를 짊어지고 밤길을 가고 있다.

어린 서상돈 : 아재요, 아재요. 조금만 참으세요. 조금만 더 가면 한티에
이릅니다. 거기에 가서 편히 쉬시도록 해 드리겠습니다. 거기는
골이 깊으니까 아무런 걱정없이 누워 계실 수 있을 겁니다. 아재
요, 아재요. 참으로 거룩하십니다. 무엇을 위하여 치명을 당하셨
나요? 치명당하시면서도 그렇게 떳떳했던 자세야말로 살아있는
저희들을 준열하게 꾸짖는 채찍이 되었습니다. 이제 짚방석을 뜯
어 잡수시던 속이 편하시겠지요? 이제는 매를 맞아 아픈 고통도,
굶어서 배고픈 고통도, 목마른 고통도 모두 사라지셨겠지요? 저
도 아재의 삶을 본받아서 부끄럽지 않은 사람이 되겠습니다. 아재
요. 무슨 노래 불러 드릴까요? 야훼 나의 목자, 아쉬울 것 없노라.
파아란 풀밭에 이 몸 뉘어 주시고……. (흐느낀다)

조명 아웃.

서상돈 : 주님! 조상에게 부끄럽지 않은 삶을 살기 위하여 목숨을 버려야
하나 순교의 영광이 주어지지 않으니 그게 안타까울 뿐입니다. 아
니 오히려 이 목숨을 바쳐서 주님을 증거하는 데에 보탬이 된다
면 저는 기꺼이 그 길을 가겠습니다. 주님, 그 동안 제가 벌였던
사업들이 주님의 은총으로 인하여 실패 없이 잘 이루어졌습니다.
이제는 무엇을 위하여 그 사업을 해야 하겠습니까? 이제 주님의
재물을 맡아서 관리할 평계가 사라져 버렸습니다. 주름잡힌 얼굴
에는 욕심이 자리잡을 것이고 주님을 부르는 목소리에는 기름이
끼어 소리도 제대로 나오지 않을 것입니다. 눈마저 멀어서 주님께
서 저에게 다가오셔도 알아보지 못할 것입니다. 제가 앞으로 아무

의미 없는 삶을 사막처럼 살아가야 한다면 저의 목숨을 당장 거두어 주소서. 저의 재물을 이용할 곳이 있을 때에는 쌀밥을 먹지 않아도 입안의 음식이 꿀처럼 달았습니다. 이제는 쌀밥을 먹고 고기를 씹은들 누구를 위하여 이 몸을 구차히 건사해 나가겠습니까? 주여, 한 말씀만 하소서. 제가 그 말씀을 따르겠나이다. 주여, 한 말씀만…….

서상돈 기절한다.
사지를 길게 뻗고 엎드린 서상돈.
성가 221번 <받아주소서> 조용히 깔린다.
바람처럼 나타나는 김신부.

김신부 : 아우구스띠노! 실망하지 마세요. 하느님 나라에 가자면 아직도 많은 시간이 남았습니다. 이제 나라 없는 백성으로서 주님께 다가갈 준비를 해야 합니다. 당신에게는 전보다 더 무거운 짐이 얹혀진 것입니다. 하늘나라에 가는 길이 우리 눈에는 보이지 않지만 주님은 우리에게 그 길을 열어 놓으셨습니다. 이제 우리는 그 길을 찾아야 합니다. 아우구스띠노! 당신에게는 할 일이 아직도 많이 남아 있습니다.

김신부 바람처럼 사라진다.
서상돈 점차 정신을 차린다.

서상돈 : 그래. 주님의 소리를 들었어. 내가 해야할 일이 아직 남아 있는 거야.

서상돈 서서히 일어나며 성가 221번 <받아주소서>를 부른다.
중간쯤 부르면 이곳 저곳에서 군중들 나타나 함께 부른다.

　　주여 나를 온전히 받아 주소서
　　주여 나를 온전히 받아주소서
　　나의 모든 자유와 나의 기억과 지력
　　나의 의지 소유한 이 모든 것을
　　주여 당신께 드리리이다
　　이 모든 것 되돌려 드리오리다

　　주여 나를 온전히 받아 주소서
　　주여 나를 온전히 받아주소서
　　내게 주신 모든 것 주의 것이오니
　　오직 주님 뜻대로 처리하소서
　　당신 사랑 은총을 나에게 주시면
　　아무것도 더 바랄 것 없으오리다

성가가 끝나면 서상돈 외출할 차비를 차린다.
이때 서기가 나타난다.

서기 : 저, 어르신!

서상돈 : 어, 자넨가. 왜 그러나?

서기 : 저, 이제 나라가 없어졌으니 앞으로 어르신께서 움직이시기 힘이
　　　드실 겁니다.

서상돈 : 그렇겠지.

서기 : 그러니 제가 하루빨리 어르신의 곁을 떠나는 게 나중을 위해 좋을

듯합니다.

서상돈 : 왜 더 나은 자리에 부름을 받았나?

서기 : 그게 아니오라…….

서상돈 : 그러면?

서기 : 제가 있어 보았자 어르신의 고통을 덜어드릴 수는 없으니…….

서상돈 : 일찌감치 떠나겠다 이거지? 고통을 피해서?

서기 : (말이 없다)

서상돈 : 자네는 지금 나에게 할 일이 없어진 줄 아나? 아닐세, 더 많은 일이 생길걸세. 전에 하던 대로 재산을 잘 관리하도록 하게. 자네가 할 수 있는 일은 재산 관리하는 것이 제일 아닌가? 이제 와서 일제에게 우리 것을 힘없이 내어 줄 수는 없잖은가? 우리가 맡은 재물을 더욱더 잘 관리해서 주인이신 하느님께 돌려드리도록 해야 할 것 아닌가? 동전 한 잎을 땅 속에 묻어 두고 기다릴 수는 없잖은가 말일세.

서기 : 어르신의 깊은 뜻을 잘 몰랐습니다.

서상돈 : 하루 이틀 산 것도 아닌데 왜 이러나? 내 다녀옴세. 나라가 없어졌다고 백성마저 없어진 것은 아니잖은가? 이제는 나라를 찾을 방도를 꾸며야 할 걸세.

서기 : 어르신의 큰 뜻을 알겠습니다.

　　　서상돈 나간다.
　　　청년 2 등장.

청년 2 : 웬일시죠? 나가시는 모습이 힘차 보이시니 말입니더.

서기 : 할 일이 전보다 더 많아지셨다고 하시네.

청년 2 : 하여간 대단하신 분이십니더. 우리들로서는 도저히 따라갈 수 없는 용기와 지혜를 지니셨어예.

서기 : 그렇지. 내가 몇 십년을 모셨어도 저렇게 본인에게 엄격하시면서
남에게 관대하신 양반은 다른 데서 보질 못했다니까. 나라를 잃어
버렸으니 찾을 생각을 해야 한다는 말씀은 내 가슴에 불덩이를
놓는 기분이 들게 했어.

제2장

1913년 11월 15일, 서상돈 집 근처
서상돈, 소작인들 여럿, 여자들 여럿
계산 성당의 종 소리가 심하게 울린다.
사람들 놀래어 뛰쳐 나온다.

소작인 1 : 아니, 이 시간에 언눔이 종을 치고 있어?

소작인 2 : 지금 소리나는 종이 아오스딩 종이잖아?

여자 1 : 그래 말입니더. 미사 시간을 알리는 것도 아이고, 이게 웬 일인
교?

여자 2 : 우선 누가 종을 왜 치는지 알아 보아야 할 게 아인교? 퍼뜩 성당
에 가보입시더.

소작인 2 : 그래 맞다. 시찰 어른이 말씀하셨다. 모든 일에는 원인이 있다
꼬. 퍼뜩 가가 이 소리의 원인이 뭔동 알아보재이.

소작인 1 : 내 이노무 자석, 언놈인지 혼구멍을 내줄끼다. 서시찰 어른께
서 마련하신 종을 언놈이 함부루 친단 말고?

우르르 달려가는 사람들.

종소리는 그대로 울린다.

소작인 3 : 이기 웬 일이고?

여자 3 : 와카는데예?

소작인 3 : 저 봐라!

여자 3 : 뭘 보라캅니꺼?

소작인 2 : 아 이사람아! 뭘 보라카는거가? 뭐가 비야 보이지 이 사람아!

소작인 3 : 바로 그기다. 저기 보이는 게 없지?

여자 1 : 그래예. 아무 것도 비는 기 없십니더.

소작인 3 : 그카이 이상하잖나.

소작인 2 : 그카고 보이 맞네.

여자 2 : 뭐가예?

소작인 3 : 종치는 사람이 없는데, 종이 소리를 내고 있는 기라카이.

사람들 : 뭐라꼬?

소작인 3 : 보이소. 종치는 사람이 없는데 아오스딩이 울고 있단 말이다.

소작인 2 : 아오스딩이 울어?

순간 정적.

여자 1 : (소작인 1에게) 보이소. 퍼뜩 시찰 어른댁에 가보이소!

소작인 1, 순간적으로 어리둥절한 표정이다.

여자 1 : (소리친다) 퍼득요, 퍼뜩!

사람들 그제서 알겠다는 듯이 서로 얼굴을 보고 확인하는 표정이다.

서상돈의 집쪽으로 달려 가는 소작인 1.
다른 사람들은 그쪽 방향으로 몸을 돌리고 조금씩 움직인다.
성호를 긋는 사람도 있다.
불안한 음악.
조금 있다가 소작인 1이 허둥거리며 나타난다.

소작인 1 : 여, 여보게들! 여보게들 큰일났네.
소작인 2 : 사실인가?
소작인 1 : 맞네, 맞아!

다른 사람들 땅바닥에 주저앉는다. 소작인 3 성호를 긋는다.

여자 2 : (땅바닥을 치면서 운다) 아이고, 아이고! 안 됩니더, 안 됩니더. 시
　　　　찰어른! 안죽 돌아가시면 안 됩니더. 아이고, 아이고!

서기가 나타난다.

소작인 3 : 이 일을 우짜마 좋십니꺼?
서기 : 하늘의 부르심인 걸 어쩌나.
소작인 3 : 카지만, 어르신네께서 성당을 위해가 하실 일이 태산같잖십니
　　　　꺼?
서기 : 그렇지. 지금까지 하신 일도 꽹장하지. 성당 지은 땅도 내놓으시
　　　　고, 지금 짓고 있는 성모당 땅도 어르신께서 내놓으신 것 아닌가?
소작인 3 : 그캐 말입니더. 남산동 언덕받이 땅은 부식원을 해서 돈도 참
　　　　하게 버는 땅이었지예.
서기 : 어르신께서 하시는 일에 돈으로 따질 수 있나. 옳다고 생각하시면

희생하시고 봉사하시면서도 늘 부족해 하셨지. 이 근동에 그 어르
신 땅 아니 곳이 별로 없지. 성당 곳곳에도 그 어르신 손길이 미치
지 않은 곳이라고는 한군데도 없어.

소작인 2 : (혼자말로) 그것도 그기지만, 인자 일요일에 밥 얻어 묵는 거는
다 끝난기라. 누가 그런 봉사를 계속하게 하겠노. 이 동네 거지들
큰일 났데이. 일요일 기다리는 게 재미였는데, 어르신 가신 뒤에
는 이 일을 우짜겠노.

여자 1 : 아니 시방 이러고 있기만 할 것이라예? 어르신 생각한다꼬 우두
머니 서서 그냥 있기만 할거냐 말입니더.

소작인 1 : 어어. 이거 내 정신 봐라. 급한 일을 얼른 해야 할낀데, 이카고
있다. 자, 어르신댁으로 가자구.

사람들 여기저기서 나와서 서상돈 집쪽으로 가려고 한다.

소작인 2 : (가려고 하다 말고) 근데 말이다. 가기 전에 한가지 궁금한 일을
해결해야 되겠데이.

소작인 3 : 그기 뭔데?

소작인 2 : 아까 분명히 말했제? (사이를 두고) 종을 치는 사람이 없는데,
종소리가 났다꼬?

소작인 3 : 그캤제.

서기 : 아니 그게 사실인가?

소작인 3 : 하믄요.

서기 : (무릎을 꿇으며) 어르신네, 어르신네!

소작인 2 : (엄숙한 표정으로) 그대는 이 사실을 말하는 데에 조금의 거짓
도 없으렸다.

소작인 3 : (엄숙한 표정으로) 성경에 손을 얹고 맹세합니다.

소작인 1 : 맞다. 그건 말이 안 된다 아이가!
여자 1 : 당신에게 말이 되는 기 뭐가 있는교? 시찰 어른께서 밥 주신다
　　　카마 그거나 말이 되제.
소작인 1 : 아니. 우째 치는 사람도 없는데 종소리가 났다 이 말이가?
여자 2 : 그카이 종 이름이 아오스딩 아인교?
소작인 3 : 맞아. 어르신네의 넋이 종을 울리고 하늘로 가신 거다.

　　사람들, 아 그렇다는 표정.

서기 : 하느님께서 어르신이 오실 줄 알고 미리 알려 주신 신호인지도 모
　　　르지. (라이트 비침) 어르신께서는 한일합방이 되던 날 광장히 슬
　　　퍼하셨어. 그러다가 갑자기 깨어나셔서 김신부님을 찾으셨지. 그
　　　리고는 성당을 위하여 얼마나 열심히 일하시는지 합방되기 이전
　　　보다 더 하셨지. 주님이 주신 재물을 관리하기만 한다고 하시면서
　　　재물을 하늘에 쌓으라 하셨지. 그래서 남방 교구의 주교좌가 달구
　　　벌에 마련된 것이지. 어르신께서는 늘 말씀하셨어. 이제 우리가
　　　해야 할 일은 정신을 똑바로 차려서 백성이 흩어지지 않게 하는
　　　것이라고. 그래서 믿음을 가진 생활이 중요한 것이라고. 어르신
　　　이제 하늘에 가시거든 살아 생전 하늘에 쌓아둔 재물을 찾아서
　　　당신을 위하여 한 번만 쓰시고 편히 쉬소서. 꼭 한 번만 쓰시소.
　　　(성호를 긋는다)

종소리가 은은히 울린다.
서상돈이 온화한 표정으로 하늘로 오른다.
사람들 기도하는 자세로 굳어 있는데, 연도 소리 들리며 조명 아웃.

<종 막>

1999년 현재, 사무실
한쪽에 책상등 간단한 소도구
사무원이 책상에 엎드려 자고 있다.
책상 위에는 빈 소주병이 하나, 반쯤 비워진 소주병이 하나 놓여 있다.
전에는 없던 일이다.
신부와 사장 등장.
신부의 손에는 책자가 들려 있다.
음악 소리도 들리지 않는다.

사장 : (놀라는 표정) 아, 아니 야가 와 이카노? (사무원을 흔든다) 야, 일나
　　　라 일나!

사무원 : (팔을 저으면서 취한 소리로) 으응. 그래 알겠구마. 내 자알 알겠다
　　　카이.

사장 : 이노마가 지가 주인인 줄 아능가배. 아니 주인이라캐도 대낮에 술
　　　을 묵고 이게 뭔 짓이고?

신부 : 아주 많이 취했나 봅니다. 취해서 자는 사람은 그대로 두는 게 좋
　　　습니다.

사장 : 전에는 이런 일 없었십니더.

신부 : 뭐 속상한 일이라도 있었는가 봅니다.

사장 : 아, 그렀십니더. 자가 지금 빌린 돈때민에 고민일낍니더. 아아, 이
　　　제 알겠십니더. 역시 신부님께서 속이 넓으십니더,

신부 : 그렇지는 않습니다. 살다보면 먼 사람들에게는 친절해도 가까이
　　　있는 사람들에게는 관심을 두지 않는 수도 많이 있습니다. 늘 내
　　　곁에서 같이 잘 있으리라고 여기기 때문이지요.

사장 : 지도 을매 전버텀 그걸 안 느꼈십니꺼. 그래가 우리 회사 사원들
　　　 에게도 뭔가 나누어줄 게 없을까 하고 생각을 해 왔십니다.
신부 : 아주 좋은 말씀입니다. 내 이웃에 대해 관심을 가지고 서로 돕고
　　　 살면 좋은 공동체는 저절로 이루어지는 것이겠지요.
사장 : 오늘은 지가 너무 많은 칭찬을 듣는거 같십니다. 쑥스럽고로.
신부 : 어쨌든 오늘 저 사람을 너무 나무라지는 마십시오.
사장 : 그라지예. 인자 지가 일날 때까지 나두뿌리겠심더.

　　　 교수 등장.

교수 : 신부님. 안녕하셨습니까?
신부 : 아니, 교수님, 여기까지 어떻게 오셨습니까?
교수 : 교구청에 전화를 드렸더니 여기 가셨다고 하더구만요. 그래서 이
　　　 렇게 왔습니다.
신부 : 하시는 일은 다 잘 되시지요?
교수 : 여러분들께서 도와주시니 잘 되고 있습니다. (사장을 보면서) 이 분
　　　 이…….
사장 : (일어서려는 자세)
신부 : 전에 한 번 말씀드렸던…….
교수 : (사장에게) 첨 뵙습니다. 김철호라고 합니다. 대학에 있지요.
사장 : 예. 저는 별로 소개드릴 만한 게 없십니더.
신부 : 사장님은 몸 전체가 나눔의 집입니다.
사장 : (쑥스럽다)
교수 : 참, 대단하십니다. 가진 사람이 아무런 대가 없이 자기 것을 내놓
　　　 는 건 굉장한 용기가 필요한 일인데 말입니다.
사장 : 아, 아입니더. 서상돈 아우구스띠노를 생각하면 지가 부끄럽십니

더.

교수 : (신부에게) 아십니까?

신부 : 조금 전에 설명을 잠깐 드렸습니다.

교수 : 그렇습니다. 역사는 되풀이되지 않는 듯 하면서도 우리의 주위를
맴돌고 있지요. 그때나 지금이나 나라를 걱정하는 국민들에게는
변한 것이 없습니다. 외채를 갚는다고 자신들이 가지고 있던 금붙
이도 서슴없이 내놓는 애국심은 1907년이나 지금이나 달라지지
않았지요. 그리고 또하나 그때나 지금이나 잘못된 욕망에 의하여
나라를 곤경에 빠뜨리는 사람들도 있다는 게 변하지 않았지요.

신부 : 이제는 쓸데없는 욕심을 다 버릴 때가 되었습니다.

교수 : 현대는 금융시대라고 할 수 있는데, 경제적으로 풍요를 누리는 나
라에서는 못 사는 나라에 돈을 빌려주고는 못사는 나라를 지배하
려고 합니다. 무력에 의한 지배가 아니라 경제에 의한 지배를 점
점 더 심하게 하려고 하는 것이지요.

신부 : 이천 년은 대희년이라서 가진 자는 부채를 탕감해 주고 종살이처
럼 어렵게 사는 사람들을 자유롭게 해야 하는 임무가 있는 때인
데, 아직 준비가 안 된 상태인 것 같습니다.

교수 : 그렇지요. 빚을 짊어진 우리들은 엄청난 고통을 겪고 있는데, 채권
국들은 우리에게 외채를 탕감하려는 노력을 하지 않고 있지요. 대
희년이 다가오는 데에도 불구하고 채권국들은 자신들의 부를 전
세계에 공평하게 분배하려고 하지 않는 것이지요. 그보다 그들은
오히려 현재의 국제금융질서를 고수하고자 애를 쓰고 있는 거지
요. 재물을 이 세상에 쌓아야 직성이 풀리는 겁니다. 이러다가는
지배하는 자와 지배당하는 자의 관계가 계속될 것입니다.

사장 : 그라문 우째해야 모두가 평등하게 사는 시상이 되겠십니꺼?

교수 : 우리의 경우에는 신국채보상운동이라도 벌여야 하겠지요.

사장 : 신국채보상운동이라꼬예?

교수 : 그렇습니다. 권력을 가지고 있는 국가들이 해결할 수 없는 일을
국민들의 힘으로 해결하자는 것입니다. 이런 건 순수 시민운동이
라고 할 수 있겠지요. 나라는 나라의 본분을 다 하고, 백성은 백성
의 본분을 다 하여 함께 잘 살아보자는 의미를 담고 있으니 새날
새삶 운동이라고 해도 좋을 겁니다. 서상돈 선생이 이미 90여 년
전에 하셨던 일이지요. 지금 대구 중심에 있는 국채보상공원은 그
정신을 이어 받자는 노력을 눈으로 보여주는 예이지요.

사장 : 아. 알겠십니더. 지도 및 분 가봤지예. 거어 있는 종이 달구벌 대종
이라캅디더. 그 종이 딩딩 울리마 달구벌 사람들이여 일어나라,
깨어나라 이런 뜻으로 말하는 거로구만예.

교수 : 말씀 잘 하셨습니다. 지난날 아오스딩 종이 주는 의미와 같은 거
지요. 참, 그때 만들어진 민의소는 지금의 상공회의소 전신입니
다. 아직 그 분의 정신이 살아있는 실체가 되겠지요. 좀 늦은 감이
있지만 올해 8월에 아우구스띠노 선생님이 건국훈장 애족장을 추
서받았지요.

사장 : 아까 신부님께서도 잠깐 말씀하셨지예. 그라문 지는 무슨 일을 해
야 할까예?

신부 : 별 것 아닙니다. 가족들에게는 어려움이 없는가 살피고, 함께 하는
사람들에게 도움을 줄 것은 없는가 돌아보아서 자신이 할 수만
있다면 그들을 자유롭게 해 주면 되는 것입니다.

사장 : (사무원을 보면서) 저노마가 문젭니더.

사무원 몸을 비틀며 일어난다. 비몽사몽이다.

사무원 : (중얼거리듯) 그래 나는 보았다. 서상돈 아우구스띠노!

사무원, 서서히 가운데로 걸어나온다.
첼로 연주자 무대에 등장한다.
성가 401번 <주를 찬미하라> 연주 소리.
이에 맞추어 사무원 시를 읊는다.

　믿음으로 목숨을 버린 그대의 선조들은
　믿음을 실천한 그대의 용기에
　부끄러움 없이 천국 삶을 살리라.

　아우구스띠노여,
　그대 마음 속 너그러움은
　모래 밭에 숨어 있는
　땅콩보다 고소하게 아직껏 남았도다.

　그대를 생각함에
　이제 우리는 주님을 부를 수도 없는
　이기적 존재임을 깨달았노라.

　그대는 가고
　세월도 가고
　십자가 고상은 말이 없지만
　주님 말씀 따르던 그대의 행동은
　오늘에 이르러 더욱 밝은 빛 내도다.

　아우구스띠노여,
　이제로부터 우리 마음에 영원히 남아

어두운 밤길 밝혀 주는
등대되어 주소서.

사무원, 마음이 진정된 듯.
첼로 연주자들 퇴장.
신부, 사장, 교수 넋을 잃은 듯한 표정

사무원 : 그래, 내가 술에 취해 잠든 사이에 아우구스띠노가 나에게 왔다
　　　　가셨어. 나를 깨우치고 가신 거야. 좀 깨어 있으라고 말이야. 그래,
　　　　정신을 차리자. (머리를 흔든다)

신부, 사장, 교수 고개를 끄덕인다.

교수 : (시계를 보면서) 신부님, 이제 시간이 다 돼갑니다.
사장 : 어디 가시게예?
신부 : 시내 사회 단체에서 강연을 해 달라고 해서 약속을 해 놓았습니다.
사장 : 요 건너에 순두부 맛있게 하는 집이 있는데…….
교수 : 나중에 먹읍시다.

신부, 교수 퇴장.
사장, 사무원에게 무슨 말을 하려는 듯.
순간적으로 사무원이 다가온다.

사무원 : 사장님, 죄송합니더. 지는 여 근무하믄서 맨날 지 생각만 했어
　　　　예. 우짜믄 쉽게 살 수 있을까, 우짜믄 남이 나를 위해주게 될까
　　　　궁리하믄서 말입니더.

사장 : 그건 엥간한 사람이마 다 그런기라.

사무원 : 그라모 그런 생각하고 산 지를 용서해 주시겠십니꺼?

사장 : 니가 회개했으마, 용서 받은 기지 내가 우짜겠노? 안 그러나?

사무원 : 사장님, 고맙심더. 인자는 불경스런 맘 안 묵고 더 열심히 일할
랍니더.

사장 : 니는 원래가 니 맡은 일을 잘 하는 사람이니까 걱정 안 해도 된다.

사무원 : (가만히 있다가 책상에 놓인 술병을 치우러 가려고 한다)

사장 : 칸데…….

사무원 : (초조해진다)

사장 : 내 니게 할 말이 있다.

사무원 : 지금 다 안하셨십니꺼?

사장 : 그하고는 다른 이바군기라.

사무원 : (시무룩해져서) 해 보이소.

사장 : (주머니를 뒤져서 통장을 꺼낸다)

사무원 : (통장을 받으려는 자세로) 을마나 찾아 오까예?

사장 : 찾아 올끼 아이라, 니 가지라마.

사무원 : 예에?

사장 : 니 그 동안 고생 안 했나. 사무실 관리하랴, 심부름하랴, 주문받고
배달하랴. 내 다 알고 있데이. 오죽했으마 카드를 및 장씩이나 맨
들어갖고 이 궁리 저 궁리 했겠노. 그래가 내가 한 달에 조금씩
니 월급 올려 준 셈치고 돈을 모아 놨다 아이가. 한 삼 년 됐을끼
다.

사무원 : (감격하여) 사장니임.

사장 : 오늘날에도 아우구스띠노의 정신은 살아 있는 거데이. 니도 내일
부터 교리 공부해야 한데이.

사무원 : 하모요, 하모요. 내가 꿈 속에 만난 분이 가짜는 아닌갑네.

성가 451번 <주께 나아가리다> 반주 시작된다.
사장과 사무원 함께 노래한다.
노래가 시작되면 이곳 저곳에서 사람들이 나타나 마지막에는 우렁찬
합창이 된다.
관객들도 함께 노래한다.

　주께 나아가리다
　주께 나아가리다
　주님 앞에 나아가리다
　오 마음 속 깊이 믿음으로
　주께 나아가리다.

　주께 나왔나이다
　주님 앞에 나아와
　무릎 꿇어 기도하나이다
　오 주님의 자비 기도하며
　주께 나왔나이다

노래 끝나며 조명 아웃.
막이 내린다.

자네, 사랑 한번 해 보시게

등장 인물 —

· 현대 :

    40대 초반의 여자 1
    여자 2
    여자 3
    여자 4
    음식배달부 남자 Q
    아들
    40대 중반의 남자 1
    남자 2
    남자 3
    남자 4
    접대하는 여자 Q
    여자 A
    멋쟁이 할아버지
    색소폰 연주자
    기타 손님 다수

· 조선시대 :

신랑 (남자 3의 이중 역할)

신부 (여자 3의 이중 역할)

집안 어른들

동네 사람들

하인들

아이 (열 살 정도)

광대 (각설이)

시간 —

　　현대와 조선시대

장소 —

·현대 :

　　중상류 정도로 사는 집의 거실, 조금 고급스러워 보이는 술집

·조선시대 :

　　규모가 큰 한옥

<제1막>

제1장

가을, 저녁 무렵

노란 물이 든 잎을 달고 있는 은행나무가 서 있는 마당.

마당이 조금 보이고 거실이 정면에 위치해 있다.

은행나무도 보인다.

벨소리.

집안에서 여자 1이 나온다. 복스럽게 생겼다.

여자 1 : 네, 나가요. (혼자말로) 시간도 어지간히 잘 지킨다. (은행나무를
        쳐다보며) 어머 가을이야. (들어오는 여자를 맞이한다)

여자 2 : (흉내내며) 어머 가을이야. 그럼 지금이 봄이냐?

여자 1 : 바쁘게 살다 보니 마당가에 서 있는 은행나무 쳐다볼 시간도 없
        다.

여자 2 : 오줌 누고 뭐 쳐다볼 시간은 있구?

여자 1 : 얘는 쑥스럽게 그게 무슨 말이니?

여자 2 : 뭐가 쑥스럽니? 니가 처녀나 되냐?

여자 1 : 처녀? 요새는 처녀들이 농담을 더 잘해.

여자 2 : 그런데 뭐가 쑥스러워?

여자 1 : 본질지성이지.

여자 2 : 그래서 연애는 그렇게 잘 했니?

여자 1 : 얘가 점점……, 그러지 말고 어여 들어가자.

    거실로 들어간다.

여자 2 : 가을은 가을인가 보다. 뭐가 자꾸 먹고 싶어.

여자 1 : 옳지. 그렇지.

여자 2 : 그래.

여자 1 : 뭐랄까, 돼지족발 같은 거 말이지?

여자 2 : 쟁반 국수하고 말이야.

여자 1 : 돼지족발은 비디오방 옆집께 제일 맛있는데.

여자 2 : 너 그 집꺼 많이 먹어 본 모양이구나.

여자 1 : 내 몸을 봐라. 여기가 단독 주택골목이지만 전화로 주문만 하면
        금방 쌩하고 배달을 와요. 야리하게 생긴 젊은 총각이 오토바이를
        타고 말이야.

여자 2 : 재미있겠군.

여자 1 : 그래도 혼자 있을 때는 시켜먹지 못해.

여자 2 : 왜?

여자 1 : 왜는 왜야?

여자 2 : 으응. 돼지가 돼지족발을 시켜 먹으니까 말이지?

여자 1 : 야, 너 자존심 긁지마. 요새 그렇지 않아도 냉전이야.

여자 2 : 냉전이란 말 꺼내지도 마. 야, 돼지족발 말고 냉면이나 먹자.

여자 1 : 그래 먹는 거는 조금 있다가 다 오거든 챙기고….

여자 2 : (시계를 보며) 아니 이것들은 도대체 시간을 뭐로 보는 거야. 오
긴 오는 거지?

여자 1 : 그럼. 걔들이 언제 이 모임에 빠지는 거 봤니?

여자 2 : 됐다, 그러면 먼저 시켜 놓자. 애들 오면 바로 먹을 수 있게.

여자 1 : 니가 정확하게 맞춰 왔지? 왔다 갔다 하다 보면 시간 맞추기 어
렵지.

여자 2 : 그래도 전부 다 차를 가지고 이리저리 잘도 돌아다니잖아.

여자 1 : 오다보면 교통이 막힐 수도 있고…….

여자 2 : 어이구 천사 났네, 천사 났어. (말소리를 낮추어서) 그런데 너, 아
직도 편지 받니?

여자 1 : 야, 그거 끝난 지가 언젠데.

여자 2 : 지금은 안 와?

여자 1 : 요즈음은 그 편지 다시 보는 재미로 살아.

여자 2 : 남편은?

여자 1 : 서로 모르는 척하고 있지 뭐.

여자 2 : 좋겠다.

여자 1 : 편지를 보면 지난날이 주마등처럼 지나가지. 영화처럼 말이야.

여자 2 : 아주 좋겠어!

여자 1 : 그래. 이 나이에 과거를 먹고 살고 있으니 참 좋기도 하다.

여자 2 : 없는 사람보단 낫잖아?

여자 1 : 그렇다면 그렇고. (사이) 이러고 있을 게 아니라 음식 시켜놓자,
　　　　 다른 애들은 곧 올 테니까 말이야.

　　　　 여자 1, 전화를 걸어 음식을 시킨다.
　　　　 현관 벨 소리.

여자 1 : 어이구 왔는가 보다. (나간다)

소리만 : 야, 문 열어!

여자 1 : 늦게 오고 나서 되게 큰소리치네.

소리만 : 늦었으니 큰소리치는 거지.

여자 1 : 그래 맞아. 요새는 큰소리치지 않으면 아무 것도 얻어먹을 수가
　　　　 없어.

소리만 : 목소리 큰놈이 제일이라니깐.

여자 1 : 지들이 정말 잘 한 줄 아는가베.

소리만 : 늦게라도 왔으면 됐잖아.

여자 1 : 내 원 참!

　　　　 여자 둘이 들어온다.
　　　　 여자 3은 상당히 화려한 옷을 입었다. 가방을 아주 중요한 물건을 다
　　　　 루듯 한다.

여자 1 : 야, 너는 그 가방 속에 뭐가 들었길래 그렇게 소중하게 다루니?

여자 4 : 애는 원래 그랬잖아. 가방에 무슨 엄청나게 비싼 보석이라도 들
　　　　 어 있는 모양이야.

여자 1 : 그 안에 뭐가 들어 있는지 언젠가는 알게 되겠지, 뭐.

여자 4 : 어쨌든, 날씨 한 번 좋다.

여자 1 : 왜 또 가버린 님 생각나니?

여자 3 : 가버린 님이라는 게 말이 되냐? 진정으로 님이라면 지금 이 자
리에 살을 맞대고 있어야 님이지.

여자 4 : 그래 네 말이 맞다.

여자 1 : 야야, 지지궁상 떨지 말고 안으로 들어가자. 벌써 온 사람은 눈
이 빠지게 기다리고 있다.

여자 3 : 뭐 먹을 거 없어?

여자 1 : 왜 없어! 그럴 줄 알고 준비해 놨지.

여자 4 : 출출한데 슬슬 먹어 볼까!

여자 1 : 그래 어서 들어가!

세 여자 집안으로 들어간다.
거실에 앉아서 기다리던 여자 2, 반갑게 맞이한다.

여자 2 : 애들아 뭐하다 이제 오니? (여자 3을 보고) 야아. 이 옷 어디서
난 거야? (새끼손가락을 펴면서) 이거야?

여자 4 : 물으면 뭐해?

여자 3 : (노랫조로) 내 님은 누구일까, 어어디이 계실까?

여자 4 : 심심하면 바뀌는 그런 님을 찾아서 무얼 해?

여자 3 : 그래도 맨날 떠난 님만 생각하고 사는 것보다는 나아.

여자 1 : 애들이. 가을은 가을인가 보다. 그래 시몬 너는 좋으냐 낙엽 밟
는 소리가, 뭐 이런 기분들이구만.

여자 2 : 그건 벌써 20년 전 이야기야.

여자 3 : 그 무슨 말씀! 사람은 살면서 젊어지는 거야. 젊어지는 비결은

다른 곳에 있는 게 아니야. 바로 자기가 자신의 마음가짐을 어떻게 하는냐 하는 데에 달려 있는 거야.

여자 1 : 이제 모두가 입만 뻥끗하면 진리를 말하기에 바쁘구먼.

여자 4 : 그래 그게 진리인지도 모르지.

여자 2 : 그런데 이제 한 달에 한 번 만나서 이렇게 수다를 떠는 게 기다려지는 거 있지.

여자 1 : 애들 어지간히 크고, 남편 일에 바쁘고……. 모두 자기자리 찾아갔지. 그런데 내가 할일이 없어졌어.

여자 3 : 그러니 애초부터 혼자 사는 게 편한 거야. 이 등신들아!

여자 2 : 너처럼?

여자 3 : 그럼. 나처럼.

여자 4 : 어이구. 가을이니 망정이지 여름이었다면 하늘에서 물 쏟아졌겠다.

여자 2 : 야. 너를 쫓아다니던 남자가 한둘이냐? 니가 지금 혼자 살고 싶어 혼자 사니?

여자 3 : 아니라고는 못하지, 그렇지만 그렇다고 할 수도 없어.

여자 1 : 어차피 입은 말하라고 뚫려 있는 것이니까.

여자 3 : 내가 한 때는 열정에 젖어서 방황도 했지. 남자 없이는 못 살 것 같은 생각이 들 때도 있었지.

여자 2 : 그래서 집을 나간 게 한두 번이 아니잖아?

여자 3 : 오로지 남자 때문에 집을 나갔던 건 아니구. 그게 다 나를 성장시키기 위한 한 과정이었어. 지금 내가 남자하고 살면 그 남자는 정말로 행복할거야.

여자 1 : 너, 이제는 많이 깨달았구나.

여자 4 : 재가 한참 잘 나갈 때에 우리 남편은 재를 만나지 말라는 경고까지 했잖아.

여자 3 : 니가 내 일을 니 남편에게 하나하나 조잘대놨으니 그렇지? 지금
　　　　세상에 여자 혼자 살면서 사업이랍시고 해봐라. 그렇게 쉬운가?

여자 4 : 야, 남편하고 앉아서 할 일이 뭐가 있니? 그저 주위 사람들 살아
　　　　가는 이야기하는 거밖에는.

여자 3 : 그렇지만 친구 일은 감싸주기도 하고 그래야 하는 것 아니야?
　　　　오히려 지가 앞장서서 고소하다는 듯이 남편에게 꼬아 바치니까
　　　　그랬지?

여자 4 : 야, 니가 봤니? 봤어? 어떻게 그렇게 내 마음을 잘 알아?

여자 3 : 내, 말은 안 해도 그 정도는 짐작할 수 있다.

여자 2 : 애들은 만나면 으르렁거리는 것으로 시작해요.

여자 1 : 아무리 살풀이를 해도 듣지를 않아.

여자 2 : 하기야 그러니까 애들 만났는데 으르렁거리지 않으면 그게 또
　　　　싱거워.

여자 3 : 놀고 있네. 니들은 싸울 일 없냐?

여자 4 : 애네들은 허전할 게 없어요. 나는 님이 다른 나라에 가서 돈을
　　　　벌고 있으니, 지금 허전하고, 너는 아예 님이 없으니, 아예 허전한
　　　　거야.

여자 3 : 햐야, 그렇구나. 그럼 우리 편갈라서 화투 한 판 치자. 없는 놈하
　　　　고 있는 놈하고 가 이기나 말이야. (팔을 걷어부친다)

여자 2 : 어차피 그거는 하는 거잖아.

여자 3 : 그럼 지금 뭐하냐?

여자 1 : 그래 지금 할 일 없지.

다른 여자들 : 그으래애.

여자 1 : 지금 마음이 스산한 가을이지?

다른 여자들 : 그으래애.

여자 1 : 지금 뭔가 아쉬운 것 같은 생각이 들지?

다른 여자들 : 그으래애.

여자 1 : 그럼 우리 놀이나 해 보자.

여자 3 : 그래애. 화투나 한 판 하자구.

여자 1 : 그건 이따가 하구.

여자 2 : 그럼 무슨 놀이?

여자 3 : 야야. 여자 넷이 한 달에 한 번 모여서 해 볼 놀이가 뭐가 있냐?

여자 1 : 고백 성사 놀이.

여자 4 : 고백 성사 놀이?

여자 3 : 야. 너 지금 신의 아그네스 하고 있냐? 고백 성사하게? 나 죄없어. 다른 사람들과 재미있게 살려고 한 것밖에는 죄 없어.

여자 2 : 그 대상이 누구냐가 문제지.

여자 3 : 너는 시장에 가서 물건 고를 때 물건을 보고 고르냐, 그 물건 파는 사람보고 물건을 고르냐?

여자 2 : 남자들이 물건은 아니잖아?

여자 3 : 남자들은 여자들을 물건 그 이상으로 보지 않아!

여자 1 : 그건 너무 지나친 얘기다.

여자 3 : 지나친 얘기라구? 니네들 아까 얘기했지. 이제 이만한 나이가 되니까 할 일이 없구, 내가 누군지 모르겠다구. 그거 다 남자하고 비교하니까 그런 생각이 드는 거야.

여자 4 : 그래 그 말이 맞다. 오랜만에 진리를 말씀하셨도다. 여성 해방자 만세!

여자 3 : 남자들이란 아주 자기밖에 모르는 동물들이란 말이야.

여자 2 : 그럴지도 몰라. 우리가 여자이면서도 여자애를 낳으면 얼마나 슬퍼했냐. 그리고는 아들을 낳으면 그렇게 좋아했잖아. 학교 이름도 남자애들이 다니는 곳은 중학교, 고등학교이고, 여자애들이 다니는 학교는 여자중학교, 여자고등학교야.

여자 1 : 우리는 솥뚜껑 운전수 아니니? 밥쟁이이고.

여자 3 : 이제 뭔가 알게 되는 모양들이군.

여자 2 : 그래서 너는 아까부터 화투치자고 그런 거냐?

여자 3 : 특별한 의미가 있었던 거는 아니야. 심심하니까 그랬지.

여자 4 : 심심풀이 땅콩 대신에?

여자 1 : 그거 좋지 않은 놀이라는 건 다 아는데, 하지 말자. 우리 아들놈
　　　　이 저 방에 있거든.

여자 3 : 아들도 남자라고 무서워하는 거니?

여자 1 : 꼭 그런 건 아니지만 좋지 않은 건 보여주지 말아야지.

여자 3 : 야. 그 애 나이가 몇 살이냐? 대학교 다니는 애가 배울 거 안
　　　　배울 거 모르겠나? 그리고 화투는 치매 방지용 의료법이라는 거
　　　　몰라?

여자 1 : 우리가 아직 치매에 걸린 건 아니잖아. 그런데 왜 그런 핑계로
　　　　자꾸 화투를 치려고 하는 거야?

여자 3 : 심심하잖아? 먹을 것도 없고.

여자 1 : 그저 먹고 마시고, 먹고 마시고.

여자 3 : 그래 뭐가 떫으냐? 떫어?

여자 2 : 야야. 이러다가 싸움 나겠다.

여자 4 : 우리는 만나면 싸우고 또 만나고 그러잖아? 안 싸우면 이상한
　　　　거야.

여자 2 : 그래도 남자 대학생이 있는 집에서는 좋지 않은 건 보여주지 말
　　　　아야지.

여자 1 : 그렇게 말하지 않아도 돼. 키워놓고 보니 남자애나 여자애나 똑
　　　　같다는 생각이 든다. 아니 어쩌면 여자애가 말을 더 고분고분 잘
　　　　들어주니 편할 수도 있을 거야.

여자 2 : 니가 동정하지 않아도 나는 괜찮아. 여자애들이 말을 잘 들으리

라고 하는 것도 그냥 하는 소리야. 기집애 둘만 있어봐. 평탄하지
만은 않아. 딸만 둘이라서 한 때는 울기도 많이 했지만 그걸 운명
이라고 받아들이고 잘 키워 놓으니까, 몸과 마음이 아주 편해.

여자 1 : 그렇기는 한데, 애들이라는 게 애물단지야. 애 낳을 때 그렇게
　　　　고생하고. 말 좀 알아 들을만하면 학원 보내야지, 유치원 보내야
　　　　지. 초등학교 가르치고 나면 중학교 고등학교 보내지. 거기서 대
　　　　학만 가면 다 끝나는 줄 알고 새벽밥 짓는 것도 고생으로 알지 않
　　　　고 죽도록 봉사하지.

여자 4 : 그런데, 대학교만 가면 다 끝나나? 요새 대학 나와서 걱정 안
　　　　하는 사람 있으면 나와 보라 그래. 취직 걱정, 결혼 걱정, 전세라
　　　　도 얻어 줘야지. 요새 애들은 돈만 생기면 차를 사려고 한대요 글
　　　　쎄.

여자 2 : 그렇기는 해. 결혼 문제에 부닥뜨리면 딸 가진 내가 속이 상해
　　　　죽겠어. 실컷 가르쳐 놓으면 그놈의 남자는 쉽게 찾아지나. 남자
　　　　를 찾은들 결혼 비용은 조금 드나. 하여간 연애 잘 하는 것도 효도
　　　　야. 그런데 그런 거 저런 거 다 끝나고 나면 우리는 도대체 뭐하는
　　　　거야. 맨날 도시락이나 푸고, 늦은 밤에 애들 데리러나 다니고, 남
　　　　편하고 영화 구경을 한 번 해보나 극장엘 한 번 가보나.

여자 1 : 그런 신세 타령은 어제 오늘에만 한 게 아니잖아.

여자 4 : 우리들을 가리켜서 뭐라고 하는지 알아? (사이를 두고) 샌드위치
　　　　세대라고 하는 거야. 알아? 위로는 부모님 봉양해야지, 아래로는
　　　　자식 받들어야지. 그리고는 우리는 자식에게 효도하기를 바랄 수
　　　　없다는 거야.

여자 2 : 오죽하면 무자식이 상팔자라는 말이 있겠니.

여자 3 : 그건 다 자기 위안이야. 결혼해서 자식 없어 봐라, 신랑이라는
　　　　것들이 잠자코 있는가. 애를 가지려고 무슨 짓은 안 하는가.

여자 2 : 너는 어째 그리 아는 것도 많으냐?

여자 3 : 내 처지에서 그런 사람들 많이 만나보고 판단한 것이다, 왜?

여자 1 : 너는 시집은 못 갔지만 (당황해 하다가) 아니 안 갔지만….

여자 3 : 아, 뭐 괜찮아. 안 간 거나, 못 간 거나 결과는 마찬가지니까. 그
        런데?

여자 1 : 우리가 하지 못하는 사업을 하고 있잖아. 우먼 파워잖아.

여자 2 : 그래 자기가 할 일이 있다는 게 얼마나 중요한 모르겠어. 애들
        키우고 남편 뒷바라지 하는 게 나의 일이라고 생각될 때는 참 신
        이 나고 좋았는데, 애들도 크고 남편도 심드렁해지니 과연 내가
        한 일이 뭔가 하는 허탈한 생각이 자꾸 든다구.

여자 3 : 여자가 직장 생활도 아니고 사업을 한다는 건 진짜로 어려운 일
        이야. 맨날 전쟁이야, 전쟁!

여자 4 : 그래도 넌 잘 해냈잖아. 그 어려운 때도 잘 넘기고 말이야.

여자 3 : 그러니까 주위에서 말도 많았지. 벼라별 소리로 나를 욕하기도
        하고. 지금도 그렇게 쉽지는 않아. 결혼한 대신이라고 하고 있는
        거야.

        오토바이 소리.
        현관 벨 소리.

여자 1 : 자아, 이렇게 해서 고백성사놀이는 마치도록 하겠습니다. 자, 먹
        을 준비합시다.

        거실 밖으로 대문을 열러 나간다.
        남자 Q가 왕족발을 담은 통을 들고 들어온다.
        여자 1 부엌에서 상을 가져다가 펴놓는다.

다 펴놓고 일어서는 남자 Q, 이상하다는 듯이 고개를 갸우뚱거린다.

여자 2 : 왜 고개를 갸우뚱거립니까?

남자 Q : (여성적인 말투로 몸을 꼬면서) 아주머니들은 참 이상하네요.

여자 3 : 뭐가 이상하나요?

남자 Q : (여성적인 말투로 몸을 꼬면서) 지금 계추하는 거 아닙니까?

여자 1 : 맞아요.

남자 Q : (여성적인 말투로 몸을 꼬면서) 그런데 왜 화투를 안 칩니까?

여자 3 : (몸을 꼬면서) 계추하면 꼭 화투를 쳐야 하나요?

남자 Q : (여성적인 말투로 몸을 꼬면서) 그래야 시간이 잘 가지요. 요새
　　　　아주머니들 계추에 가보면 다 이거 해요, 이거. (손으로 화투를 치
　　　　는 제스추어)

여자 4 : (몸을 꼬면서) 우리는 치매에 걸리지 않았거든요.

남자 Q : (손으로 화투치는 제스추어) 이거 하면 팁도 받을 수 있는데….

여자 2 : 아저씨는 팁을 받아서 어디에 씁니까?

남자 Q : (여성적인 말투로 몸을 꼬면서) 쓸데야 많지요. (술 마시는 제스추
　　　　어) 이것도 하고 (춤추는 동작) 이것도 하고. (계속하여 돌며) 아주머
　　　　니들 여인의 향기 알아요? 돌고돌고 또 돌고.

여자 3 : 어이구. 저것도 남자라구.

남자 Q : (돌면서) 아주머니들 약속이라는 영화 보셨어요? 여자 의사와 깡
　　　　패 두목 사이의 애틋한 사랑을 절실하게 화면에 담았죠.

여자 3 : 어쭈. 한 술 더 떠요.

남자 Q : 저 오늘 저녁에 시간 비워놓겠습니다. (명함을 상 위에 놓으면
　　　　서) 기다리겠습니다. 연락만 주십시오. 세상은 즐기기 위한 것 아
　　　　닙니까? 싸모님들.

여자 1 : (기가 막힌 듯 쳐다본다) 아저씨, 아저씨. 우리가 적당히 즐기기

위해서 사는 사람들인 줄 아는가 본데 착각하지 마세요. 우리 다
바쁜 사람들이에요.

남자 Q : (아주 저자세로, 여성적인 말투로 몸을 꼬면서) 그럼요, 그럼요. 제
가 그걸 왜 모르겠습니까? 바쁘시니까 더러 쉬시면서 사시라는
거죠, 네에. (객석을 향해 점잖은 말투로) 처음부터 나도 즐기며 살
고 싶었어요 하는 여자는 하나도 없더라. 낚시밥 던져서 무는 년
이 하나도 없어 봐라, 언놈이 이런 짓 하겠냐? 그리고 세상은 적
당히 즐기면서 살아야 재미있는 거야! 아, 오늘 멀쩡하다가도 내
일이면 심장마빕네 어쩌네 하질 않나, 교통사고가 어쩝네 하질 않
나. 당하고 나서 후회하지 말고, 젠체하지 말고 적당히 사는 거야.
나도 음식점 사장이야. 이러고 다니니까, 웃기는 인간으로 보이는
모양이지. (두 팔을 번쩍 들어 올리면서 큰 소리로) 나의 인생 철학
제일조, 즐기며 살자! 아니 즐기기 위해 살자!

여자들 : 아니, 아저씨 지금 무슨 소릴 하는 거예요?

남자 Q : (여성적인 말투로 몸을 꼬면서) 아아, 예에, 아아. 저도 모르는 사
이에 그만 우리집 족발 맛있을 거라는 말을 하려고 하다 보니, 싸
모님들이 하도 미인이라서 감탄사가 나와 버렸습니다. 자, 자. 신
경쓰시지 마시고 맛있게 드세요.

여자 1 : 그래, 일단 먹으면서 얘기하자.

여자들 음식 앞으로 다가간다.
이때 아들이 오른쪽에서 나온다.

아들 : 엄마. 어디 불났어요? 큰 소리가 들리던데? (음식을 먹으려는 여자
들을 보고) 어? 아주머니들 다 오셨네.

여자 1 : 으응. 오늘 엄마 모임하는 날이다. 그런데 너는 지금 몇 신줄이

　　　나 아니?

아들 : 몇 신데요? (시계를 본다) 으응? 벌써 열두 시가 다 됐네. 약속 시간
　　　늦겠다.

여자 3 : 야이 머슴아야. 엊저녁에는 무얼 하고 이제 일어났냐?

여자 1 : 요새 애들 컴퓨터는 기본이잖아.

여자 4 : 쟤, 컴퓨터꽈 다니니?

여자 1 : 아니. 신문방송학과.

여자 2 : 조금 있으면 이 집에 멋진 방송맨이 생기겠구먼.

여자 1 : 하루 종일 컴퓨터만 해.

여자 3 : 요새는 컴퓨터만 잘 하면 먹고 살 수 있다더라.

남자 Q : (여성적인 소리로) 그것도 나름이지요? 학생, 컴퓨터로 채팅해봤
　　　어?

아들 : 어제도 그거 하느라고 조금 늦게 잤더니 이제 일어나게 됐군요.

여자 3 : 그래, 그래. 컴퓨터로 채팅해서 접속을 한대.

여자 4 : 채팅이 뭐야.

여자 2 : 우리 애들도 채팅 어쩌구 하던데…….

여자 1 : 애, 그게 뭐니?

아들 : 컴퓨터로 얘기하고 그러는 거예요.

여자 3 : 얼굴도 모르는 애들하고. 그렇지?

아들 : 그렇게 해서 만나기도 하지요.

여자 3 : 멋진 일이다. 한 번도 만난 적이 없는 사람과 만난다? 만난 적이
　　　없는 사람과 만난다. 재미있겠군!

남자 Q : 그리고는 접속을 하고 다음에는 접촉을 하고 그 다음에는…….

아들 : 엄마, 저 가볼게요. 어제 편지한 애하고 만나야 해요.

여자 1 : 편지? 오늘 만날 애가 어제 편지를 해?

아들 : 아이, 엄마는! 피시통신으로 하는 편지가 있어요.

남자 Q : 재미없어지는군! (여자 1에게) 음식 드시고 그릇은 저 밖에 놓아
    두세요.

여자 1 : 돈은 먼저 받아 가세요. 얼마죠? (남자 Q가 대답을 하자 돈을 준다)

아들 : 엄마. 나도 (손을 내민다)

여자 1 : 아버지한테 달라고 해 봐라.

아들 : 그게 그거지 뭘.

여자 1 : (소리를 바꿔서) 어려울 때는 엄마, 엄마. 지 멋대로 할 때는 엄마
    는 몰라도 돼! (그러면서 돈을 준다)

남자 Q : (다른 여자들에게 여성적인 말투로 몸을 꼬면서) 싸모님들 아셨죠?
    절 잊지 마세요. (노래를 부르며 나간다) 사아랑으을 팔고 사아는
    꽃 바람 소옥에…….

여자 2 : 신세 늘어졌군.

여자 1 : 아니 무슨 놈의 편지를 어제하고서 오늘 만난단 말이야?

여자 3 : 요새 아이들은 속전속결이야!

여자 2 : 그런가봐. 우리 애들도 은근한 맛을 가지고 있는 것 같지는 않
    아.

여자 4 : 그래도 은근한 걸 좋아하기는 하나봐.

여자 3 : 특별한 말이군.

여자 4 : 요새 시내나 저 근교에 나가 봐. 분위기 있는 집이 잘 되고 있어!

여자 3 : 분위기? 그래 여자는 분위기에 죽고, 분위기에 사는 수도 있지.

여자 2 : (여자 1에게) 그런데 쟤 군대는 어떻게 할 거야?

여자 1 : 우리는 아무 것도 없잖아? 어디에 델 줄도 없구, 돈도 없구. 애도
    그걸 알고 아예 군에 간다고 맘을 먹고 있나봐. 별 말이 없어. 올
    바른 길이 아니면 생각하지도 말자고 결정이 되니까 맘이 편하지
    뭐!

여자 4 : 맞았어. 바로 그거야. 뭔가 결정하고 그것을 위해서 시간을 쓸

수 있다면 이 세상은 아름다운 것이지.

조명 꺼짐.

제2장

조명이 켜지면 술집.
한 테이블에 몇 명의 남자들이 앉아 있다.

여자 Q : (술병을 들고 나오며 노래한다) 사아랑을 팔고 사아는 꽃바람 소
　　　　옥에…….
남자 1 : 야야. 무슨 놈의 얼어죽을 사랑이냐, 사랑이.
남자 2 : 그래도 사랑 없이는 세상이 허전해요.
여자 Q : (남자 1에게) 멋대가리 없는 남자, (남자 2에게) 멋대가리 있는 남
　　　　자. (남자 2에게 기대면서) 나는 대가리 있는 남자를 좋아해.
남자 2 : 야. 나는 멋대가리 없는 남자로 소문나 있어. 괜히 나 좋아하다
　　　　가는 아무것도 못 건진다.
여자 Q : 당신의 매력은 바로 그거예요. 자신의 처지를 잘 아는 남자.
남자 1 : 얼씨구 잘 논다.
여자 Q : 소크라베이컨이 무어라고 한 줄 아세요?
남자 1 : 애가 점점. 소크라베이컨이라니?
남자 2 : 누가 먹던 베이컨이야?
여자 Q : 남자들이란 이렇게 앞뒤가 꽉꽉 막힌 존재들이라니깐.
남자 2 : 그래 여자들은 앞뒤가 확확 뚫렸다. 소크라베이컨이 누구니?
여자 Q : 지금 대통령을 줄여서 뭐라고 불러요?

남자 1 : 디제이라고 하지.

여자 Q : 아시네. 그러면 국무총리는?

남자 1 : 그거야 제이피.

여자 Q : 그래요. 그러면 대통령과 국무총리의 이름을 합쳐서 뭐라고 해
요?

남자 2 : (얼른 말한다) 그거야 디제이피.

여자 Q : 아시네. 소크라는 소크라테스, 베이컨은 베이컨.

남자 2 : 악처로 이름난 소크라테스 말이야?

여자 Q : 그럼요.

남자 2 : 소크라테스에게 그 악처가 없었다면 무슨 일이 있었을까?

여자 Q : (사이를 두고) 그건 추측하기 어렵지만 어쨌든 남자와 여자는 화
합해야 한다는 좋은 보기가 된 사람이죠.

남자 2 : 화합? 그거 좋은 말이다. 동서화합, 상하화합, 남북화합, 과거와
현재의 화합! 그래, 그건 새로 다가올 새 천 년을 위해서 아주 적
당한 명제야!

여자 Q : 겉으로 보이는 것과는 아주 다르시군요.

남자 2 : 왜?

여자 Q : 머리 회전이 아주 빠르신 것 같아요.

남자 2 : 그래. 전구에 불이 오듯이 나의 머리를 확 스치고 지나간 생각!
그건 바로 화합이라는 단어였어. 과거와 화합하지 않는 현재에는
갈등뿐이고, 현재와 화합하지 못하는 미래는 허황한 꿈일 뿐이야.

여자 Q : 개인적으로는 허황한 꿈이 필요할 때도 있어요.

남자 2 : 그럴지도 모르지. 꿈이 없는 현실은 삭막하니까. 미래를 위한 화
합! 그거 좋은 말이다.

남자 1 : 나는 할 말이 하나도 없다. 둘이서 화합이 잘 되니까 말이야. 안
그래? (두 남녀를 번갈아 쳐다본다. 어색해지는 걸 피하며) 그건 그렇

고. 그러면 소크라테스와 베이컨이 화합해서 소크라베이컨이다
이 말이렸다.

여자 Q : 그렇다 이 말이렸다.

남자 2 : 햐. 오늘 한 수 배우네.

여자 Q : 여기 와서 한 수씩 배우신 게 오늘뿐이신가요오?

남자 1 : 그건 그렇고 소크라베이컨이 무어라고 했는데?

여자 Q : 아직 못 깨치셨습니다그려.

남자 1 : 나는 멋대가리 없는 남자잖아!

여자 Q : 노여워 마시라, 나의 동반자여!

남자 1 : 갈수록 태산이네. 아이, 그게 무슨 말을 했느냐구?

여자 Q : 궁금하시죠?

남자 2 : 그래 내가 더 궁금하다.

여자 Q : 그러면 이번에는 진짜 한 수 가르쳐 드리지요. 소크라테스가 뭐
라고 했나요? (남자 1을 가리키며) 학생 대답해 봐요.

남자 1 : 그거야, 너 자신을 알라 아닙니까?

여자 Q : 왜 뒤에다가 아닙니까를 붙여요. 알면 안다, 모르면 안다 대답을
해야지 자신 없게 아닙니까, 이게 뭡니까? 아니면 아니고 기면 기
고 남자답게 한 판 하는 거죠.

남자 1 : 그거 되게 말많네. 그래 그 말이다.

여자 Q : 맞습니다. 그러면 베이컨은 무어라고 했나요? (남자 2를 가리키
며) 학생?

남자 2 : 뭐랬더라. 옳지, 아는 것은 힘이다. 맞지?

여자 Q : 조금 낫습니다. 역시 멋대가리 있는 남자가 낫군요.

남자 2 : 그거하고 소크라베이컨하고 무슨 상관이 있어?

여자 Q : 네에. 이제 본론으로 들어가겠습니다. 소크라베이컨은 이상에서
들으신 말을 종합하여 너 자신을 아는 것은 힘일걸 이랬어요. 하

하하. (끊어서 규칙적으로 웃는다)

남자 1 : 야, 니 꼬라지나 제대로 알고 웃어라.

여자 Q : 맞아요. 내 꼬라지나 제대로 알고 웃든지 울든지 해야 할 텐
데…. 겨우 술집에서 일하는 제 주제에 말이죠. 그런데 요즈음은
제 꼬라지를 제대로 모르고 남을 웃기는 사람들이 더 많아요!

남자 2 : 그래, 그렇구 말구. 니 꼬라지를 아는 것은 힘이다. 맞는 말이야.
(좀더 큰 소리로, 자신에게 화를 내듯이) 맞는 말이야!

남자 3이 웃고 들어오다가 이 말을 듣고 움찔한다.

남자 3 : 왜 뭐가 잘못 됐나?

남자 1 : (남자 3을 알아보고) 아니.

남자 3 : 그럼 그게 무슨 말이야? 니 꼬라지를 알라니?

남자 2 : 아, 지금 우리가 여기서 한 수 배우고 있거든.

남자 3 : 우리들이 여기서 한 수 배운 게 어제오늘 일이 아니잖아.

남자 2 : 멋대가리 없는 나는 오늘 굉장한 걸 배웠어.

남자 3 : 그게 뭔데?

남자 2 : 니 자신을 아는 것은 힘이다.

남자 3 : 아아, 소크라베이컨!

남자 둘이 어리둥절한 표정

남자 3 : 이 집에서는 그거 알아야 술을 제대로 먹을 수 있어. 나도 맥주
열 병 먹고 배운 거야. 니들도 그걸 배웠으면 오늘 맥주 열 병씩
사!

여자 Q : (남자 3에게) 우와, 멋쟁이! 난 그대가 좋아요.

남자 3 : 니가 좋아하는 사람이 한둘이냐?

여자 Q : 그래도 지금 여기에서는 당신이 제일 좋아.

남자 1 : 내가 술 열 병 사면?

여자 Q : 그것도 좋아요.

남자 2 : 다 좋아해라, 이 세상 남자 다 좋아해라.

여자 Q : 그럴 수만 있다면, 그렇게 하지요.

남자 2 : 니가 좋아하는 건 술과 남자의 돈이지?

여자 Q : 그럴 수도 있지요. 내 꼬라지가 그러니까요.

남자 2 : 우리가 애한테 많은 걸 배워요, 많은 걸.

남자 3 : 배우는 데에는 남녀노소가 없으니까.

남자 1 : 그래도 이 애가 일편단심으로 사랑하는 사람이 있는 모양이야.

남자 2 : 일편단심? 그거 좋은 거지. 아주 좋은 거야. 이 사람에게도 일편
        단심, 저 사람에게도 일편단심. 열 사람이면 십편단심이 되나?

여자 Q : 부끄럽게 지금 무슨 말씀들을 하시고 계신 거예요. 술집에서는
        술을 마셔야지.

남자 3 : (여자에게) 어이. 그 얘기 좀 해 봐.

여자 Q : 무슨 얘기요?

남자 3 : 십편단심 얘기 말이야!

남자 2 : (술을 부어 주며) 자자. 한 잔 하고 얘기해!

여자 Q : 이제 다 오신 거 같은데, 함께 건배하셔야죠.

남자 1 : 아주 철저히 배우는구먼.

남자 2 : 하긴 그렇다. (남자들에게 재촉하며) 술 따라, 술 따라!

　　　지팡이를 든 멋쟁이 할아버지 등장.

할아버지 : (큰 소리로 호탕하게) 그래 그래, 내일 세계의 종말이 온다해도

나는 한 잔의 술 을 마시겠다. 아주 낭만적인 생각이야.

남자 3 : (여자에게) 저 할아버지 누구야?

여자 Q : (어깨를 들썩하며 모른다는 제스추어) 더러 오시는 분이에요. 재미
있어요.

할아버지 : (큰 소리로 호탕하게) 옛날, 훌륭한 가문에 멋쟁이 총각이 있었
지. 그 집에는 하인으로 일하는 예쁜 처녀가 있었어. 얘기는 뻔하
게 전개되는 거지. 그 총각은 결혼을 했고, 몇 년이 지나도 아기가
태어나질 않았어. (주위를 둘러본다. 남자 1에게) 당신 같으면 어떻
게 했겠어. (남자 1 대답을 못한다. 남자 2에게) 당신 같으면. (남자
2 역시 우물쭈물한다. 남자 3에게) 당신도 말을 못하겠지? (남자 3 역
시 우물우물. 여자 Q에게) 당신은 대답을 할 수 있을 거야. 그러니
묻지 않겠어. 당신이 대답해 버리면 내가 할 말이 없어지니까. (객
석을 향하여 바라보다가) 여러분들도 아시겠지요? 이 무대에 있는
남자들만 답을 하지 못하고 있고, 나머지는 다 답을 알아요. 그러
면서 지금 연극한다고 여기에 앉아 있어요. 그러니 말을 꺼낸 내
가 답을 해 주어야지요. 결국 그 사람은 인공 수정이라는 방법으
로 아이를 갖게 됐어요. 앞으로는 인간 복제도 된다니까 그렇게
할 수도 있겠지요. (객석을 향하여) 어때요. 여러분들이 생각하고
있는 것과 답이 같지요?

남자 1 : (벌떡 일어나며) 아니 할아버지!

할아버지 : 할아버지? 자네 나이가 몇 살인고?

남자 1 : (그냥 서 있다)

할아버지 : 내가 그대를 자네라고 부르겠네만, 자네는 내가 할아버지로
보이나? 할아버지란 아버지의 아버지를 가리키는 말이야. 내가
자네보다 조금 늙어 보인다고 할아버지가 되나? 그건 당치도 않
은 말이야. 적어도 아저씨 정도면 몰라도 말이야. 아저씨라고 부

르게.

남자 1 : 예, 좋습니다. 아저씨. 얘기가 논리적으로 맞지 않잖아요? 처음
　　　 에 출발할 때 총각과 처녀 얘기를 했으면 그 사람들 사이의 일을
　　　 얘기해야지 왜 잘 나가다가 다른 데로 빠져 버립니까? 그 처녀는
　　　 어찌 됐어요?

할아버지 : 학교 다닐 때 논리 공부를 좀 한 모양이구먼. 포스트모더니즘
　　　 이라는 것도 있어. 그런데 이야기가 아직 끝나지 않았어.

남자 2 : 얼른 계속해서 하세요.

할아버지 : 나한테 술 한 잔 주겠나?

남자 3 : 그러죠. (술을 따라 준다)

할아버지 : 기왕이면 여자가 따라 봐. 남자들이란 게 이렇게 멋대가리가
　　　 없어!

여자 Q : (술을 따라 컵을 건네준다) 멋대가리와 술잔의 화합!

할아버지 : (술을 맛있게 먹고서는) 처녀는 어떻게 됐느냐? 그 처녀 얘기를
　　　 하려면 장가든 총각 얘기를 다시 해야지. 아, 인공 수정을 해서 아
　　　 이를 가졌는데, 그 아이는 이 세상에 나오자마자 황달에 걸려서
　　　 고생하다가 그만 저 세상으로 가버렸어.

남자 2 : 그거 참 비극적이로군!

할아버지 : 남자가 고민에 빠졌어. 그리고는 어느 날 달밤에 정원에 나와
　　　 거닐다가 책을 읽고 있는 하인 여자를 발견했어. 둘이는 자연스럽
　　　 게 하나가 되었지. 둘이 하나가 된다는 게 뭔지 알아? 강물은 흘
　　　 러 갑니다아 제삼 한강교 밑을 허이, 우리들은 하나가 되었습니다
　　　 아하. 이런 거야. 열 달이 지났어. 아기가 태어났지. 집안에서는
　　　 경사였지만 걱정거리이기도 했어. 이 아이와 아이 엄마를 어떻게
　　　 처리해야 하나. (객석을 쳐다보며) 어떻게 해야 하나. 어떻게 해야
　　　 하나. 아이가 방싯거리며 웃을 때쯤, 아이 엄마는 편지를 남겨 놓

고 집을 나갔어.

여자 Q : (갑자기 일어서며 큰 소리로) 그만! 할아버지 그만!

할아버지 : 그만 할 수 없어. 시작한 말은 끝을 맺어야지. 그리고 그 아이
의 아버지는 그 여자를 찾아서 여기저기 헤매 다녔어. 편지 한 장
을 가슴에 품고 말이야. (다 삭아빠진 편지지를 품에서 꺼낸다. 소리
가 애원조로 바뀐다) 저는 당신에게 괴로움을 드릴 수 없어서 떠나
갑니다. 이게 전부야. 원희 엄마! (베토벤의 교향곡 <운명>)내 그대
를 만날 때까지 헤매고 있을 거요. 당신은 나에게 진정한 삶이란
어떤 것인가를 생각하고 깨닫게 해 준 사람이오. 언젠가 어디선가
우리는 다시 만나게 될거요.

여자 Q : 할아버지, 제발 그만, 그만! (엎드린다)

할아버지 : 그래 이제는 그만 해야겠다. 숨이 차는 것 같아. (나간다) 오늘
도오 걷는다마는 정처없는 이 바알길, 지이나아온 자주욱마아다
눈물 고오여였다. (노랫소리 작아진다)

여자 Q : (엎드려 있다가 일어나, 남자들에게 명랑한 소리로) 자, 술 드세요.

남자들 어리둥절한 표정

남자 1 : 오늘은 이해할 수 없는 일들만 일어나는군!

남자 2 : 뭔가에 홀린 것 같애.

남자 3 : (여자 Q에게) 그런데 아가씨는 그 할아버지한테 왜 소리를 질렀
어?

여자 Q : 그냥요.

남자 3 : 그냥이라니?

여자 Q : 진짜 그냥이에요.

남자 3 : 아가씨 발작하는 병 있어?

여자 Q : 무슨 말씀을요?

남자 2 : (아가씨의 옷 앞자락을 잡으며) 그럼 왜 그랬어? 그 할아버지가 우
리에게 와서 뭐라고 혼내는 말을 할 줄 알고 조마조마했단 말이
야.

여자 Q : 미안해요. (몸을 돌려 남자 2의 손을 벗어나려고 한다. 그 바람에
옷 속에서 봉투가 떨어진다. 여자 Q, 잽싸게 주으려 하지만 남자 1이
먼저 집어든다)

남자 1 : 어, 이거 편지잖아? (봉투 속에 든 편지지를 꺼낸다. 다른 사람들의
얼굴을 살핀다)

여자 Q : 안 돼요! 읽지 마세요! (편지지를 얼른 나꿔채며) 안 돼요! (편지지
를 손에 든 채 안으로 들어가 버린다)

남자 2 : 오늘은 뭐가 잘 안 돼. (남자 1더러) 그런데 그 편지에 뭐라고 씌
어 있어?

남자 1 : 순간적이라서 읽을 수는 없었어. 그런데 그게 영어로 돼 있더라
구.

남자 2 : 영어?

남자 1 : 으응. 분명히 영어였어.

남자 2 : 그것 참.

남자 3 : 아, 그러면 초등학교 3학년이나 4학년 아이가 쓴 편진가 보다.

남자 1 : 뭐라고?

남자 3 : 아, 왜 요새 초등학교에서 영어 가르치잖아. 외국인 선생까지 들
여서 말이야.

남자 1 : 그런데?

남자 3 : 우리도 글자 몇 개 알면 벽에다 땅바닥에다가 마구 그려대잖아?

남자 2 : 그래 맞아. 그래서 이름을 부르면 굴뚝도 대답하고 필통도 대답
한다는 우스개 얘기가 있었지.

남자 3 : 그거 아닐까. 이 아가씨가 그 할아버지 얘기할 때에 소리를 질렀
거든. 그만 하라고.

남자 2 : 그러니까, 이 아가씨도 어떤 부잣집 청년의 애를 낳았는데, 그
애가 초등학교 3학년이나 4학년 정도가 됐다 이거지?

남자 3 : 멋진 추리야. 그 애가 영어를 배우기 시작했으니까 엄마에게 영
어 편지를 했다. 이제 이 아가씨 남은 건 노래하는 것만 남았네.
(남자 1에게) 안 그래?

남자 1 : (뭔가 석연치 않다) 그건 아닌 것 같은데….

남자 3 : 아니긴 뭐가 아니야. 안이면 뒤집어.

남자 1 : 그 편지에 쓰인 글자가 초등학교 3학년이나 4학년 아이의 필치
는 아니야. 아주 숙달된 글씨체더라구.

남자 2 : 돈 받고 감정하는 거야? 느낌으로? 요새 감정 믿을 수가 있어야
지. 어쨌든 그렇다면 얘기가 달라지잖아?

남자 3 : 루팡이나 셜록 홈즈를 데려와!

남자 1 : 그런데 말이야. 그 편지라는 게 아주 이상한 힘을 가졌단 말이
야. 우리가 저애들 (안을 가리키며)에게 편지를 한 번 써 보면 금방
그 힘을 알 수 있을 거야. 편지가 전화보다 훨씬 센 힘이 있어. 그
건 확실해.

남자 2 : 또 연애하던 시절 얘기로군. 편지로 꼬셔서 결국 결혼했다는 그
얘기.

남자 1 : 지금도 생각해 보면 혼자 웃음이 비죽이 나와요. 그때 편지의
힘이 아니었더라면 아내를 건졌을까 하고 생각이 들어서.

남자 3 : 그래서 3년 동안 매일 마누라한테 편지를 써서 바쳤어.

남자 1 : 결혼할 때 그렇게 하기로 약속했거든. 천 통 채우기로.

남자 3 : 그래서 사랑이 더욱 굳어졌어?

남자 1 : 피곤했지. 그래서 베껴 쓰기도 했지. 마누라는 잘 모르는 모양이

더라구.

남자 3 : 야, 이 사람아. 알고도 모르는 체. 몰라?

남자 1 : 편지가 처음에는 고맙더니 나중엔 미워 죽겠더라구.

남자 3 : 뭐든지 지나치면 아니함만 같지 않으니.

남자 1 : 그래도 안 해본 것보다는 나아.

남자 2 : 요새는 편지도 우체국에 가서 우표를 사서 붙이고 우체부가 배
달해서 받아 보는 게 아니라 여기서 컴퓨터 자판을 톡톡 치면 저
쪽에서 금방 열어 봐요. 그러니 기다리고 어쩌고 하는 기분이란
아예 사라져 버린 거야. 모든 게 완전히 인스턴트식이야.

남자 3 : 스피드, 스피드 하니까 사랑도 스피드하게 되는 거야.

남자 1 : 편지는 한 줄 써놓고 들여다보고 또 들여다보고 생각하는 맛에
쓰는데. 이 구절은 상대방이 어떻게 받아들일까 하고 말이야. 비
오는 날 밤에 쓴 편지를 맑게 개인 아침에 읽어 봐. 포복절도하게
되지.

남자 2 : 요새는 포복절도고 포청천이고 도둑이고 없다니까. 시간과 공간
을 가리지 않고 날아다니는 통신 때문에 정신이 없어요. 이제 조
금 더 있으면 우체국이고 우체부고 다 없어질 때가 올 거야.

남자 3 : 바야흐로 종이가 필요 없는 시대가 오는 것이지. 그래도 정이라
는 건 사람의 손 끝에서 묻어나는 건데 말이야.

남자 1 : 야, 그럼 내가 쓴 편지는 보물이 되겠다.

남자 3 : 모든 것은 돈으로 통한다.

남자 2 : 그런데 아까 아가씨 편지 사건은 이제 끝난 거냐?

남자 3 : 아니, 셜록 홈즈가 있어야 풀린다니까.

남자 1 : 그게 어디 있는데?

남자 3 : (자신을 가리키며) 바로 여기! 기다려 봐. (안으로 들어간다)

남자 2 : 저 녀석 어디 가는 거야?

남자 1 : 저 뒤 어디 가서 놀다오겠지 뭐.

남자 2 : 어쨌든지 아까 그 아저씨나 아가씨가 부럽기도 하다.

남자 1 : 뭐가 부러운데?

남자 2 : 그 나이가 되고, 그런 환경에 처해 있으면서도 뭔가 애타게 기다
리고 찾을 것이 있다는 게 부럽다는 거지. 너는 그런 생각 안 드
냐?

남자 1 : 하긴 그래. 군대 갔다와서 대학 졸업하고 회사에 취직하여 열심
히 일하고 여자를 찾아서 결혼하고, 아이들 낳고, 집을 사고 차를
사고. 바쁘게 살았지.

남자 2 : 그래도 너는 신혼초에 재미있게 지냈잖아. 연애하듯이 말이야!

남자 1 : 그건 잠깐 동안의 일이야. 아이들 크고 부모님 돌아가시고. 그럭
저럭 살다보니 어느 사이 내 머리에 눈이 내리기 시작하는군.

남자 2 : 그래. 그럴 때는 허무한 생각도 들지. 나는 내가 속한 회사를 위
하여 뒈지게 일했는데, 이제는 위로는 임원들, 아래로는 부하 직
원들의 눈치를 보는 신세가 돼버렸잖아. 그러니 이제는 내가 어떤
목표를 가지고 여기까지 살아왔는가 하는 것에 대한 회의가 들지.
마치 넓은 바다에 방향 잃은 배와 같은 신세라고나 할까?

남자 1 : 너, 요새 회사에서 좋지 않은 일이 있는 모양이구나?

남자 2 : 아니, 그런 것은 아니야. 딱히 뭐라고 짚어서 말할 수 없는 그런
허전함이랄까, 내가 언제까지 이렇게 살아야 하는가 하는 자기 반
성 같은 생각이 든다는 얘기지.

남자 1 : 사실은 나도 요새 까닭 모를 불안이 나의 주위를 감싸고 빙 도는
것같아. 이런 게 갱년기 증상인지, 적당히 살았다는 증거인지 모
르게 말이야. 한때의 정열은 이제 다 지나가 버린 추억의 노래가
돼버린 거지.

남자 2 : 그러니 나이가 들어도 집착할 뭔가를 가지고 있다는 것은 생활

에 기름을 쳐 주는 윤활유와 같은 것이야.

남자 1 : 그래 그 말에는 전적으로 동감이야. 이럴 때는 그저 색소폰 소리
　　　　를 듣는 것도 기분 좋은 일인데…….

　　　무대 한쪽에 색소폰을 든 사람이 나타난다.
　　　조명 분할로 색소폰 주자에게 라이트.

남자 2 : 뭐, 또 번지 없는 주막, 그거 듣고 싶나?

남자 1 : 노래방에 가서 부르는 건 왠지 제 맛이 안 나는 것 같아.

남자 2 : 우리는 듣고 보는 세대잖아. 멀리서 남이 하는 거 보고 잘 했다,
　　　　못 했다, 말만 하는 세대야.

남자 1 : 왜? 그래도 한때는 거리로 뛰쳐 나가서 소리지르고 다닌 적도
　　　　있잖아?

남자 2 : 그건 남도 다 하는 거였으니까!

남자 1 : 하기야 내가 남과 다르게 할 수 있는 게 뭐 있냐? 바둥바둥 사는
　　　　데 바빴지. 무운패도 버언지 수우도…….

　　　색소폰 연주한다. <번지 없는 주막>

남자 1 : (박수 친다) 자알 한다. (남자 2를 보며) 아, 이 사람아 잘 하면 잘
　　　　한다고 박수 좀 쳐 줘. 그래야 저 사람도 신이 날 거 아냐? (색소
　　　　폰 주자에게) 안 그렀수? (색소폰 주자, 그렇다는 제스추어) 그거 봐,
　　　　좋으면 좋다고 표현을 해. (관객들에게) 여러분들도 박수 좀 쳐 봐
　　　　요, 박수! (박수 소리, 남자 1 일어선다) 우리, 박수 치는데 인색하게
　　　　굴지 맙시다. 아 박수 많이 치면 어디 덧납니까? 이 사람이 잘 하
　　　　면 박수 쳐주고, 저 사람이 잘하면 박수 쳐주고, 그래야 내가 잘

하면 나도 박수를 받을 것 아닙니까? 박수 받으면 기분좋고, 그러면 또 치게 되고. 그러면 즐거운 세상 되는 거 아니오, 응? 자, 앵콜 박수 다시 한 번 칩시다. (색소폰 주자에게) 자, 박수 소리 듣고 그냥 갈 수 없잖소, 앵콜 곡하나 더 하슈. 아무거나.

색소폰 주자, <비내리는 고모령>을 연주한다. 노래를 연주하고 퇴장.

남자 2 : 노래 좋다, 좋아. 그래, 나도 어렸을 땐 어머님을 위해서는 뭐든지 해 드릴 수 있다고 생각했었지. 그런데 이제 나에게 남은 건 어지러운 생각들 뿐이야. 진정 나는 어떤 존재일까? 돈도 명예도 권력도 한갓 지나가는 구름이라는 게 지당한 말씀으로 느껴지는구만. 나에게는 그런 게 하나도 없어서 그런지 말이야.

남자 1 : 이 사람이 지금 농담하고 있나. 전에 주식이 한창일 때 한몫 잡았잖아?

남자 2 : 그게 허황한 짓이었다는 거야.

남자 1 : 왜?

남자 2 : 나에게는 이름없는 재물이라서 그랬는지, 조금씩 조금씩 모두 날아가 버리더라구.

남자 1 : 그래도 지금 많이 남아 있을 것 아니야?

남자 2 : 조금 남은 것, 어느 학교에 장학금으로 보내려고 해.

남자 1 : 아내가 반대하지 않나?

남자 2 : 처음엔 반대했지. 많이 싸웠어. 집을 좀더 큰 거로 사고, 차도 더 좋은 거로 사고 하자고. 있을 때 번쩍번쩍하게 살아 보재나. 나도 그러고 싶더라구.

남자 1 : 해외 여행도 많이 다녔잖아?

남자 2 : 그래. 그때 뚜렷한 목적을 가지고 그런 짓을 했어야 하는 건데,

남이 하니까 하자고 해놓고 지나 보니 아무 의미가 없더라구. 그
렇다고 다시 할 수도 없고.

남자 1 : 그래도 행복한 소리다. 우리는 지금 아이들 등록금 걱정하고 살
아.

남자 2 : 그렇겠지. 아이들 둘이 다 대학교 다니니까 그렇겠지.

남자 1 : 지금이라도 종이에다가 돈이라고 커다랗게 써서 주머니에 넣고
다녀야 할까봐.

남자 2 : 돈이 질겁을 해서 도망가겠다. 농담하지마!

남자 1 : 꼭히 농담은 아니야. 요즘 애들이 사달라는 거 하나에 번쩍하면
백만 원이야.

남자 2 : 그렇겠다. 내가 좀 주까?

남자 1 : 자존심 상하게 하지 마.

남자 2 : 그럼 빌려주까?

남자 1 : 그게 그거야. 내가 너에게 돈 빌리면 갚아 주길 바래?

남자 2 : 아니!

남자 1 : 친구에게 돈 빌려 주었다가 받지 못하면 돈도 친구도 다 날아가
는 법이야. 그러니 나에게 동정을 베풀 생각일랑 아예 하지 말아.
조금 어려운 게 내 처지라고 생각하고 견디는 것이니까.

남자 2 : 지당하신 말씀이다. 자, 술이나 먹자. (술을 따른다)

남자 1 : 오늘 술값은 니가 내!

남자 2 : 그러지 뭐.

명랑한 음악
남자 3, 여자 A를 안고 춤을 추며 나온다.
남자 1과 2, 멍하니 쳐다본다.

남자 2 : 하여간 보통 수단은 아니다.

남자 3 : (아랑곳하지 않고 춤을 추면서) 아가씨, 한 가지 물어 봅시다.

여자 A : 어디를 무시게요?

남자 3 : 훌륭한 가문에 멋진 청년이 있었습니다. 그 집에서 일하는 예쁜
처녀가 있었지요.

여자 A : 나는 소리를 지르지 않아요.

남자 3 : 그럼 됐습니다. (신파조로) 먼저 그 여자는 어떤 여자인가요?

여자 A : (신파조로) 맨 입으로 일 되는 거 보셨나요?

남자 3 : (신파조로) 일에는 단계가 있는 법. 진행되는 정도로 보아 거래가
이루어지는 것.

여자 A : (신파조로) 그 여자는 임자가 있는 몸.

남자 3 : (신파조로) 아니 그럴 수가!

여자 A : (신파조로) 일이 중간 단계로 접어들었음. (남자의 손을 떼어 내려
고 한다)

남자 3 : (주머니에서 돈을 꺼내어 여자의 앞섶에 넣어 준다. 신파조로) 다시
시작할 수 있는 법.

여자 A : (신파조로) 그 여자의 애인은 미국에 가 있음.

남자 3 : (신파조로) 살아서 이별이로군!

여자 A : (신파조로) 아이도 있음!

남자 3 : (신파조로) 아니? 무엇이라고?

여자 A : (신파조로) 돌아올 기약은 없음!

남자 3 : (신파조로) 무엇하고 있는공?

여자 A : (신파조로) 여자가 보내주는 돈으로 공부하고 있음!

남자 3 : (신파조로) 무엇을 믿고 돈을 보내고 있는공?

여자 A : (신파조로) 그 남자가 보낸 편지를 믿고 그러고 있음!

남자 3 : (신파조로) 무슨 편지인공?

여자 A : (신파조로) 나도 모르겠음. 영어로 쓰인 편지임.

남자 3 : (갑자기 춤을 멈추며 남자들에게) 알았다! 그 편지의 내막을 알아 냈다!

남자 1 : 얘기해 봐!

남자 3 : 부잣집 청년에게 그 집 하인 여자가 편지를 보냈는데, 그 청년이 그 편지를 보고 그 여자를 그리워하며 살다가, 그 편지를 다시 이 집에 있는 아가씨에게로 보냈는데, 이 아가씨도 그 편지를 보고 살고 있다면? ……. 그러면 아까 그 할아버지도 편지를 가지고 있었고……, 그리고 아가씨도 편지를 가지고 있었고, 그 청년은 지금 미국에 있어야 하는데, 늙었고, 여자를 찾아다니고 있으니까, 그건 틀렸고…….

남자 1 : 이 사람아 됐네, 됐어.

남자 3 : 하, 이거. 내가 생각해도 맛이 갔군. 머리가 제대로 안 돌아.

남자 2 : 모두 다 머리를 제대로 돌렸으면 지금껏 어려움을 겪었겠나?

남자 3 : 그래 맞다. 원래 내 머리는 좋은데, 잘 돌아갈 형편이 안 됐었지.

남자 2 : 얼씨구. 그 반대야, 반대!

남자 3, 여자 A를 의자에 앉히고 자기도 앉는다.

남자 2 : 편지 한 장의 힘이 그렇게도 쎈가?

남자 1 : 편지를 써 보지 않은 사람은 그 힘을 몰라. (남자 3에게) 너도 한때는 줄기차게 편지를 쓴 적이 있잖아?

남자 3 : (회상에 젖는다) 벌써 이십 년이 지났어. 그때에는 웬만한 청춘남 녀들은 편지에 대한 매력을 다 가지고 있었지. 펜팔이라는 것도 있었잖아? 미지의 사람에게 뭔가를 보낸다는 신비로움 때문에 말이야. 요샌 그게 피시통신이 돼버렸지.

여자 A : (남자 1을 보고) 편지를 많이 써 보셨는가 보죠?

남자 3 : 이 사람 편지 아버지야, 편지 아버지!

여자 A : 편지 아버지라뇨?

남자 1 : 편지로 많은 이야기를 했다 이거지.

여자 A : 누구에게 무슨 이야기를 하셨는데요?

남자 3 : 생긴 걸 봐! 누구에게겠나? (사이를 두고) 마누리에게야.

여자 A : (호들갑스럽게) 어머! 사모님께서 너무 너무 행복하셨겠어요! 편
        지로 사랑을 주고 받으셨으니!

남자 2 : 주고받은 게 아니라 일방통행이야! 한 쪽으로만 갔어!

여자 A : 예? 그럼 연애편지를 혼자서만 하셨단 말이에요?

남자 3 : 연애편지가 아니라 결혼편지야!

여자 A : 결혼편지? 점점 더 모를 소리들만 하시네.

남자 1 : 결혼한 아내에게 천 통의 편지를 썼다 이 말이야!

여자 A : 아이구, 그건 더 멋진 일이죠.

남자 1 : 그렇게 생각해?

여자 A : 그럼요. 아내를 위하여 편지를 쓰고, 아내는 그 편지를 읽고 남
        편의 사랑을 확인하고. 나도 그런 편지를 보낼 사람이 있다면 결
        혼해서 그이를 위해 죽도록 봉사하겠어요.

남자 2 : 그러면 나하고 하자.

여자 A : (의심스런 눈초리로 남자 2를 본다)

남자 2 : 뭘 그렇게 쳐다봐?

여자 A : 이런데 있는 여자라고 깔보지 마세요.

남자 2 : 진심이야.

여자 A : 사모님은 어떻게 하시구요?

남자 2 : 사모님은 사모님이구 너는 너지.

남자 3 : 애는 늘 이래요. 왈 일부다처주의자야!

여자 A : (남자 3보고) 사장님은요?

남자 3 : 사장님은 무슨 얼어죽을 사장님이야? 차라리 사장놈이라고 불러
　　　　라. 요새 중소기업 다 망하는 거 몰라?

여자 A : 그래도.

남자 3 : 나도 그래.

여자 A : 능력 있으세요?

남자 3 : 능력? 아, 니가 평생토록 봉사한다는데, 내 능력이 뭐가 필요해?

여자 A : 이기주의!

남자 1 : 남자는 다 그런 법이야!

여자 A : 그래도 사랑하는 사람이 있으면 이기주의자인 줄 알아도 기꺼
　　　　이 봉사하고 살겠어요.

남자 3 : 남자와 여자는 이래서 함께 어울렁거리며 사는 거로군! 서로 서
　　　　로 분위기를 맞추어 가면서 말이야.

남자 1 : 그래, 평생을 기다리면서 살더라도 뭔가 자신을 붙잡아 둘 끈이
　　　　있다면 그건 행복한 거야. 그게 사랑이라면 더욱 말할 게 없구.

　　'엽서 한 장만이 그대의 인사던가…….'
　　노래가 나오며 조명 서서히 아웃
　　조명 다 꺼지기 전에

여자 A : 이런 때에 나를 진심으로 사랑해 주는 사람이 있다면 얼마나
　　　　행복할까? 가을은 나를 쓸쓸하게 해!

　　조명 아웃.

<제2막>

고급스런 호텔 커피 숍.

밝고 경쾌한 음악.

남자 4가 누군가를 기다리고 있다.

몇 명의 손님들이 여기저기 앉아 있다.

이때 손님 중의 한 사람이 남자 4에게 다가온다.

손님 : 어이! 이 친구야. 그 동안 잘 지냈나?

남자 4 : (약간 머뭇거리며) 으응. 오랜만일세. 자네를 여기서 보다니…….

손님 : 아니, 뭐가 잘못 됐나? 여기서 만나면 안 되는 일이라도 있나?

남자 4 : 그게 아니라, 자네 사업이 잘 안 된다고 그랬잖아?

손님 : 아 그때는 그랬지. 자네에게 대출을 부탁하고 다닐 때는 그랬지.

남자 4 : 그때 도와주지 못해서 미안하게 됐네.

손님 : 사람이 죽으란 법은 없더군! 다른 데에서 자금을 융통했거든.

남자 4 : 아, 그래! 그것 참 잘 됐군.

손님 : 어쨌든 내가 이렇게 버티고 있는 것도 일편단심이었기 때문이지.

남자 4 : 일편단심?

손님 : 응. 내가 한참 어려울 때 모두들 그랬지. 그만 때려치우라고! 도와
　　　 주지도 않으면서 말이야. 그런데 오기로 버티면서 견디니까 길이
　　　 열리긴 열리더군.

남자 4 : 요즈음은 자금 사정이 좀 나아졌어.

손님 : 아, 걱정 말게. 돈 빌려달란 말은 하지 않을 테니 염려 말게. 그런
　　　 데 이 좋은 날씨에 어디 가지 않고 여기에 온 걸 보니 뭔가 좋은
　　　 일이 있는가 보지?

남자 4 : 아, 업무상!

손님 : (비아냥거리듯) 아아. 업무상!

남자 4 : 이제 대출 조건도 까다롭지 않으니까, 고객들이 나를 많이 찾아!

손님 : 그렇겠지. 이럴 때에 한 건 해두게. 누가 아나, 언제 이렇게 될지
       (손으로 목을 긋는 시늉) 알 수 있나?

남자 4 : (머뭇거린다)

여자 3 등장.
멋진 옷을 입었다.

남자 4 : (여자 3을 알아보고 손을 든다) 아, 여기.

손님 : (얼른 알아차린다) 아, 알겠네. 자 그럼 나는 가네.

남자 4 : (대답하는 둥 마는 둥)

여자 3 : (시계를 보았다가 남자 4를 보았다가 하면서) 아이, 조금 늦었습니
        다. (자리에 앉는다) 점심은 제가 사지요.

남자 4 : (부드러운 태도로) 괜찮습니다. 마침 친구를 만나서 얘기를 나누
        었지요.

여자 3 : 자, 그럼 본론으로 들어갈까요?

남자 4 : 그것도 급하지만, 더 급한 건 저의 청을 들어 주셔야 하는 겁니
        다.

여자 3 : 제가 급한 건 자금 회전입니다. 조금 나아졌다고는 하지만 제가
        부탁드린 게 해결되지 않으면 저는 부도를 낼 수밖에 없습니다.

남자 4 : 그러니까 저의 청을 들어주시면 다 해결된다니까요.

여자 3 : 그러니까 서로 서로 청을 들어주자 이겁니까?

남자 4 : 그렇지요! 바로 그겁니다. 이제야 말이 통하는군요.

여자 3 : 결국 그 돈으로 나를 사자 이 말이지요?

남자 4 : 그렇게 말씀하시면…….

여자 3 : 그렇게 말씀하시면 저의 몸값이 그만큼이나 나간다는 겁니까,
        아니면 그것밖에 안 된다는 말입니까?

남자 4 : 아니, 혼자서 그런 사업을 하시면서 지내자면 외롭기도 하고…….

여자 3 : 물론 힘들지요. 밤에는 더욱 그렇지요.

남자 4 : 그러니까…….

여자 3 : 그러니까, 적당히 즐기자 이 말씀이시군요.

남자 4 : 즐기자는 것이 아니라, 서로의 외로움을 달래보자는 것이지요.

여자 3 : 가정을 이루고 살면서도 외로우십니까?

남자 4 : 남자란 다 그런 것 아닙니까?

여자 3 : 그럼 여자도 다 그런 걸까요?

남자 4 : 돈 앞에 굴복하지 않는 여자가 있습니까?

여자 3 : 그래서 당신은 그 얄팍한 지위를 이용하여 나와 즐기자 이겁니
        까? 아니 나더러 당신의 배설 창구가 되어 달라 이 말입니까?

남자 4 : 그렇게까지 말씀하실 건 없구. 어쨌든 그런게 아니라 상부상조
        라니까요!

여자 3 : 상부상조? 당신은 여자에게 대출을 알선해 주면서 늘 이렇게 했
        습니까?

남자 4 : 몇 명 되지 않습니다. 그렇지만 이렇게 힘이 들지는 않았죠.

여자 3 : 그러니까 너같은 여자는 처음 보겠다 이런 말씀이군요?

남자 4 : (말이 없다)

여자 3 : 저도 당신같이 비겁한 사람은 처음 보았습니다. 여자가 조그마
        한 관광회사를 꾸려나가는데 도움을 충분히 줄 수 있는 위치에
        있으면서 그걸 악용하여 여자에게 육체적인 요구나 하는 인간은
        말입니다.

남자 4 : 당신은 혼자 살고 있잖소.

여자 3 : 그래 혼자 사는 여자에게는 이런 식으로 대한단 말이죠?

남자 4 : (능글능글한 태도가 된다) 무릇 인생이란 이렁저렁 어울려 사는
　　　　것 아닙니까? 허벅다리를 찌르면서 홀로 외롭게 산들 누가 그걸
　　　　알아줍니까? 죽어서야 더 말할 것 없구요.

여자 3 : 이 양반이 보자보자 하니 진짜로 보자기를 펴놓네. (남자 4의 얼
　　　　굴을 자세히 들여다보며) 아니, 이 개혁의 시대에 어떻게 당신같은
　　　　사람이 아직도 그런 자리를 차고 앉아 있을 수 있는 겁니까?

남자 4 : 허어, 이거 왜 이러십니까? 어디 장사 하루 이틀 하시는 겁니까?
　　　　세상살이는 하나에 하나를 더하면 반드시 둘이 되는 게 아니라는
　　　　것쯤은 알고 계실텐데요? 세상사는 건 일률적인 법칙에 의해서가
　　　　아니라 이 머리와 가슴에 들어 있는 지혜와 감성에 의한 요령이
　　　　라는 존재에 더욱 깊이 의존해 있는 겁니다.

여자 3 : 그 머리에 들어 있는 지혜는 간교가 되고 그 가슴에 들어 있는
　　　　감성은 여자를 유혹하는 낚시바늘이군요.

남자 4 : 네. 뭐라고 하셔도 좋습니다. 서로간에 손해가 되지 않는다면 적
　　　　당히 즐기는 것도 아름다운 일 아닙니까?

여자 3 : 당신의 부인이 당신은 이런 사람이라는 걸 알고 있나요?

남자 4 : 생각의 샘이라는 게 있잖습니까? 내가 집으로 갈 때에는 생각의
　　　　샘에서 남편과 아버지로서 행동하도록 나를 조절하는 다른 생각
　　　　이 생겨나지요.

여자 3 : 그러니까 남자들이란 이중인격체란 말이에요.

남자 4 : 그렇지만 당신에게는 그런 남자 없잖아요? 그러니까 이중이고
　　　　삼중이고 따질 것 없이 좋은 대로 살면 되는 겁니다. 아, 바다에
　　　　배가 한 번 지나간다고 바다가 갈라집니까, 아니면 물이 말라 버
　　　　립니까? (여자의 표정을 살핀다) 나는 이미 당신의 모든 것을 알고
　　　　있어요. 우리나라에 그 어려웠던 시기에도 끄떡없이 당신 회사를
　　　　이끌어온 걸 말입니다. 그리고 당신의 옛날에 대해서도 말입니다.

여자 3 : 서류 검토를 엉뚱하게 하셨군!

남자 4 : 그리고 당신의 그 가방 속에 무엇이 들어 있는지도 알고 있어요.

여자 3 : (움찔한다)

남자 4 : 금전 대출이란 대출희망자 아무에게나 해 주는 게 아닙니다. 대
상자의 모든 것을 파악한 연후에라야 가능하다는 판단을 내리는
것이지요. 그래서 이렇게 준비해 왔잖습니까? 내가 이걸 당신에
게 주면 당신도 내게 무언가를 주어야 하는데, 당신이 우리에게
돈을 달라고 했듯이 나도 당신에게 구체적인 걸 요구하고 있는
겁니다. 이걸 협상이라고 하지요.

여자 3 : (잠시 생각하는 자세, 곧 얼굴 표정이 바뀐다) 맞아요. 적당히 즐기
는 것은 아주 좋은 일이죠. 기름기가 다 빠져서 돌아가지 않는 기
계에 기름칠을 하는 것이니까요.

남자 4 : 진작 이렇게 나오셨으면, 일이 훨씬 수월했을텐데…….

여자 3 : 적당히 즐기기 위해서는 일단 분위기가 맞아야 좋겠죠?

남자 4 : 그거야 지당하신 말씀입니다.

여자 3 : 자, 그럼 어디에서 교환할까요?

남자 4 : (좋아한다) 이미 객실을 빌려 놨습니다.

여자 3 : 베테랑이시군요.

남자 4 : 이 세상은 베테랑과 신지식인만 살아남을 수 있습니다. 1111호
실입니다. (자신만만해졌다. 지갑을 툭툭 치며 혼자말로) 역시 금전
의 힘은 쎄단 말이야. 기름칠하는 데에는 이게 최고야! (엘리베이
터 쪽으로 가며 여자 3에게) 빠를수록 좋습니다.

여자 3 : (얌전하게) 네에. 먼저 가시지요. 곧 가겠습니다.

　　　남자 사라진다.
　　　점진적으로 여자에게 스포트라이트.

여자 3 : 이 더러운 놈. 내가 너의 집 전화 번호를 알고 있으리라고는 생
각하지 못했을 거다. (핸드폰을 꺼내어 번호를 누른다. 신호음이 들
리고 수화기를 드는 소리가 난다) 여보세요? 거기 강부장님 댁이지
요? 부장님 계신가요? (사이) 출장 가셨다고요? 그런데 지금 부장
님이 금강 호텔 1111호에서 사모님을 애타게 찾고 있어요. 적당히
즐길 시간이랍니다. (사이) 무슨 말인지 모르겠다고요? 일단 어서
와 보세요. 금강 호텔 1111호입니다. (핸드폰을 넣는다) 더러운 놈,
이 가방 속에 편지가 들어 있는 줄은 몰랐을 거다. (확인한다) 즐기
는 것도 서로가 맞아야 되는 법이야. (호텔 객실을 향하여) 이 돼지
같은 놈아! (객석을 향하여) 알겠니? 이 돼지 같은 놈들아!

여자 3 웅크리고 앉는다.
비가 내리는 소리, 음향으로.

<제3막>

제1장

은행나무가 있는 고가(古家).
전체적으로 제1막 제1장의 배경과 같고 집의 모양만 바뀌었다.
마당에 하인들이 분주하게 움직이고 있다.
꿈을 꾸고 있는 것 같은 환상적인 분위기.

하인 1 : 야, 이 사람들아 빨리 빨리 좀 움직여 봐! 새신랑 곧 오신단 말이
야.
하인 2 : 아 이렇게 돼지게 일하고 있잖아?

하인 3 : (조그마한 소리로) 에이구, 저건 조금 어른이라고 닥달하기는 어
지간히 닥달해야지. 나이 적은 놈 서러워 살겠나.

하인 2 : (받아서) 더 늙기만 해 봐라. 국물도 없다. 맨날 요모양일 줄 알면
안 되지.

하인 1 : 뭐라고 씨부렁거리는 거야?

하인 2, 3 : (당황하여) 아, 아닙니다.

하인 1 : 아니긴 뭐가 아니야? 내가 이 귀로 무슨 말을 들었는데!

하인 2 : 에이. (자기의 입을 쥐어박으며) 요놈의 주둥이, 요놈의 주둥이!

하인 3 : (하인 2더러) 저게 말은 그렇게 해도 우리가 하는 말을 못 알아들
었어!

하인 2 : 으응? 그런데 왜 뭐라고 그래?

하인 3 : 넘겨짚고 그러는 게야!

하인 2 : 설마 그럴라구?

하인 3 : 전번에 일이 있을 때에도 그렇게 해서 우리 친구 죽을 똥 쌌잖
아?

하인 2 : 그으래? 나는 또 되게 마음 졸였네. 오늘같이 좋은 날 불상사
나는가 싶어서 말이야. 역시 너는 똑똑해! 너 하인 노릇하기 싫겠
다.

하인 3 : 할 수 없지 뭐. 이번에 서방님 장가드시는 걸 축하해서 면천이나
시켜주면 몰라도.

하인 2 : 그런 일 있으면 너에게까지 엔간히도 오겠다.

멀리서 풍물소리 들린다.

하인 1 : 자, 이제 막 오시는 가보다. 서방님 맞을 준비 끝내라.

하인 2 : 서방님 내외분 주무실 방은 준비해 놓았고.

하인 3 : 오셔서 인사하실 채비도 다 채려 놓았고.

풍물 소리 좀더 크게 들린다.
양반집 아이가 등장

아이 : (하인 2, 3에게) 여봐라!
하인 2, 3 : (깜짝 놀래어) 예이!
아이 : 신랑 신부가 곧 오느냐?
하인 3 : 예, 그런 줄 압니다.
아이 : 신부가 예쁘다던가?
하인 2 : 그러믄입쇼. 몸매는 물찬 제비 같고, 얼굴은 떠오르는 달덩이 같
　　　　습죠.
아이 : 허어, 그래?
하인 3 : 허리는 물오른 버들가지 같으며, 마음은 송화가루 같습죠.
아이 : 허어, 기가 막히는군.
하인 2 : 옷을 벗을 때에는 머언 곳에서 눈내리는 소리처럼 들리고.
하인 3 : 입을 가리고 웃는 소리는 머언 곳에서 들리는 풍경 소리같고.
아이 : 자히, 미인인게로구나.
하인 2 : 아무려믄입쇼. 소학, 논어, 맹자 진서도 잘 하시고
하인 3 : 글을 쓰시면 줄글로 설설설, 한글 또한 일품이시죠.
아이 : 너희들이 보았느냐?
하인 2 : 아무려믄입쇼,
아이 : 으응? 그래?
하인 3 : (하인 2더러) 야 이놈아, 이런 미친 놈이 있나? 야, 이놈아. 니가
　　　　이 댁 마나님 되실 분을 언제 봤단 밀이냐?
하인 2 : 어? 그렇군! (입을 쥐어 박으며) 아이구, 요놈의 주둥아리! 요놈의

주둥아리!

아이 : 진정으로 직접 보았단 말이렸다?

하인 2 : 그게 아니라, 말로만 들었습죠, 말로만.

아이 : 이제 새색시 구경이나 갈까?

풍물 소리 크게 들린다.

풍물꾼들 마당을 서너바퀴 돌면서 흥을 돋군다.

하인들, 동네 사람들 풍물에 맞추어 빙빙 돌며 춤을 춘다.

'얼씨구', '오늘 좋은 날', '기분 좋다' 등의 소리가 군중 속에서 들린다.

아이는 디스코풍의 춤을 추다가 사라진다.

신랑의 부친이 나타난다.

신랑이 나타난다.

풍물 소리 점차 사그라진다.

신랑의 부친 : 자, 오늘은 우리집에 경사가 있으니 마음껏 놀고 마시게.
　　　이제 나의 맏아들이 장가를 갔으니 우리 집안도 뿌리를 내리기
　　　시작한 것이야.

여러 사람들 : 예, 그렇고 말굽쇼.

신랑의 부친 : 그러니 오늘같은 날은 땅바닥이 꺼지도록 지신을 밟아야
　　　하네.

여러 사람들 : 염려 마십쇼.

신랑의 부친 : 그렇다고 싸움일랑 하지 말게.

여러 사람들 : 염려 붙들어 매십쇼.

풍물 소리 다시 시작된다.

신랑의 부친이 퇴장한다.

또 한바탕 어울려 노는 사람들.

신랑도 퇴장한다.

풍물 소리 잦아지며 각설이 등장.

'작년에 왔던 각설이…….'

어지간히 진행된 다음에 조명 아웃.

제2장

제1장과 같은 집의 방안

신랑의 가족들이 둘러앉아 있다.

신랑의 모친 : 지금 꼭 이 애들을 처가에 보내야 한단 말이오?

신랑의 부친 : 아, 그렇다니까 그러시오.

신랑의 모친 : 아니, 이제 새 식구가 들어와서 좀 재미나게 살아 보려 했더
니…….

신랑의 부친 : 애들이 아주 가는 것이 아니지 않소?

신랑의 모친 : 정도 새롭게 출발할 때 담뿍 들어야 맛이 나지 처가에 가서
애낳고 돌아오면 무슨 정이 들겠소?

신랑의 부친 : 아니, 지금 애들한테 정을 붙이고 아니고가 문제가 아니잖
소?

신랑의 모친 : 그러면 무어가 문제란 말이오?

신랑의 부친 : 앞으로 구만리같이 살아갈 애들이 좀더 기반을 다지기 위
해서 그곳으로 가는 것 아니오?

신랑의 모친 : 왜 꼭 처가에 가야만 살아갈 방도를 찾는데 유리하답디까?

신랑의 부친 : 꼭 그런 건 아니지만 그래도 며늘 아기가 여기서 힘들게

사느니보단 자기가 자랐던 집이 더 편할 것 아니요? 그러면 수태
도 훨씬 잘 될 터이고.

신랑의 모친 : 아니, 여기 있으면 누가 새 애기한테 해꼬지를 한답디까?

신랑 : 어머님의 뜻을 잘 알겠습니다.

신랑의 모친 : 그러면 가지를 말아야지.

신랑 : 저도 꼭히 처가에 가고 싶지는 않습니다. 그렇지만…….

신랑의 모친 : 그래, 그러면 가지 말아!

신랑 : 그렇지만 지금은 장가들면 모두 다 처가에 가서 살게 되었잖아요.

신랑의 모친 : 그러니까 너부터 그렇게 하지 않으면 되는 것 아니냐?

신랑의 부친 : 지금 그런 억지를 부릴 때가 아니예요.

신랑의 모친 : 아니, 왜 자꾸 이 애들을 빨리 보내지 못해서 안달이시우.

신랑의 부친 : 이 애들이 빨리 가야 우리도 정리를 하고, 이 애들도 거기에
가서 새롭게 시작해야 할 것 아니오? 일이란 다 선후가 있게 마련
인데, 왜 이러시는게요?

신랑의 모친 : (신랑과 신부에게) 며칠이라도 더 있다가 가렴.

신랑의 부친 : 허어! 이 애에게는 무술공부를 더 해야 할 임무가 있소. 가
문의 광영을 위해서는 하루라도 머뭇거릴 시간이 없단 말이오.

신랑의 모친 : 그 가문의 광영 때문에 며느리와 함께 살 수 있는 시간을
빼앗아 간단 말이오? 나도 며늘아기에게 가르쳐야 할 게 있는
데…….

신랑의 부친 : 그래, 그건 차후에 하기로 하고 어서 보냅시다.

신랑의 모친 : (독이 올라서) 그래요! 여자들 생각은 조금도 하지 않는 고집
쟁이들!

신랑의 모친, 퇴장한다.
신랑의 부친과 신랑, 신부도 마당으로 내려온다.

신랑의 부친 : (신랑, 신부에게) 가서 이곳 생각일랑 아예 하지 말고 사돈
　　어른들과 잘 살다가 오너라. 살림은 아침에 벌써 떠나 보냈다.

신랑 : 아버님, 심려 마옵소서. 처가에 가서 무술 연마를 열심히 하여 곧
　　과거에 응시하도록 하겠습니다.

신랑의 부친 : 알았다.

신랑 : 저희가 돌아올 때까지 옥체 보존하소서!

신랑의 부친 : 잘 가거라. 소식 종종 전하거라.

　　신랑, 신부 돌아서서 움직이자 신랑의 부친은 퇴장한다.
　　무대가 비기 전에 등장하는 현대 무용단들, 시간의 경과를 알리는 몸
　　짓으로 춤을 춘다.
　　얼마 후 신랑, 신부 등장. 그들에게 스포트 라이트.

신부 : 왠지 가슴이 마구 떨려요.

신랑 : 첫날밤에도 그러더니, 또 그러시오.

신부 : 날마다 겪는 일이 새로운 일들이라서 그런가 봅니다.

신랑 : 그래도 내가 옆에 있으니 염려 놓으시오.

신부 : 얼른 급제를 하셔야 하는데 걱정입니다.

신랑 : 그런 건 내가 조금만 노력하면 다 되는 거요. 자네는 아이 낳고
　　살림 잘 하면 그만이요. 내가 무얼 더 바라겠소.

신부 : 그렇게 되려면 많은 시간이 걸릴 거예요. 제가 현명하질 못해서
　　말입니다.

신랑 : 무슨 말씀을 하시는 거요. 자네만큼 훌륭한 아낙이 어디 있단 말
　　이오. 바느질을 못합니까, 글을 못 합니까? 오히려 내가 부끄러울
　　지경이오.

신부 : 자네에게 그런 말을 들으면 더욱 민망합니다. 부족한 점이 있으면

언제든지 저를 나무라시고 이끌어 주시어요. 이제 저는 자네 사람
이 되지 않았습니까?

신랑 : 걱정 마시게. 자네를 생각하면 내가 무술 연마를 더욱 열심히 해
서 가문을 빛내고 자네를 빛내며, 자손에게 후광을 주어야 하겠다
는 각오가 점점 더해가오.

신부 : 저는 자네같은 남자를 낭군으로 맞았다는 것만으로도 행복합니다.

신랑 : (말이 없다)

신부 ; 남들도 우리처럼 이런 이야기 하면서 살까요?

신랑 : 자네같은 아내를 얻었다면 그러하겠지요.

신부 ; 남들도 우리처럼 사랑할까요?

신랑 : 자네같은 여자를 아내로 맞았다면 그렇게 할 수밖에 없겠지요. 그
런데 자네는 내가 벼슬도 하지 못하고 이렇게 무능하게 있는데도
행복하오?

신부 : 부부간의 사랑이란 남편의 벼슬이나 명예나 돈에 있지 아니하고
진실로 서로간에 인격체로 대하는 정성이 있느냐 없느냐에 달린
것이라고 생각됩니다.

신랑 : 그러면 평생을 이렇게 빈 손으로 살아도 좋다는 말씀이요?

신부 : 빈 손인들 어떻고 있는 것을 처분한들 어떻습니까? 자네가 조상보
기에 부끄럽지 않게 했으면 그걸로 효는 이루어진 것이고, 저를
생각하는 마음을 버리지 않으셨다면 아내는 행복한 것이고, 이제
자라는 큰 아이와 뱃속에 든 작은 아이에게 떳떳함을 가질 수 있
다면 가장으로서 부족함이 없는 것이지요.

신랑 : 자네는 어찌하여 그다지도 욕심이 없게 됐소?

신부 : 저에게 욕심이 없다구요?

신랑 : 그래요.

신부 : 반드시 그렇지는 않습니다.

신랑 : 그럼 욕심이 있단 말이요?

신부 : 그럼요.

신랑 : 그런 말은 오늘 처음 듣는구려. 그래, 그게 무어요?

신부 : 지금 다 이루어지고 있으니 더 바랄게 없습니다.

신랑 : 아니, 무슨 말씀을 하는거요? 다 이루어지고 있다니?

신부 : 저의 유일한 소원은 자네가 영원히 저와 함께 있어주었으면 하는
       것입니다.

신랑 : 그렇소? 나에게도 소원이 있소.

신부 : 말씀하세요.

신랑 : 나도 자네와 영원히 함께 있었으면 좋겠소.

신부 : 이렇게 같이 있잖습니까?

신랑 : 남들도 우리처럼 행복할까?

신부 : 남들도 우리처럼 사랑할까요?

둘이 어우러져 노래한다. '청실 홍실 여얽어서 무늬도 곱게……'
이들이 퇴장하는 대로 라이트 따라간다.
조명 서서히 아웃.

제3장

다시 밝아지면
광대차림의 사나이 등장.
판소리조로 읊는다.

광대 : 보기 좋다, 보기 좋다. 진실로 보기 좋다. 이리하여 신랑과 신부는

해가 저무는 줄도 모르고, 날이 새는 것도 모르고 열심히 자기들의 일을 하면서, 서로서로를 그야말로 끔찍이 사랑했던 것이었다, 허이. 남편이 글을 읽으면 아내는 바느질을 하고, 남편이 말타기를 하면 아내는 밥준비를 하면서 하루도 빠짐없이 서로서로를 끔찍이 사랑했던 것이었다. 둘이는 밤마다 말하기를 이렇게 사랑하다 죽게 되면 같이 죽읍시다, 한날 한시에 같이 죽읍시다 하고 다짐을 하였던 것이었다. 보기 좋고 보기 좋고 진정으로 좋을씨고. (대사를 사설조로 바꾸어서) 그런데 여러분! 여러분들은 어떻게 생각하십니까? 여러분들도 이런 사랑해 보셨나요? 여러분들은 부부가 함께 살면서 같은 날 같은 시에 같이 죽자고 다짐하면서 삽니까? 저쪽에 계신 분! (사이) 아니라고요? 그러면 왜 결혼하셨어요? 그냥 하셨다고요? 예라, 이 빌어먹을 분은 아니고, 오늘 돌아가시거든, 아니 돌아가시는 게 아니고 집에 가시거든, 아니고 댁에 가시거든 여기 나왔던 신랑 신부처럼 서로 사랑을 확인해 보시오. 압니까? 내일 저녁 반찬이 달라질지. 옳지 저쪽에서 비죽비죽 웃고 계신 분! (사이) 그렇다고요? 아암, 그래야지요. 그래야 써번질 것이여. 그래야 호랑코 말코 네 코 내 코 딱 맞는 것 아닙니껴? (타령조로) 이제 부부끼리만 사랑하지 말고 우리 이웃도 사랑합시다. 콩도 반쪽으로 나누던 시절이 있었으니, 그것이 바로 행복이라는 이름의 시절이라요. (객석을 향하여) 그대는 아는가? (다른 관객을 향하여) 그대는 아는가? 나의 이 향기로운 외침을!
그런데 이 부부 사이에 문제가 생겼어요. 평생을 사랑하면서 함께 살자던 남편이 무슨 이유에서인지 시름시름 앓게 된 거야. 구척장신이 무술을 익힌다고 무리를 해서인지, 과거에 급제하지 못한고로 상심해서인지 그만 몸져 누워버린 것이야. (슬픈 소리로) 어이구 이게 무슨 일인가, 우리 낭군 아들 낳고 딸 낳고 죽을 때는 같

이 죽자더니 낭군이여, 낭군이여! 저를 버리시나이까? 어이하여
저를 버리고 먼저 가시나이까?

광대는 퇴장하고 무대 한쪽에 스포트라이트, 신부가 서 있다. 신부의
다음과 같은 대사가 진행되는 동안 <사랑을 위하여>가 느린 속도로
은은히 깔린다.

신부 : 낭군이여, 낭군이여! 어이하여 저를 버리고 먼저 가시나이까? 이
집을 떠날 때 저 나무를 보면서 다짐했던 말을 잊으셨나요? 자네
와 함께 저승으로 갈 수 없는 이 몸이 무엇을 할 수 있으오리까?
이제 낭군은 한날 한시에 죽자고 약속했던 것 잊어버릴 수 있지
만, 여기 남은 저는 저 나무를 보며 무슨 기도를 올리고 살아야
하겠습니까?

상여꾼 소리. 어허이 어허. 어허이 어허.

신부 : 낭군이여! 당신을 위한 기도가 끝나는 날, 저도 낭군을 따라 가겠
나이다. 오늘 가시기 전에 이 편지 받고 가시오소서. (품에서 편지
를 꺼내어 읽는다. 울먹이는 소리로) 여보, 남들도 우리처럼 사랑
할까요. 여보 남들도 우리처럼 행복할까요? 이제 저의 말을 들을
수 없는 당신이 무슨 대답을 하오리까? 개나리 진달래 피던 봄날
에는 당신의 손을 잡고 들길을 걷고, 은행잎 노랗게 된 가을에는
아들의 손을 잡고 들길을 걷던 생각들이 주마등처럼 지나갑니다.
여보, 남들도 우리처럼 행복했을까요, 남들도 우리처럼 사랑했을
까요? (큰절을 하며) 여보, 이제 밤에나 저의 방에 살그머니 오소
서. 아무도 모르게 살그머니 오소서. 방문 열어 놓고 기다리겠나

이다. 그러다가 제가 잠든 사이 살그머니 가소서. 저의 영혼도 당
신 따라 가리다. 이 편지 접어서 품에 넣어 드릴테니 잊지 말고
오소서. 저 은행나무에다가도 편지를 붙여 놓겠나이다.

신부 까무러친다.
김태곤의 <송학사> 은은하게 울려 퍼진다.
노래가 어느 정도 진행되었을 때, 신랑 유령처럼 나타났다 사라진다.
조명 아웃.

<제4막>

제1막에 있던 집과 술집이 동시에 있는 무대.
유치환의 시 <행복>이 낭송되면서 조명 인.
적절한 무용이 곁들여지면 아주 좋다.

사랑하는 것은
사랑을 받느니보다 행복하나니라.
오늘도 나는
에메랄드빛 하늘이 환히 내다뵈는
우체국 창문 앞에 와서 편지를 쓴다.

행길을 향한 문으로 숱한 사람들이
제각기 한 가지씩 생각에 족한 얼굴로 와선
총총히 우표를 사고 전보지를 받고
먼 고향으로 또는 그리운 사람께로

슬프고 즐겁고 다정한 사연들을 보내나니.

세상의 고달픈 바람결에 시달리고 나부끼어
더욱 더 의지삼고 피어 헝클어진 인정의 꽃밭에서
너와 나의 애틋한 연분도
한 망울 연연한 진홍빛 양귀비꽃인지도 모른다.

사랑하는 것은
사랑을 받느니보다 행복하나니라.
오늘도 나는 너에게 편지를 쓰나니
그리운 이여 그러면 안녕!

설령 이것이 이 세상 마지막 인사가 될지라도
사랑하였으므로 나는 진정 행복하였네라.

제1막에서의 장면과 술집에서의 장면이 교차적으로 제시된다.

집

아들 : 그럼 이 은행나무에 그 편지가 붙어 있었단 말이에요?
여자 1 : 그렇지.
아들 : 그걸 어떻게 알아요?
여자 2 : 야, 이 집에 편지 귀신이 붙어 있어서 너의 아버지가 너의 엄마
　　　　에게 일천 통이나 되는 편지를 하고 살았단다.
아들 : 일 천 통의 편지를요?
여자 1 : (흐뭇하게 웃으며) 그러엄. 그 편지가 살아가는 데에서 오는 여러

가지 어려움을 이겨내는 데에 큰 힘이 되어 주었지.
아들 : 아버지가 엄마를 굉장히 사랑하셨나봐?

　　술집

남자 1 : 야, 그건 내 작전에 내가 걸려들었던 거야!
남자 2 : 너는 그때 그런 일 아니고는 할 일이 없었잖아!
남자 3 : (건너편의 아들을 보고) 너의 아버지는 그때 백수였거든.
남자 1 : 야, 너희들 지금 무슨 소리하고 있는 거야?

　　집

여자 3 : 무슨 소리는 무슨 소리예요, 그건 다 아는 사실인데.
여자 4 : 그래요, 온 동네가 뻑쩍지근하게 떠들어 댔잖우? 누구는 결혼하
　　　　고 매일매일 편지를 쓴다구.
여자 1 : 그때는 행복했어.

　　술집

남자 1 : 아니 그럼 지금은 행복하지 않다는 말이야?

　　집

여자 1 : 그런 말은 하지 않았어요.
아들 : 오늘따라 엄마가 아주 논리적이네.
여자 2 : 니네 엄마가 옛날에는 한가락 했다.

여자 3 : 어쨌든 남자들 별 것 아니야!

　　술집

남자 3 : 여자들 더 별 것 아니야!
남자 2 : 야, 너 그런 말 할 수 있어?
남자 3 : 왜?
남자 2 : 너 전에는 어떤 여자에게 매일매일 시 적어 보냈잖아?
남자 3 : 그래 그랬다! 지금은 안 해!
남자 1 : 답장을 받지 못 했구먼. 답장을 기다리면서 편지를 쓰면 쓰는
　　　　사람이 초라해져.
남자 3 : 어쨌든 그만 뒀다니까!

　　집

여자 3 : 그래, 몇 년 동안 오던 편지를 못 받게 되었지
여자 2 : 뭐라고 써서 보냈어.
여자 4 : 이제 오래 됐으니 공개해봐.
여자 3 : 무덤에 갈 때까지 비밀이야. 그리구 이건 나만의 행복이구.
여자 1 : 지금 그 사람이 나타나면 어쩔래?
여자 3 : 발신자도 없이 온 편진데, 누가 나타나?

　　술집

남자 3 : 내가 나타나길 어딜 나타나?
남자 1 : 편지를 보낸 사람의 주소는 알고 있을 것 아니야?

남자 3 : 이런 이런. 내가 왜 편지 쓰기를 그쳤겠어?

남자 1 : 왠데?

남자 3 : 보냈던 편지가 되돌아 왔어. 이사간 거야.

남자 2 : 그러니까 등신이지. 발신자 주소를 적었더라면 그 여자가 이사
　　　　를 간다고 연락을 했을 것 아니야?

　　집

여자 2 : 그럼 편지가 왜 끊어진 거야?

여자 3 : 내가 이사를 했거든. 그런데 보내는 사람 주소가 있어야 연락을
　　　　하지.

여자 1 : 저런.

여자 3 : 이사한 뒤에 혹시나 해서 전에 살던 집에 가보니까 편지가 끊어
　　　　졌더라구.

　　술집

남자 3 : 그게 운명인가 보지. 그 여자는 아마 결혼했을 거야.

남자 2 : 너는 그 여자의 환상에 빠져서 아아, 옛날이여 하고 말이야.

남자 3 : 그래도 나에게는 그때가 가장 순수한 때였어.

남자 1 : 지금은?

남자 3 : 지금이야 다 정리했지.

남자 2 : 한 서너 명 됐었지?

남자 3 : 다 헛것이더라구.

　　집

여자 1 : 야, 궁금하다. 그 편지 내용 하나만 들어보자.

여자 3 : 얘가 왜 이러나? 니 편지나 공개해라!

여자 1 : 얘가 있잖니?

아들 : 저도 이제는 이해해요.

여자 4 : 다 컸네. 그래도 엄마 일은 엄마 것이고 네 일은 네 것이야.

여자 2 : 너무 궁금하게 하면 재미없어, 어서 한 구절만 공개해 봐!

여자 4 : 그거 공개하면 좋은 일 있을지 누가 아니?

여자 3 : (망설이다가) 딱 한 구절만!

여자들 : 그래!

여자 3 : (아들더러 손짓하며) 야, 너는 저리 가!

아들 : (퇴장하면서) 피시통신으로 편지나 더 해야겠어요. 재미있거든요.

여자 2 : 그래 군대 가기 전에 많이 해라. 군대 갔다오면 세상이 많이 달
라 보인단다.

여자 3 : 마지막 편지! (가방에서 꺼낸다. 회상에 젖는 듯이 읽는다) 이 사랑
이 맺어지면 얼마나 행복할까요. 우리도 남들처럼 행복해질 겁니
다. 우리도 남들처럼 사랑할 수 있을 겁니다. 그리고는 끝이었어.
우리 집이 이사를 했거든.

술집

남자 2 : 젊었을 때 쓰는 편지는 몽땅 철학이고 시고 그렇잖아. (남자 1에
게) 그렇지?

남자 1 : 쑥스럽게 왜 나한테 물어. (남자 3에게) 그랬니?

남자 3 : 사람은 태어나면서부터 철학적이잖아. 무소유로 나서 무소유로
돌아간다 이 말이야.

남자 2 : 그럼 그때 썼던 편지 한 구절만 얘기해봐.

남자 3 : 그럴 수 없지. 나만 가슴에 담아놓고 사는 비밀인데.

남자 1 : 혹시 아나. 현재 회의주의에 빠진 (남자 2를 가리키며) 이 사람에
　　　　게 큰 힘이 될지.

남자 2 : 그래, 그래. 내가 요새 철학적인 지도가 필요한 학생이 됐어.

남자 3 : 쓸데없는 소리는…….

남자 2 : 쓸데없는 소리가 아니라니까.

남자 1 : 이럴 때 좀 도와주라고!

남자 3 : 그때는 철학적이라고 여겼지만 지금 돌아보면 아무 것도 아니
　　　　야.

남자 2 : 그래도 한 번 읊어봐!

남자 3 : (잠시 망설인다) 웃지 마. 그래, 바로 그런 구절이었어. 이 사랑이
　　　　맺어지면 얼마나 행복할까요. 우리도 남들처럼 행복해질 겁니다.
　　　　우리도 남들처럼 사랑할 수 있을 겁니다. 이 세상에 빈손으로 왔
　　　　다가 사랑을 가지고 떠난다면 얼마나 의미 있는 일이겠습니까?
　　　　이런 걸 쓴 게 마지막이었을 거야. 그 뒤로 부친 편지는 전부 되돌
　　　　아 왔거든. 수취인이 이사갔다는 표시를 해서 말이야.

남자 1 : 빈손으로 왔다가 사랑을 가지고 떠난다. 그래 그건 확실히 철학
　　　　이야, 철학!

　　　집과 술집에서 등장 인물들 서로서로 놀란 듯이 쳐다본다.
　　　<환희의 송가> 우렁차게 나온다.
　　　모두 여자 3과 남자 3을 큰 동작으로 가리키면서

여자들 : 너, 너, 너

남자들 : 너, 너, 너

여자3과 남자 3, 무대 앞쪽으로 쫓겨 나온다.
무대 위의 사람들 계속하여 여자 3과 남자 3을 큰 동작으로 가리키며
외친다.
'해 보시게'를 강조한다.

여자들 : 자네, 사랑 한 번 해 보시게!
　　 자네, 사랑 한 번 해 보시게!

여자 3과 남자 3, 조금 가까이 다가선다.
무대 위의 배우들 서로서로를 가리키며 외친다.

남자들 : 자네, 사랑 한 번 해 보시게!
　　 자네, 사랑 한 번 해 보시게!

'사랑 한 번'을 강조한다.
여자 3과 남자 3, 좀더 가까이 선다. (둘이 얼싸 안는 것이 좋다)
무대 뒷면에 대구 지역 지도가 비친다.
배우들 지도를 가리키며

여자들 : 사랑 한 번 해 보시게!
남자들 : 사랑 한 번 해 보시게!

여자 Q를 제외하고 지금까지 등장한 모든 배우들 무대로 나와서 객석
의 특정한 사람을 가리키듯 동작하며 외친다.
다 같이 '사랑해'를 강조한다.

여자들 : 자네 한 번 사랑해 보시게!
　　자네 한 번 사랑해 보시게!

무대 뒷면에 우리나라 지도가 비친다.

남자들 : 자네 사랑 한 번 해 보시게!
　　자네 사랑 한 번 해 보시게!

여자 Q는 무대 한쪽에서 슬픈 표정으로, 여자 3과 남자 3은 무대 다른 한쪽에 다정한 포즈로 라이트를 받고 있다. 좀더 친숙한 포즈를 취하는 두 사람. 조명이 점점 줌 인(zoom in)되어 무대 위의 세 부분, 집, 술집, 여자 3과 남자 3을 비춘다. 멀리서 풍물 소리 들리면, 배우들 다 같이 자유로운 포즈로 손짓을 하면서 외친다.

다같이 : 자네 사랑 한 번 해 보시게.
　　자네 사랑 한 번 해보시게.

풍물소리 크게 들리며
배우들 모두 어깨를 겯고 무대를 빙글빙글 도는데
막이 내린다.

※ 유의점 : 현대인 남자 3과 여자 3은 조선시대의 신랑 신부와 동일
　　인임을 관객들이 확실하게 알 수 있게 할 것.

신랑달기

시대 —

지금

장소 —

복잡하지 않은 술집

무대 —

술 탁자와 의자 몇 개

흥청거리지 않는 분위기

주황색 계통의 파스텔 톤으로 조명을 만들면 좋음

등장인물 —

세월

결혼을 앞둔 노총각

자리

세월의 친구

농담

세월의 친구

희집

조선 시대의 청년

처녀

조선 시대의 처녀, 희집의 아내
기타

무대 좌우에 있는 술탁자에 세월과 농담이 각각 혼자 앉아 있다.
<Who'll stop the Rain>이 나지막하게 흐른다. 조금 있다가 세월에게
조명이 비친다.

세월 : (객석을 바라보지 않고 독백으로) 산다는 게 뭔지. 산다는 건 뭔가를
　　　버린다는 건가 아니면 뭔가를 얻는다는 건가? (손바닥을 들여다 보
　　　며) 가졌던 게 있어야 버리지. (이마를 만져 보며) 주름살은 얻었군.
　　　세상의 모든 것을 내 것으로 만들 수 있다고 여겼던 때도 있었지.
　　　사람들은 그걸 패기라고 하는 모양이야. 그런 게 다 사라진 이제
　　　야 와서 결혼을 한다니 내가 생각해도 내 꼴이 한심하군.

조명이 농담에게로 간다.

농담 : (자리에서 일어서며 세월을 가리킨다. 큰 소리로) 야, 임마. 그러면 됐
　　　지, 웬 궁상이냐 궁상이. 얼마 있지 않으면 결혼 할 놈이 무슨 철
　　　학자인양 지지궁상을 떨고 앉아 있는거야. 지금은 니가 제일 즐거
　　　워 해야할 때라구. 그리구 이 세상에서 세월이 흐르면 허무하지
　　　않은 게 어디 있냐? 그렇지만 세월이 흐르면 슬픔도 약이 된다고
　　　하지 않냐? (앉는다)

조명, 다시 세월에게로.

세월 : 세월, 세월 하지 마. 지금 세월이는 답답하다. 답답한 사람에게 실

없는 말하면 농담으로 들린다. 농담이 만병 통치약은 아니잖아.

　　조명, 다시 농담에게로.

농담 : 너 자꾸 농담 농담하지 마. 지금부터 이 농담이가 하는 말은 진담
　　　이다.

　　조명, 다시 세월에게로.

세월 : 어느 세월에 농담이가 진담을 하나. 농담은 농담이고 진담은 진담
　　　이지.
농담 : (일어서서 농담에게로 다가오며) 그래. 내가 지금부터 하는 말이 농
　　　담인지 진담인지 들어 보기나 해라. 내가 시시껄렁하게 사는 것
　　　같아도 알 건 다 안다. 너처럼 하루도 빼놓지 않고 고민하면서 살
　　　지는 않는단 말이다. 이건 술집에서도, 산다는 게 뭔지, 일하다
　　　도, 산다는 게 뭔지, 자다가도, 산다는 게 뭔지. 허구헌날 고민이
　　　야. 그거 다 세월이 지나면 소용없는 거라니까. 너 임마, 그러다가
　　　장가들어서 마누라하고 밤일하다가도 내가 뭐하러 이런 짓하지
　　　어쩌구 해가지고 조루 된다, 임마.
세월 : 그럴지도 모르지. 그래서 농담이 더 싫어지는 거야.
농담 : 뭐? 내가 싫다고? 내가 싫어? (소리를 낮추어) 내가 너에게 밥을
　　　달라디, 옷을 달라디. 술 먹을 때 같이 먹자고 불러내는 게 그렇게
　　　싫어?
세월 : (말이 잘못 전달되었음을 안다) 아, 아니다. 너를 말하는게 아니
　　　라……
농담 : (화가 나서) 그러면, 누굴 말하는 거야. 농담이라는 놈이 또 있니?

세월 : 그게 아니라니까.

농담 : 그게 아니면?

세월 : 진짜 농담을 말한 거야.

농담 : 진짜 농담? 농담에도 진짜가 있고 가짜가 있니?

세월 : 아이 그 자식 참, 딴 때는 농담도 잘하더니.

농담 : 그래 내가 농담이다. 농담이라서 농담도 잘 했다. 그런데 너는 농
담을 농담으로 받아 줬냐? 농담해도 안 농담이고 안 농담해도 농
담이고.

세월 : 그래 세월이 가면 다 이해하겠지.

농담 : (비아냥거리는 투로) 세월 좋아하네. (관객을 향하여) 몇일 있으면 장
가든다는 놈이 이렇답니다. 씹주그리해가지고. (세월을 향하여) 니
가 아무리 그래 봤자 세상은 지가 갈 데로 가는 거야.

세월 : 그래 맞았어. 사마귀가 쇠바퀴를 막는다고 수레가 멈추겠냐? 돼지
게 일해 봤자 나아질 게 하나도 없다고. 지금 통장에 돈이 좀 모이
나 싶으면 전자제품 사야지, 자동차 사야지, 집 늘려야지. 그뿐이
냐. 아, 새끼들 과외비는 왜 그렇게 많이 들어가. 정치하는 놈들,
교육세다 뭐다 걷었으면 자식 교육 걱정은 좀 안 하게 해 줘얄 거
아냐? 걷을 건 다 걷고 낼 건 다 내고.

농담 : 웃기지마 임마. 장가들어서 애들 다 키운 놈처럼 시건방 떨지 말
아 임마. 너는 살아 보니 걱정거리가 생겨서 그 걱정을 하는 게
아니고 태어날 때부터 걱정을 안고 태어난 놈이야. 그러니 맨날
망설이다가 이제서야 장가드는 거 아냐?

세월 : 지금도 잘 살아서 결혼하는 것은 아니야.

농담 : 그러니 뭐하러 걱정을 해, 뭐하러.

세월 : 세월이 흐르면 안 하겠지.

농담 : 그러니 나처럼 아예 신경 끄고 사는 거야.

세월 : 그게 쉽나.

농담 : 세월이 약이지.

세월 : 약올리지 마.

농담 : 농담이야.

둘이 머쓱하게 웃는다.

농담 : 그런데 이 자식은 왜 여태 안 오는거야? 또 마누라한테 붙잡혔나. 지지궁상인 게 너하고 똑같애. 너 장가들거들랑 그놈 닮지 말고 날 닮아라, 응.

세월 : 세월이 약이지.

농담 : 너 요새 돈 벌기 제일 쉬운 방법이 뭔지 알아?

세월 : 야, 요새같은 불경기에 무슨 돈벌이냐? 먹고 살기만 해도 감지덕지지.

농담 : 야야. 세상물정 좀 알아라. 그래도 돈 버는 방법이 있단 말이야.

세월 : 수출 부진으로 경기가 하향곡선을 그린 지 오래고 명예퇴직이 유행인데 무슨 세상물정 타령이냐. 세상물정 타령이. 요샌 여자들이 난리야. 남편 기죽이지 말자고. 그래서 파출부도 하고 별 짓 다 한대.

농담 : 이런 답답이 봤나. 가장 간단한 방법은 우리 주위에 간첩이나 좌익사범이 없나 살펴서 눈에 띄는 즉시 신고하는 거야. 일억 정도는 간단히 벌 수 있지.

세월 : (어이없다) 또.

농담 : 그리고는 장관의 아내를 마누라로 삼는 거야.

세월 : 무슨 말을 하는 거야?

농담 : 장관의 아내를 마누라로 삼는다니까.

세월 : 그럼 나보고 장관하란 말이냐?

농담 : 그러든지. (조금 있다가) 그러면 사람들이 돈을 장관 아내에게 가져
오거든. 장관은 그 돈이 있다는 것만 알고 가만히 있으면 돼. 어차
피 마누라 돈이 내 돈 아니냐. 그리고는 마누라가 계를 하나 안
하나 그것만 감시하면 돼.

세월 : 세월 좋은 얘기다.

농담 : 그러다가 들통이 나면 모른다고 잡아떼거든. 마누라는 교도소로
가고 나만 남아서 재미있게 사는 거지.

세월 : 세월 좋은 얘기다.

농담 : 이거 내가 만들어낸 거 아니야. 내가 다른 술집에서 들은 말이야.

세월 : 어쨌든 이 어려운 시기에 재미있는 일들이다.

농담 : 그렇게라도 살아야지 어떻게 하니. (화가 난 듯, 큰 소리로) 그렇게
라도 살아야지.

세월 : (물끄러미 농담을 바라보다가) 올 때가 됐는데…….

농담 : 누구말이야. 네 아내 될 사람? 예쁘냐? 한 번도 보여주지도 않고.
이 자식 이거 쌌한 거야. 댕기풀이하라고 할까봐. 하여간 짠 놈이
다. 그렇게 아껴서 뭘 하려고 그러네. 죽을 때 가지고 가려고 그러
네?

세월 : 기다려 봐.

농담 : 어이 이거 원, 친구란 놈이 낼모레 장가간다면서 이제서야 신고를
해요. 내가 뭘 뜯어 먹나 잡아 먹나. 미리 얘기해서 같이 의논하고
그러면 어디가 덧나냐? 이 빌어먹다 깡통을 찰 놈아!

세월 : 다 늙어서 장가드는 게 무슨 자랑거리라고 떠들고 다니냐?

농담 : 꼬박꼬박 말대꾸는 잘도 한다. 야, 오늘 술 안 살거야?

세월 : 먹고 싶은 대로 먹어!

농담 : 어쭈. (무대 뒷면을 향하여) 아저씨, 여기 술 좀 주슈. (대답이 없다)

어이 속 시원한 데가 한 군데도 없어. (일어서며) 차라리 내가 날
라오지. 야, 너 도망가지 말고 여기 있어. 내 화장실에 좀 갔다가
술 가지고 올 테니까.

세월 : (들었는지 말았는지) 올 때가 됐는데.

농담 : (오줌이 마려워 다리를 꼬면서) 누굴 기다리는 거야?

세월 : 이백 년 전에 살았던 사람이야.

농담 : 뭐야? 너 그럼 유령하고 결혼한다는 거야?

세월 : 기다려 봐.

농담 : 갈수록 웃기는군. 아니 갈수록 태산이야. 이제 정신마저 (손가락으
로 원을 그리며) 이렇게 된 모양이군.

세월 : 나도 미치겠어. 돈은 없고, 쓸 곳은 자꾸 생기고.

농담 : 은행나무 침대 해라. 전생에 갔다 미래에 갔다.

세월 : 기다려 봐.

농담 : 난 싸겠다. 얼른 갔다올게. 도망가지 마.

세월 : 난 지금 기다려야 해.

농담 무대 왼편으로 사라지고, 조금 있다가 자리가 나타난다.

자리 : 허이 내 자리 있겠지?

세월 : 세월 좋다.

자리 : 자리가 비어 봐라, 쓸쓸한 일이잖아. 또 자리를 떠나자 해도 슬픈
일이잖아. 자리는 중요한 거야.

세월 : 그러면 네 자리는 어디 있니?

자리 : 내 자리? 내 자리가 어디 있어. 내가 자리 그 자체인데.

세월 : 야야. 그저 자리나 채우려면 무엇 하러 사니? 의미가 있어야지.

자리 : 모르시는 말씀. 그냥 있어만 주어도 고마운 것이, 나 이 자리야.

세월 : 그래?

자리 : 그럼! (천천히) 아버지의 자리, 어른의 자리, 자식의 자리, 남편의
자리, 아내의 자리, 스승의 자리.

세월 : 그래? (농담이 나타난다)

자리 : 더 말해 봐? (농담이 나타난 줄도 모르고 흥이 나서 노랫조로) 대통령
의 자리, 장관의 자리, 투수의 자리, 타자의 자리, 백성의 자리, 사
장의 자리.

농담 : (술병과 마른 오징어를 술탁자 위에 소리나게 내려 놓으며, 큰 소리로)
그래서 너는 매일 자리만 지키고 있다가 얻어 먹기만 하냐? 이 자
린고비야!

자리 : (깜짝 놀라며) 야, 임마. 애 떨어졌다. 아버지의 자리, 남편의 자리를
지키다보니 그렇게 됐다.

농담 : 그러면 친구의 자리는 어디다 팔아 먹었니?

자리 : (어물쩍 대답이 없다)

농담 : (세월에게) 그나저나 (자리를 가리키며) 이놈이 그놈이야?

자리 : 이놈이 그놈이냐니? (둘러 보며) 너희들 지금 무슨 꿍꿍이를 꾸미
고 있는거야?

세월 : 꿍꿍이는 무슨 꿍꿍이.

농담 : 맞는거야 아닌거야?

세월 : 아니야.

농담 : 그럼 어떻게 된거야. 장가갈 놈이 장가갈 준비는 안 하고 술집에
앉아서 누굴 기다린단 말이야?

세월 : 기다려 봐.

자리 : 그래 우리 자리를 지키면서 기다리는 동안 재미있는 얘기나 하자.

농담 : 재미있는 얘기? 너 지금 나하고 농담 따먹기 하자는 거냐?

자리 : 나는 농담도 못하냐?

세월 : 그럼 농담해 봐.

자리 : 그래. 울릉도와 독도를 잇는 다리를 놓으면 어떨까?

농담 : 조오치.

자리 : 그러면 그 다리 이름을 뭐라고 할까?

세월 : 울릉교지 뭐.

농담 : 농담 : 이 자식이 그런 상식적인 답을 요구하겠냐?

자리 : 그래, 술값을 해야지.(술을 한 잔 마신다. 안주는 먹지 않는다)

세월 : 그럼 독도교냐?

농담 : 얼씨구. 아니라니까 그러네.

자리 : 그럼 니가 말해 봐!

농담 : 농담교로 해라.

자리 : 이제 농담의 시대도 지났군. (조금 있다가) 왼쪽에 놓일 다리는 할
    랑교, 오른쪽에 놓일 다리는 말랑교다. 그래서 할랑교 말랑교다.
    (아무도 안 웃는다) 어이 썰렁해.

세월 : 하나 더 해라. 기다리는 김에.

자리 : 그래 이건 농담 아니다. 독도가 어느 나라 땅이냐?

농담 : 그게 농담 아니라고?

자리 : 그래. 너는 그걸 우리나라 섬이라고 하고 싶겠지?

농담 : 너 지금 농담 하냐?

자리 : 아니야. 독도는 일본놈들 주장대로 일본 섬이야.

세월 : 세월이 하 수상하니 숫한 사람 돌게 되는구나.(한 잔 한다. 안주는
    먹지 않는다)

자리 : 그래 돌았지.

세월 : 하기야 이 세상에 돌지 않고 어떻게 배기냐? 개혁한다면서 썩은
    건 그대로 두어서 더 썩게 만들고 남의 눈에 들보만 끄집어 내려
    고 하니 말이야.

자리 : 돌았다고 생각하고 들어 봐라. 독도는 일본 땅이고 (뜸을 들인다)

세월, 농담 : 그리고

자리 : 일본땅은 우리 땅이다. 왜, 뭐가 잘못됐어?

농담 : 오늘은 자리값 하는구만. (세월더러) 그런데 왜 은행나무 침대는 안
　　　나타나는 거야? (술을 한 잔 마신다. 안주는 먹지 않는다)

세월 : 올거야.

자리 : 아 참, 아버지 자리를 지켜야지. (바지 주머니에서 종이 조각을 꺼낸
　　　다) 어이 고민하시는 세월씨! 이게 뭔지 아쇼?

세월 : 뭔데?

자리 : 동상기.

농담 : 동상기?

자리 : 그래, 동상기. 아들 녀석이 어디서 들었는지 동상기가 뭐냐고 자꾸
　　　물어대는데, 내가 알 수 있나. 그래서 그걸 알아보려고 여길 왔지.

농담 : 그럼 너는 세월이가 곧 장가간다는 걸 모르고 있었단 말이야?

자리 : 뭐라고? 이 늙은 총각이 장가를 든다고? 이런 세상에나 만상에나.
　　　(호들갑을 떤다)

세월 : (자리더러) 그 종이 조각 이리 줘 봐.

자리 : (종이 조각을 던지듯이 건네 주며) 재미 좋겠군. 저 혼자 슬그머니.

농담 : 조루야, 조루.

자리 : 뭐라고? 자꾸 나를 놀라게 할거야?

농담 : 농담이야 농담. 아까 내가 한 말이라서 또 해본거야.

자리 : 그럼 언제 함팔러 가니?

세월 : 네가 또 한 자리 하려고?

자리 : 그으럼. (오징어를 들고 구멍을 파서 얼굴을 가리며 큰 소리로) 함사
　　　려, 함사려. 그때가 좋은 때였는데.

세월 : 함 팔지 않는다.

농담 : 너 지금 농담하냐?

자리 : 남편될 사람이면 남편될 자리를 찾아야지. 아내는 처음부터 꽉 잡
아야 한단 말이야.

농담 : 네 자리나 잘 찾아!

세월 : (종이 조각을 들여다 보며) 동상기라, 동상기. 그래 맞았어. 나를 이
렇게 궁싯거리게 만든 것이 이 동상기야.

자리 : 네가 그럼 동상기에 대해서 잘 안단 말이야?

세월 : 아니. 요즈음 내가 계속해서 꿈을 꾸는데, 그 꿈 속에 어떤 글자가
나왔어. 꿈을 꾸고 나서는 그게 무슨 글자들인지 몰라서 궁금했었
지. 그런데 지금, 이 동상기라는 걸 보니까 꿈에서 본 글자라는 생
각이 드는군.

농담 : 꿈이라고? 애가 이제는 별 소릴 다하네. 장가들게 돼서 꿈같은 소
리를 하는가 보지?

세월 : 이건 농담이 아니라고. 누군가가 나에게 무슨 말을 하려고 하는게
틀림없어. 내가 장가드는데 너무 힘들어 하니……

자리 : 니가 장가드는거 힘들게 하는 건 니 자신이 엉거주춤이라서 그렇
지 뭐, 다른 이유가 있어서 그런 거냐?

농담 : 아니 아니야. 애 나름대로 어려운 점이 있었지. 가족 생계 도우랴,
저도 공부하랴, 동생들 가르치랴. 일인 삼역이 쉽냐?

자리 : 허긴 그렇다.

세월 : 사실 내가 결혼을 늦게 하게 된 건 가정을 거느리는 데에 대한 자
신감이 없어서 그렇기도 해.

농담 : 그런데 어쨌든지 동상기에 대해서는 답을 얻어야 할 거 아냐? 그
래야 세월이의 궁금증도 풀리고, (자리를 가리키며) 너의 자리도
지킬 것이고.

자리 : 아쭈. 그런 때는 농담이 아니네.

농담 : (세월을 지목하며) 너 동상기 모른다고 했지? (세월, 고개를 가로 젓
　　　는다. 농담 자리를 가리킨다. 자리 역시 고개를 젓는다) 그럼 누가 이
　　　걸 안단 말이야. (주위를 둘러 본다. 객석을 쳐다 보다가) 옳지 돌머
　　　리라도 여럿이 모이면 우리보다 낫겠지. (객석을 향하여) 누구 동
　　　상기 아는 사람 없수? (잠시 조용)
자리 : 내 자리를 찾을 수 있게 누구 좀 나오슈.
세월 : 내 답답함도 해결되도록 누구 좀 나오슈.

　　　'세월이 약'이 잔잔히 흐른다. 조금 있다가 객석에서 희집이 일어서 나
　　　온다. 조선 시대 후기의 복색을 했다.

희집 : 아, 내가 살았던 때가 언제인데, 자꾸 불러 대는 거야? (무대 위로
　　　올라 오며) 야 너희들이 날 불렀어?
농담 : 이 양반이. (윽박지르듯) 너희들이라니? 당신 보아하니 이십대 후반
　　　인 듯한데 우리보고 너희들이라니. 보이는 게 없어? 이제 우리는
　　　꺾어진 칠십을 넘었단 말이야. 이놈이 어디다 대고 함부로 반말지
　　　거리야, 반말지거리가. 세상이 요상해지더니 장유유서가 사라져
　　　버렸군.
희집 : 그래 이놈들아! 난 지금 뵈는 게 없다. 상놈은 나이가 벼슬이라더
　　　니. 내가 이놈들아 무덤에 누운 지 이제 백이삼십 년은 착실히 됐
　　　다. 그러니 뵈는 거도 없다 이놈들아?
세월 : (기가 죽었다) 아니 그 무슨 농담을 그리하오?
희집 : 농담? 응. 이제 말이 되는군. 나는 조선 시대에 살았던 사람이란
　　　말이야. 그리구 자네 지금 장유유서라고 했나? 그건 내가 살았던
　　　시대에 아주 중요한 행동덕목이었어. 그런데 이제 와서 제가 필요
　　　하면 장유유서 찾고 그렇지 않으면 그냥 넘어가지. 이놈들아, 버

스 타고 가다가 노인네가 올라 오면 얼른 자리 비켜 드린 적 있
어? (세월에게) 있어? (세월 고개 숙인다. 농담에게) 자네는 있나? (농
담 역시 고개를 숙인다) 어쭈 모두가 그런 때는 고개 숙인 남자가
돼버리는군. 그럼 자네는? (자리에게 묻는다)

자리 : 저, 저는 제 자리 찾기에도 바쁜 놈입니다.

희집 : 이런 불쌍한 작자같으니라구. 이백 년 전이었다면 자네들은 모조
리 몽둥이감이야, 몽둥이감!

자리 : 이백 년 전이면, 그럼 당신은 동상기가 뭔지 알겠네요?

희집 : 동상기?

모두 : 예.

희집 : 내가 그걸 모를 리가 있나. 잘 알고 말고.

농담 : 농담은 아니시죠?

희집 : 야, 이거. 농담은 아니시죠? 그거 듣기에 좀 거시키하다. 좀 거북하
다. (둘러보며) 안 그래? (모두 고개를 끄덕끄덕) 우리, 지난 날은 없
애버리고 말 놓자.

세월 : (방백으로) 세월이 흐르면 만상은 사라지고 망령만 남는군.

자리 : (얼른 희집의 말을 받는다) 그런데 어떻게 당신이 동상기를 안단 말
이야?

희집 : 내가 동상기의 주인공이야.

농담 : 주인공?

희집 : 그래. 문양산인이라는 작자가 나를 주인공으로 희곡을 쓴 게 동상
기라는 작품이야.

자리 : 그럼 당신은 그때 실제로 있었던 사람이야, 문양산인이 꾸며낸 사
람이야?

희집 : 실존 인물이지.

모두 : 아하. 그래?

희집 : (세월을 가리키며) 이 작자가 나하고 비슷한 처지에 있어.

모두 : 아하. 그래?

희집 : 나도 결혼을 못했을 땐 세상에 대해서 실망을 하면서 살았지.

모두 : 아하. 그래?

희집 : 그런데 신씨 처녀 하고 결혼한 뒤에는 행복의 연속이었지.

모두 : 아하. 그래?

희집 : 내가 돈이 없어 결혼을 못하자 나라에서 딱한 사정을 알고 결혼을
     시켜 준거야.

모두 : 아하. 그래?

희집 : 그런데 (세월을 가리키며) 이 사람이 결혼을 못하고 근심에 쌓여
     살기에 꿈 속에서 동상기를 보여 준 것이지.

모두 : 아하. 그래?

희집 : 내가 어떻게 만들어진 사람이고, 장가를 어떻게 들었는지 말해줄
     까?

모두 : 그럼, 그럼. 당연한 일이지.

희집 : 나를 만든 문양산인이 이렇게 말했어. 바쁨도 진실로 참기 어렵거
     니와 한가함 또한 참기 어렵다. 지금 만약에 한 사람을 방에 가두
     고 눈으로는 보지 못하게 하고 귀로는 듣지 못하게 하며, 입으로
     는 말하지 못하게 하며 손발로는 일하지 못하게 하면, 조급한 자
     는 서너 시간을 못 참고 끈기 있는 자도 사흘을 넘기지 못할 것이
     다. 그러므로 차라리 수삼 년 학질을 앓을지언정 하루의 한가로움
     은 참기 어려운 것이다. 한가로움은 나에게는 진실로 병이 되니,
     다른 사람도 그렇겠는가, 그렇지 않겠는가? 신해년 유월, 장마철
     에 사람들은 그 고통을 감당하지 못하여 과거 공부를 하고자 하
     여도 지속할 수 없는지라 힘써 마음을 가다듬기 어렵고, 고문을
     읽고 시를 짓고자 하여도 재주가 미치지 못하는 지라 흥 또한 사

라지고 만다. 책을 읽고자 하나 졸음이 오고 잠을 자고자 하여도
수십 마리의 파리가 속눈썹을 핥고 코를 빨아서 꿈을 꿀 수가 없
었다. 일어나 밖으로 나가려고 하나 비가 오고, 비가 그쳐도 땅이
질척거려 밖으로 나갈 수도 없어, 이 형편을 어찌 할 수가 없으니
미치고 병이 날 지경이다.

어린 종이 시장에서 돌아와 소문을 전하는데, 무척 신기한 것이었
다. 나는 한가함을 이용할 수 있겠다 생각하여 자리에서 붓을 놀
려 희곡 한 편을 지으니, 그 한 편에 게으름이 달아나고 졸음도
달아나게 되었다.

그래서 동상기가 쓰이고 내가 주인공이 된 거야.

모두 : 아하. 그래.

희집 : 결혼하기 전에 나는 되게 쓸쓸한 사람이었어. 나는 심심하면 이렇
게 읊조리곤 했지. (과거로 돌아가서) 대대천지에 집 없는 나그네
요. 태백산 속의 머리 기른 중이로소이다. 저의 성은 김가요, 이름
은 희집이올시다. 집안 문벌과 대대의 계통은 경주 김가이나 쇠락
한 집안이로소이다. 가까운 조상은 벼슬도 했고 높은 지위가 전해
왔기 때문에, 동네의 웃어른이나 아랫사람들이 수재라고 불러 왔
소이다.

그러나 집안 형편이 기울어 가난하게 되니, 삼십일 동안에 아홉
끼니밖에 먹지 못하고 삼십년 동안에 겨우 한 번 갓을 쓰니, 진실
로 이것이 가난함을 즐기는 것 같은 삶이로소이다. 성 아래의 작
은 집은 게딱지처럼 좁고 좁습니다. 속담에 가난이 용천을 더럽힌
다더니, 과연 이 몸이 가난한 까닭으로 어렸을 때는 배우지 못하
고, 나이가 들어서는 일할 데가 없어서 문반도 아니요 무반도 아
니올시다. 재주도 없고 덕도 없는 채, 어느덧 올해 나이가 스물 여
덟이나 되었소이다.

이로 말미암아 세상에서 소위 장가라고 하는 것을 들기가 푸른
하늘에 오르기보다 어렵게 되었소이다. 인생 삼십이 내일 모래인
데 아직도 도령 소리를 면치못했소이다. 남대문이라도 지을 듯 하
던 강도령, 임도령과 장안 왈자 정도령을 비웃었거늘, 나의 일을
생각해보니 불쌍하고 불쌍하며 가소롭고 가소롭소이다.

모두 : 아하. 그랬군.

희집 : 삼신할미가 점지하여 이 몸을 낳을 때, 입도 남과 같고, 눈도 남과
같고, 코도 남과 같게 하여 모름지기 모두가 내 몸 위에 하나로
응했는데, 달린 물건도 남과 같도소이다. 어찌 일찍이 조금이라도
남에게 미치지 못할 것이 있으리요마는, 오직 혼인이라는 한가지
일에는 남에게 미치지 못했소이다. 구십의 삼분의 일, 육십의 절
반 나이가 되도록 처자식의 자비라고는 일찍 보지 못했습니다. 만
고천하에 이런 신세 어디에 있을꼬. 이 몸이 양반의 후손으로 옛
성현들의 말씀을 약간은 들었으니, 남자가 태어나서 아내가 있기
를 원한다 하고 일처일첩은 사람마다 있다고 했지요. 장안 팔만
가구 통 털어서 양반이 백성 막론하고 이 몸처럼 삼십에 장가 못
간 사람이 얼마나 될까요, 얼마나 될까요. 하물며 요사이는 조혼
이 유행하여 세가대족은 물론이고 여염백성이라도 밥술이나 먹
게 되면 열다섯에 장가들고 열 여섯에 정처 얻기를 하지 않는 이
없습니다.

모두 : 어이구, 불쌍해라!

희집 : 그러던 어느날 동네 임장이 와서 나에게 본관, 나이, 이름을 적어
달라고 야단을 하는 거야. 그래서 왜 그러느냐고 했더니, 아 글쎄
그놈이 말하기를 (타령조로) 관가 공문에 이르기를, 늙은 도령한
테 있으나마나한 물건을 그에게 두어서는 쓸 곳이 없으니, 일일이
적은 후에 잘라서 저처럼 소주나 먹는 동네 임장에게 주어서 생

선회 안주나 삼으라고 했다네. 이러는 거야.

모두 : 아하. 그래서?

희집 : 그놈을 그냥 둘 수 있나. 엎어놓고 조지려고 했지. 그랬더니…….

모두 : 그랬더니?

희집 : 이놈이 하는 말이 (타령조로) 한성부 공문에 오부 안의 각 동네 늙은 도령을 조사하여 보고한 후에, 관가로부터 혼인을 돕게 하여 며칠 내로 혼인을 완료하라고 하였다네. 좋고도 좋도다. 늙은 도령이 장가들 시절이니 불가불 나에게 좋은 술 한 잔 내야겠네. 이러는 거야.

세월 : 세월 좋은 얘기로군.

희집 : 그랬지. 얼마나 기분이 좋던지. 자네들은 모를 거야. 돈 한푼 들이지 않고 장가드는 기분을.

농담 : 예나 지금이나 공짜 좋아하는 건 똑같군.

희집 : 그걸 진리라고 하는 거야.

자리 : 그 다음엔?

희집 : 그래서 조정의 처분에 따라 적당한 혼처를 찾아서 혼인 지낼 것을 재촉하되, 호조로 하여금 신랑 한 사람에게는 옷감 한 필과 돈 몇 냥, 처녀에게도 옷감 몇 필과 돈 몇 냥으로 혼인에 쓰라고 받았지. 이런 일은 성스러운 우리 조정에서 일찍이 없었지. 모두가 성덕이었어. 늙은 도령과 노처녀의 혼인을 돕는 것에 나라의 정성을 베푸신 것은 성덕 중의 성덕이었어.

농담 : 농담 같은 사실이로군.

희집 : 이건 농담이 아니야. 내가 실제로 경험한 일이라니까. 그대들은 부부의 인연이 하늘로부터 왔다고 하지 마소. 하늘 밖의 하늘을 가리킨다면 그것은 바로 임금이라네. 끌어 합침은 사람을 따르는 것과 같고, 혼인은 물 흐름과 같도다. 오늘날에 여자가 시집가고 남

자가 장가듦은 임금께서 백성을 자식처럼 보시기 때문이 아니겠
는가. 만약에 조정의 처분이 아니었더라면, 그 사람들이 팔백 세
먹은 팽조가 되도록, 당백사처럼 머리가 희어지도록, 진실로 장가
맛을 보기 어려웠다네.

자리 : 모두 감격, 감격이군. 그래 색시는 누구였소?

희집 : 신씨 처녀였지. 신문 밖 평위동에 사는 그 처녀의 나이는 스물 넷
이요, 그 아버지는 벼슬 없는 덕빈이라는 사람이었지. 평위동 작
은 골목길에 자그만한 반찬가게를 하면서 일각중문 초가삼간에
살았지.

세월 : 가난했었군.

희집 : 그랬지. 그 신씨 처녀가 나하고 결혼할 수 있게 되자 그 기쁨을
참지 못했지.

농담 : 그래서.

희집 : 그래서 그 처녀는 체면 때문에 사람에게는 말을 못하고 개에게 이
렇게 말했어. (여자의 소리로) 개야, 내가 모레면 시집간단다. (읊어
대듯이) 그렇지만 개가 이 말을 알아들을 수 있나. 다만 개가 하품
만 한 번 하니 그 처녀 민망하여 또 개를 보고 말하였다네. (여자
소리로) 개야 내가 너에게 거짓말을 할 것 같으면 내가 개딸년이
다.

자리 : 보신탕이 좋은데. 뭐니 뭐니 해도 보신탕만한 보약이 없단 말이야.
한 여름에 백 그릇 먹으면 겨울에도 런닝 셔츠만 입고 지낼 수 있
다더구먼.

농담 : 이 자식은 앉았다 하면 먹는 얘기밖에 못한단 말이야.

자리 : 그래, 사람 사는데 먹는 거 빼고 무슨 재미가 있냐? 밥 먹고, 술
먹고, 돈 먹고, 여자 먹고, 먹고 먹고 또 먹고.

세월 : 그래 지금 잘못 먹어서 고생하는 사람들 많잖아. 너처럼 아무데서

나 먹을 것 타령하다간 언제 네가 잡혀 먹을지 모른단 말이야.

자리 : 그래, 까짓거 내가 너무 많이 먹었다고 잡혀 먹을 수만 있다면 부러울 게 없겠다.

농담 : 얘가 지금 농담하고 있나?

자리 : 그래 뭘 먹고자 해도 먹을 만한 자리가 돼야 먹지.

세월 : 그래. 먹어서는 안 될 자리에 있는 놈들이 자꾸 먹어대니 모두 못 먹어서 한이야. 차 끌고 한 시간만 가봐 전부 먹는 곳뿐이야. 러브호텔에서 먹고, 산 속에 있는 회집에서 먹고. 먹고 먹고 또 먹고.

희집 : 아니 왜 갑자기 먹자 타령이야. 조선 시대에나 먹을 것 찾아서 이리저리 헤매고 다닌 줄 알았는데, 아직도 먹을 걸 찾아다니고 있단 말이야?

세월 : 사람이 먹고 산다는 게 어디 세월 지나면 달라지는 일이요?

농담 ; 그러니 농담이나 먹고 사는 수밖에 더 있나.

자리 : 자기 자리 지키려면 농담도 잘 해야 해. 요새는 농담하고 진담하고 구분하지 못해서 고생하는 사람들 많다구.

세월 : (희집더러) 그런데 당신과 결혼한 그 여자를 좀 만나 볼 수 없소?

희집 : 그 여자를 만나고 싶다고? 아니 그때 한평생 같이 살았으면서 지금도 같이 다니란 말이야?

세월 : 아니 부부는 영원히 함께 하는 것 아니오?

희집 : 이렇게 답답하긴. 아, 싱싱한 쌀붕어같은 여자들이 쌔고 쌘 이 새 세상에서 쪼그랑 할매가 되도록 함께 산 할망구와 같이 다닌단 말이야?

세월 : 아니 그렇게 변했수?

희집 : 변하긴. 남자 마음 다 그런 거지. 새 술은 새 부대에. 이런 말 몰라. 이제 내가 여기서 해야 할 일은 돈을 버는 거야. 아 내가 이백 년 전에 있었던 일을 다 기억하고 있는데, 그런 걸 술술 얘기해 주면

돈을 안 내놓겠어. 당신 성이 뭐야? 당신 십오 대 조상이 어떤 사
람인지 내가 다 말해 줄게.

세월 : (멍하니 희집을 바라본다)

자리 : 하긴 그럴 듯하이. 전생에 대해서 환히 말해 주면 돈보따리 들고
많이 찾아 올거다. 대가리에는 든 것 없이 허황한 꿈이나 쫓아 다
니는 계집년들 줄 서서 기다릴 거야.

희집 : 그 다음엔 나도 예쁜 여자 몇 명 골라서 재미 좀 보는 거지 뭐.

농담 : 이 양반 조선 시대에는 가난해서 장가도 못 들어 안달이더니 이제
는 아주 골때리는 놈이 됐구먼.

희집 : 그게 다 세월 덕분이라네. 자네들이 지금 검소하고 착하게 살아봐.
내가 왜 이렇게 헛디기를 까고 있겠어. 지금 지하에서는 자네 조
상들이 매일 울고 있어. 귀신들이 우니 자네들이 듣기에는 소리도
나지 않고, 눈물도 흘리는 것 같지 않지만. 지하에 들어 가 봐, 조
상들이 흘린 눈물이 고여서 썩은 물이 되었어.

세월 : 세월이 약이라더니.

희집 : 세월이 약이라고? 웃기는 소리하지 마. 세월이 약이 아니라 세월
이 병이야. 나라를 팔아 먹고 민족을 팔아 먹은 놈들 처단해서 민
족정기를 바로 잡기는커녕 권력 잡은 놈들이 그놈들과 어울려서
한바탕씩 해먹고 지나간 자리에 뭐가 남았겠어?

자리 : (독백으로) 거기에 내가 남은 건가?

희집 : 나는 그래도 그 시절에 마누라와 행복하게 살았어. 나라에서 베풀
어 준 은혜에 감사하면서, 매일 임금님께 감사하면서. 가진 건 없
어도 마누라와 서로 위하면서 서로 예를 지켜가면서 잘 살았어.

농담 : 그렇지만 이제는 그렇게 할 수 없어. 상황이 그전처럼 그렇게 단
순하지 않아. 출세도 해야 하고, 돈도 벌어야 하고, 적당히 즐기기
도 해야 하고. 그렇게 하자니 너도 나도 경쟁적으로 살 수밖에 없

는 거야. 내가 살아야지 남이 어떻게 사는가 하는 건 생각할 필요
　　가 없는 거지. 그래서 때때로 농담이 필요한 거라구.

세월 : 나는 그렇게 할 수 있을는지 그게 의심스럽단 말이야.

자리 : 야야. 장가들 놈이 힘 좀 내라.

세월 : (힘없이) 그래야겠지?

희집 : 나도 처음엔 그랬어. 세상에 대해서 불만이 많고 모두가 나를 위
　　해서라기보다는 나를 해치기 위해서 있는 것 같았어. 그런데 신씨
　　처녀를 만난 뒤로 바뀌었지.

세월 : 신씨 처녀?

희집 : 내 마누라.

농담 : 당신 마누라?

희집 : 그래, 내 마누라. 내 왕비.

자리 : 아니 아까는 다른 여자를 만나야 한다고 하더니.

희집 : 이건 지금 얘기가 아니고 이백 년 전 얘기란 말이야. 그때도 내가
　　그 여자를 사랑하지 않았으면 어떻게 됐겠어. 이제 세월이 지나갔
　　으니 좀 자유로와진거지.

모두 : (고개를 끄덕인다)

희집 : 이 사람이 여기 어디에 와 있을텐데. 여필종부니 말이야.

농담 : (방백으로) 행복한 놈이군.

희집 : (객석을 향하여) 거기 어디 예쁜 여자 있으면 찾아 주슈. 제일 예쁜
　　여자로. 내 마누라니까. (관객들 두런두런)

　　처녀 객석에서 등장. 희집과 비슷한 옷을 입었다.

처녀 : (무대로 나오며) 아니 이 양반은 썩어서 흙이 다 될 만큼 세월이
　　흘렀는데 무덤에 누워 있지 않고 어딜 이렇게 싸돌아 댕기는거야.

(객석을 보며) 장가들고 마누라와 살 몇 번 섞고 나면 지가 세상에
　　　서 제일인 줄 아는 게 남정네들이라니까.

희집 : 그래 봐야 당신도 별 수 없잖아. 내가 있었으니 처녀 딱지 뗐지,
　　　누가 당신을 돌아 보기라도 했겠어.

처녀 : 아니 당신 지금 뭐라고 하는 거요. 나때문에 당신이 총각 딱지 뗐
　　　지. 내가 처녀 딱지 뗐단 말이오? 총각 딱지는 값이 안 나가지만
　　　처녀 딱지는 언제나 비싼 법이라우.

희집 : 아아, 옛날이여.

농담 : 여기 옛날이는 없다.

희집 : 아아, 내 청춘아!

자리 : 청춘은 물방아 같은 힘을 가졌지. 거선의 힘과 같은 박력도 있고.

희집 : (노래조로) 과거는 흘러갔다.

처녀 : 춘향이를 봐. 딱지 떼 준 이몽룡이만 기다리니 나중에는 거물급
　　　정경부인이 됐잖아. 나도 그럴 줄 알았지. (희집에게 다가가며) 그
　　　런데 당신은 이몽룡이가 아니더라구요.

희집 : 그럴 수밖에 내가 공부를 했나, 과거를 봤나, 아니면 백그라운드가
　　　튼튼한가. 내가 이몽룡이 정도의 처지에 있었다면 당신같은 여자
　　　와는 결혼하지 않았을거야.

처녀 : 저러니 남자들은 다 도둑놈이라니까! 첫날밤엔 뭐가 그리 쑥스러
　　　운지 신부 옷도 벗기지 못하고 멀찍이 있더니…….

희집 : 그렇기는 해. 첫날밤엔 그냥 오줌을 싸겠더구먼.

처녀 : 억지로 끌어다가 옷을 벗기게 했더니 떨기는 왜 그리 벌벌 떠는지.
　　　첫날밤 일도 못할 줄 알았다니까.

희집 : 당신은 참 그때 아는 것도 많더군.

처녀 : 그런 걸 아무도 가르쳐 주지 않는다, 그렇지만 지가 알아서 한다
　　　고 하는 거요. 봉숭아 씨주머니는 때가 되면 저절로 터지는 것과

같은 원리란 말이요.

세월 : (참견을 한다) 그런데 당신들 여기서 이렇게 계속 다투고 있을 거야. 지금 고민에 빠진 건 나란 말이야. 당신네들은 다 살아 보고 할 일이 없잖아.

자리 : 그렇군. 우리가 저 사람들의 다툼에 넋을 잃었었어.

희집과 처녀 : 어쨌든 우리가 결혼식을 할 때에는 황홀했었어. (노래조로) 우선 겉치장을 살펴서 점검해 보자. 신랑이 타는 말은 배꽃같은 배설마로, 푸른 머리장식은 은빛 같은 당사 안장을 얹어서 별초 김 아무개가 지난 번 새로이 납품한 것이니 신랑말로서는 제일입니다. 무늬 있는 청사초롱 두 쌍은 훈련도감의 것이요, 또 하나는 금위영에서 빌린 것이올시다. 여덟 장 짜리 민무늬 돗자리와 행보석은 장홍고에서 빌린 것이오, 모란을 수 놓은 병풍은 제용감의 것이요, 상보도 제용감의 것이로다. 놋쇠로 된 큰 촛대 두 개는 공조, 고족상은 선공감, 향꽂이는 사복시, 향받침은 상의원, 산기러기는 경감영, 부용향은 내국, 청원향·목홍총·심홍촉·홍라소·만화방석·전안석·교배석은 각 아문과 호조와 선혜청에서 빌려왔습지요.

용머리 새긴 함을 진 함지기는 세물전 사람이고, 기럭아비 쓴 붉은 비단갓의 갓끈과 신발은 군대에서 차용하고, 신부가 탄 금전교자는 세물전에서 빌린 물건이 아니라 효경교에 사는 박생원의 소유라서 세내어 왔소이다.

전안에게 절할 때에 차질나기 쉽고, 말타고 떠날 때에 떨어지기 쉬우며 붉은 촛불 아래서 다시 삼갈지어다. 생전 처음 공작 병풍 속의 밤이요, 분에 넘치는 부용장막 속의 봄이로다. 자세히 보아도 알기 무척 어렵네. 신선인가 귀신인가 꿈인가 생시인가.

어이구. 한 무리 시종들을 잊을 뻔했구려. 호조와 선혜청과 한성부 요부의 서리·서원·사령·통대방 등이 일제히 나아갈 차례로다.

신랑 차림 살펴보세. 신랑이 어리지 않으니 가늘고 가는 양대 검은 갓이고, 세모시 청포도, 세모시 중치막, 희모시 소창의에 생명주 홑적삼이며 초록 비단 허리띠에 두록대단 두루주머니에 주황색 당사로 나비모양 수술 달았네. 흰모시 통행전, 초록비단 가는 대님, 홑끈 망건, 붉은 대모 관자, 자주색 비단 끈, 검은색 가죽 바탕에 사슴가죽 명주색 신 등 모두 준비하였으니 무슨 걱정 있으리오.

겹비단 사모에다 자주색 비단 관대, 검은 사슴 가죽신, 관대 안에 자주색 겹창의, 푸른 색 삼대 승두선이니 지극하고 극진하다.

집이 가난하면 옷 또한 남루하고, 옷이 새것이면 사람 또한 새롭다오. 풍채 좋은 저 사람 도포를 입으니 단아한 모습이 선비와 같구나. 관대를 띄고 나니 옷맵시가 중신처럼 휘황하네. 한 입으로 어찌 모두 말하리. 마땅히 장인 장모가 함바가지처럼 입이 벌어져서 옷을 거꾸로 입고 두건을 떨어뜨리리라.

신랑 의복 그만하고 저 신부 의복 점검하게. 흰모시 붉은 적삼, 구슬처럼 빛나는 명주쌍침 허리띠, 흰모시 네 폭 속옷, 가는 베붕어 모양 잠방이, 진홍빛 주름 비단 겹치마, 쪽빛 가는 명주 홑치마, 청모시 모통 치마며 웃옷은 초록색 송화색 보라색으로 되었는데, 갑사 숙초 광월사 등이니 자주색 삼회장 저고리요, 오합무지기 삼합무지기, 가는명주 버선이며 선질홍안 비단 당혜며 낭자머리는 육진월, 족두리, 은죽철로 꾸몄도다.

속담에 이르기를 생전 호사 한 번이요, 죽은 호사 한 번이라 했는데, 난생 처음 호사로다. 거두미와 붉은 장삼, 금실로 봉황을 수놓은 스란치마와 진주부채는 모두 저 수모에게 세낸 물건이더라.

새에게 날개와 깃이 없으면 문채가 없고, 아녀자에게 옷이 없으면 몸을 가릴 수 없도다. 마침내 비단옷과 화장품으로 단장하니 허술한 초가삼간에 비로소 아홉 촉 치마 입은 미인이 있음을 알겠네. 할망구야 묻지 마소. 비상한 팔자요 무한한 천은이로소이다.

신랑 전안할 때와 신부 신행 때에 임무를 맡은 하님이 합해서 몇 쌍인가? 나조 채비 한 쌍이요, 향동자 채비 한 쌍이요, 부용향 채비 한 쌍이요, 홍조 채비 한 쌍이라, 납채 때에 쓴 것을 전안 때에 또 쓰고 신부례 때에 향하님 한 쌍은 남저고리에 자주 저고리요. 경대 하님과 식시 하님이 마주 대하여 모두 아이 하님인데 삼회장 옥색 저고리에 남색 치마요, 향하님 한 쌍의 옷도 이와 같구나. 폐백 하님 한 쌍과 몸 하님 한 쌍은 모두 초록 삼회장 저고리에 남치마로다. 아이 하님 한 쌍은 족두리와 초록 당의에 붉은 치마요, 도투락댕기 드렸구나. 유모·수모·방지기 등이 쓸 물건은 미리 대령하였더라.

신방 한 번 살펴보자. 비단에 화조 그린 침실 병풍, 화문석 돗자리, 네모난 초록 비단이부자리, 꽃 수놓은 진홍비단 이불깃, 자주색 명주 처내, 뒤가 붉은 돗자리요, 둥근 면에 봉을 수 놓은 것은 신랑 베개, 네모진 면에 봉을 수 놓은 것은 신부 베개라. 남자 요강, 여자 요강, 남자 빗, 여자 빗, 폭 넓고 올 가는 다섯 자 베수건이오, 비누통과 양치목이며 옻칠 금칠 혼서함에 금전지와 모단보와 분홍 명주보로 안과 밖을 쌌으니 일문보와 자주색 보자기라. 누런 옻칠 농황상, 새빨간 삼층 경대, 용을 그린 설합이라.

아서라. 금갑경 놋젓가락 유기 반상이니, 신방에 있는 것이 또한 적지 아니 하구나.

베개를 베는데 처음에는 내 머리인가 의심하고, 옷을 입는데 내 옷인가 의심하며, 밥이 나오는데 내 밥주발인가 의아하게 여겨지

리라. 모란 병풍은 오늘 처음 보는 것이며, 금갑경은 과시 평생에
듣지 못한 것이로다. 그대는 모름지기 알아야 할지어다. 저것이
요지경 세계며 또한 그림 속의 신선인 것을.

모든 일을 마쳤으니 잔치 절차 또한 간략하게 할 수 없도다. 봉상
시 요리사 몇 명을 빨리 불러 알아서 준비하게 할지어다. 시루
떡·인절미·골무떡·백설기·송편이며 난면·산면이며 유
과·붉은 산자·흰산자·중백기·다식과 양색 유밀과 고기만
두·어채·개장·영계찜·생선회·육회·고기전·화양누루
미며 돼지고기·수육·사과·능금·은행·자두·배·밤·대
추·참외·수박 등을 모두 요리사에게 책임지워 진설하게 할지
어다. 아아, 수파련을 안 꼽을 수 없구나. 저편 사또 상이 하마연
처럼 잘 차려졌구나.

평생음식으로 죽과 밥만 알았는데, 한 숟가락 맛보지 않아도 배가
부르구나. 반 됫박 누런 밤은 신랑 소매에 들었고, 석 잔 술 붉은
실은 수모의 술동이에 들었도다. 마음껏 먹어 보세. 저렇게 큰 상
은 평생 다시 못 받겠네.

희집 : 굉장하였지.

자리 : 그런데 둘이 만나면 그렇게 다툼을 하나?

희집 : 살다보면 이런 다툼이 꼭 필요하다는 걸 알게 될 거야. 의미있는
것같지만 별 의미없는 것, 별 의미가 없는 것 같지만 의미가 있는
것, 그것이 인생이야.

농담 : (희집에게) 그러면 당신은 맨날 이 여자(처녀를 가리키며)에게 벌벌
떨면서 살았단 말이야?

세월 : 지금 네 처지를 확인하는 거냐?

농담 : (자리에게 화난 표정을 짓는다)

희집 : (농담에게) 늘 그런 것은 아니었지.

농담 : 아니, 어떻게 해서 달라졌나?

희집 : 내가 첫날밤을 지낸 뒤에 친구들에게 달린 적이 있지.

세월 : 달리다니?

처녀 : 아, 깨끗한 처녀를 데려다가 벌집을 쑤시듯이 헌 여자로 만들어
놓았으니 벌을 받아야 할 것 아니요?

자리 : 벌을 받다니?

처녀 : 말하자면 그런 거고, 어른이 됐으니 신고식을 하는 거지요.

자리 : (농담에게) 그런 거 했나?

농담 : 글쎄. 이 바쁜 세상에 무슨 신고식! 기억에 없어.

자리 : 장가든 지 몇 년 됐다고 기억에 없냐?

농담 : 장가들 때 그 어려움은 하루라도 빨리 잊는 게 나아.

세월 : 그래도 장가는 드는 게 좋으냐?

희집 : 그럼. (처녀를 껴안으며) 예쁜 마누라와 함께 한평생을 보내는 건
참 아름다운 일이지. 같이 늙어 가면서 세월이란 그런 것이구나
하는 걸 배우는 거야. 그런데 잊어서는 안 되는 게, 그 첫날밤 지
낸 후에 달린 일이란 말이야. 그건 우리가 살아가는 과정에서 중
요한 역할을 했어?

세월 : 중요한 역할?

희집 : 청량제같은 역할이었지.

농담 : 아, 어떻게 달렸는데?

처녀 : 나도 그때는 이 양반이 맞아 죽는 줄 알았어요. 남정네들이란 참
으로 웃기는 존재들이더라구요.

세월 : 왜요?

처녀 : 친구라고 하면서 막 두드려 패는 겁니다. 장가들었다는 이유만으
로요.

희집 : 아니 사람아. 그러면 왜 내가 두드려 맞는 것을 그대로 보고만 있

었단 말이야.

처녀 : 이제서야 말이지만 당신이 얻어맞는 걸 보니 통쾌한 맛이 있습니다. 나도 첫날밤을 치르고 난 뒤에 뭔가를 잃어버린 것 같아서 마음이 허전한데, 남편이 처녀를 도둑질했다고 얻어맞는 것을 보니 기분이 개운해지더라구요. 아하, 이 양반이 나에게서 뭔가를 훔쳐 가긴 훔쳐 간 모양이로구나 하고 말입니다.

농담 : 그게 뭔데요?

처녀 : (힐난조로) 다 알면서 뭘 물어요!

희집 : 어쨌든 나도 신랑달리기를 하고 나니까 뭔가 새로운 것을 느끼겠더라구.

자리 : (희집에게) 얼른 어떻게 달렸는지 얘기나 해 보라구.

다음의 장면은 실루엣으로 처리하는 것이 좋다.

총각들 : '삼 년 대한에 단비를 만나고 천리타향에서 친구를 만나도다. 화촉 동방에 달없는 밤이요, 소년이 금방에 장원급제 할 때라'하는 저 싯구는 옛 사람이 네 가지 기쁨을 노래한 시로다. 이 네 가지 일은 모두 사람들이 하고 싶어하는 일이나, 동방에 화촉 밝힌 밤이 더욱 재미있도다. 노도령이 화촉을 밝힘에 이르러는 인간세상의 극락이로다. 요사이 들으니 김도령이 조정의 처분으로 장가를 들었다 하니 우리들이 모두 가 보아야 하겠네. 이 혼인은 여느 혼인과는 다를 뿐더러 사백 년 이어온 고풍이 있으니, 불가불 일차로 가서 축하도 하고 매타작도 해야 할 것 아닌가?
김도령아! 아차 김서방 집에 있는가?

희집 : (나와서 본다)

총각 1 : 자네의 일이 아주 특이한 일임을 잊었는가?

희집 : 막비천은이니 감축무지일세.

총각 1 : 성덕이요 성덕이로다. 복숭아의 예쁨이여, 빛나고 빛나도다. 여자가 시집감이여 그 집에 마땅하다 하였으니, 정말로 오늘의 성덕이로세.

총각 2 : 총각들아, 돌연변이라 하였으나, 네 모양은 오늘 고기가 변해 용이 되었구나.

총각 3 : 그대는 사백 년 내려온 고풍을 아는가? (김희집이 크게 웃는다)

총각 1 : 우리 세 사람 중에서 내가 당상이니 내가 마땅히 죄목을 물어서 자네는 일일이 사실대로 고해야 하네. 누가 몽둥이를 들겠는가? 법에 따라 하게.

총각 2 : (크게 소리지르며 허리끈을 빼앗아 오랏줄을 만들어 희집을 붙들고 앞으로 나온다) 어느 쪽 발이 자네가 미워하는 발인가? 속히 미워하는 발을 이 안에 넣게.

희집 : (할 수 없이 나와서 부득이 발을 그 안에 넣는다. 총각 2가 끈을 어깨에 메고 등을 돌려 선다)

총각 3 : 꼬마야, 너는 빨리 다듬이 방망이를 가져오너라.

아이가 방망이를 가져온다.

총각 3 : (때린다) 장마 비처럼 족쳐야겠군. (매가 떨어진다)

희집 : 아야야, 아야야. 무슨 심한 죄를 지었길래 이처럼 심한 매질을 하는고?

총각 1 : (웃는다) 자네의 죄를 자네가 진실로 모르겠나? 자네가 장가들기 하루 전에 무슨 물건을 보냈는가?

희집 : 혼서지와 채단을 보냈네.

총각 1 : 또 무슨 물건을 보냈는가?

희집 : 함을 보냈네.

총각 1 : 그 함을 시장에서 사왔는가, 집에서 만들었는가? 또 어떻게 보냈
는가?

희집 : 호조에서 보내왔고 기럭아비가 지고 갔네.

총각 1 : 호조에서 준비해 보냈으면 특별히 만들었을 것이네. 노도령은
함을 중하게 여길 것이니 지고 가기 어려웠을 것이네. 그런데 자
네는 장가들 때에 단순히 구경만 했다니 그것이 말이나 되는가?

희집 : 구경하는 늙고 젊은 사나이와 여편네들이 많았는데 말소리는 듣
지 못했네.

총각 1 : 간악도 하도다, 간악하도다. 매우 쳐라.

총각 3 : (때린다)

희집 : 아야야 아야야, 바로 말하겠네 바로 말하겠네. 큰일 위에 아이들이
뒤를 쫓아와서 일제히 소리를 질러 놀리기를, '새 서방아 새 서방
아, 새 아기씨 데려다가 어제 가난할 적에 준 밥값 갚으소.'하기도
하고 또 한 패거리들이 야유하며 말하기를 '수염아 수염아, 저 신
랑 수염이 있으니 나이가 십에 오가 꽉 찼으니 묘하고 묘하도다.'
라고 했고, 그 외에는 진실로 들은 바 없네.

총각 1 : (웃는다) 자네가 말을 타고 처가에 도착할 때에 말 머리가 먼저
들어갔는가, 자네 머리가 먼저 들어 갔는가?

희집 : 그야 말머리가 먼저지. (여러 사람이 크게 웃는다)

총각 1 : 자네가 곧바로 말에서 내린 뒤부터 합궁할 때까지의 그 과정을
자세히 아뢰게.

희집 : 살려주게, 살려주게. 제발 덕분에 살려주게.

총각 1 : 자네 온몸이 조정의 덕분이거늘, 자네가 마음을 내어서 언감생
심 살려 달라고 비는가? 매우 쳐라.

총각 3 : (때린다)

희집 : 아야야, 아야야. 내가 말을 타고 처가에 도착하여 전안에 절하고
조금 물러서서 또 절했네.

총각 1 : 그 다음이 첫날밤인데 어떻게 했는가?

희집 : 밤에는 잠이나 잤지.

총각 1 : 자네가 합궁절차를 언감생심 빼먹으려고 하는가? 빨리 자세히
말하라.

희집 : 내가 저녁 먹은 후에 신방에 들어가니 황촛불은 휘황하고 비단이
불은 찬란하고 향연은 자욱한데 아무도 없었소이다. 그때에 신부
가 들어오더군. 내가 머리 들어 자세히 보니 얼굴은 안 보이나, 아
까 절한 내 아내더군. 그래서 붉은 치마 벗기고 푸른 옷 벗기고
은비녀 뽑고서 속옷 벗기고 잘 잤다오.

총각 1 : 노도령 행사는 불문가지로다. 또 자네의 혼인은 따로 호조판서
로 하여금 조정에서 내려 보낸 것이니, 처녀를 빼앗은 여타의 범
상한 도적으로 죽어 마땅하나 잠시 보류하네. 우리를 어떻게 대접
하느냐에 따라 벌이 더하고 덜할 것이네.

희집 : (일어나 앉으며) 큰 욕이로고, 큰 욕이로고. 애야 술집에 가서 몇
잔 소주와 좋은 안주 좀 사오너라.

총각 2 : 이제 자네의 그 물건은 안주로 쓸모가 없네.

총각 1 : 아니 이제는 딱 쓸만한 일이 생겼지 않나.

희집 : (아픈 표정) 아 알았네, 알았네. 술이나 드세.

총각 3 : 처녀 도둑에게 술 얻어 먹고 우리도 도둑 연습이나 하세.

모두 : 그것도 좋은 일이로고. (노래한다)

금박입힌 나비떼 수를 놓은 원앙새
백마의 금안장이 동리 문에 빛나도다.
임금 내린 붉은 비단

삼백 척 모두가 임금의 은혜로다.

봄바람이 빈가에는 불지 않아
쓸쓸하게 앵무새 울어울어 중늙은이 되었네.
오늘밤 임금이 큰 은혜 베푸시니
푸른 나무 양 가지에 늦게 핀 복숭이꽃.

실루엣 사라진다.

세월 : (한탄조로) 성은이 망극한 일이로고.

처녀 : 정말로 감읍할 일이었지요. 노처녀 노총각이 혼인하여 즐겁게 산
　　　다는 건 국가의 장래를 위해서도 좋은 일입니다.

희집 : 신랑으로 달리고 나니까 진짜로 그런 생각이 들더구만. 내가 어른
　　　이 됐는가부다 하고 말이야.

처녀 : 그때 당신이 내게 요구한 건 자식 낳기를 바라는 것뿐이었어요.

희집 : 그래, 그랬지만 구남 오녀밖에 더 나았나?

농담 : 구남 오녀?

희집 : 그렇게 많은 것 아니야.

자리 : 그렇게 해서 어떻게 아버지의 자리를 찾았수?

희집 : 아버지의 자리는 무슨 아버지의 자리. 등골이 빠지게 일하는 것
　　　말고는 아버지의 위치를 찾을 데가 없었지.

농담 : 그러고도 살맛이 났었단 말이야?

희집 : 아내가 있었거든.

처녀 : 이제 와서 아내가 중요한 줄 아는가베.

세월 : 왜요?

처녀 : 그때에는 심심하면 다투었지요. 뭐 스트레스를 받으면 일찍 죽는

다나, 어쩐다나 하면서…… 그걸 가관이라고 하는 걸 거요. 아랫
목에 누워서 재떨이 가져 와라, 베개 가져와라, 다리 좀 주물러라.
그래 놓고 밤에 웬놈의 등산은 그렇게 하려고 하는지 원.

농담 : (진짜 모르는 듯이) 밤에 등산을 해요?

희집 : (천연덕스럽게 낮은 소리로) 그때는 놀이의 방법이 그것밖에 더 있
었나? 골프가 있나, 수영이 있나, 프로 야구가 있나, 가요 톱 텐이
있나, 엔비에이 농구 중계가 있나. 아, 겨울에 해는 좀 일찍이 지
나. 불을 켜자니 돈이 들지. 어두컴컴한데 잠은 안 오지. 그래, 옆
에 있는 산에나 오르지 뭘 하겠나. 그것도 꽤 어려운 운동이거든.

세월 : (한심하다는 표정으로) 예나 지금이나 똑같은 소리구면.

희집 : 어쨌든 결혼하면 사람이 달라져. 한 번 해 봐. 백문이 불여일견,
백견이 불여 일행이야. 한 번 해 봐, 삶이 달라져!

세월 : 내가 결혼한다고 이 현실이 바뀌나?

농담 : 너는 무슨 일에든지 그렇게 의미를 부여하려고 생떼를 쓰는 거냐?
살다보면 이럴 수도 있고 저럴 수도 있는 것이지…….

자리 : 아니 결혼한다고 날 받아 놓은 놈이 이렇게 심드렁해서야 결혼한
후에 신부가 무슨 맛에 살겠니.

희집 : 신랑달기가 뭔지 아직 몰라서 그래. 사람이란 어떤 자리에 앉게
되면 그 자릿값을 하게 마련이거든.

처녀 : 그 말은 당신이 늘 하던 말이었는데, 오늘 이 상황에 아주 적절한
말입니다그려.

희집 : 암, 내가 그래도 이 사람들보다 이백 년을 더 살았잖아.

처녀 : 그러면 이 사람에게 당신이 겪은 것처럼 신랑달기 본을 보이지요.

농담 : 그거 좋은 생각입니다. 끈을 구해 와야지. (찾는다)

자리 : (접시에서 오징어를 집어서 얼굴에 가리며) 아니, 함을 팔러 가지도
않았는데, 신랑달기부터 한단 말이야. 함 사려, 함 사려!

희집 : 일단 이 사람을 달아놓아야 생각이 바뀔 것 같네. 끈을 찾아 봐!

자리 : (주머니를 뒤진다) 끈이라, 끈이라. (주머니에서 종이 조각이 나온다. 글씨를 들여다보고) 동상기? 아! 이건 해결됐잖아. 아버지 자리 유지는 됐구먼, 히히. (주머니를 계속 뒤진다) 끈이라, 끈이라.

농담 : (끈을 찾아 가지고 온다) 여기 끈이 있네.

희집 : 끈을 옭아서 고리를 두 개 만들어. (농담이 하는 일을 거든다) 옳지 옳지. 됐어.

자리 : 야, 이 도둑놈아. 어느 발이 미운 발이냐. 미운 발을 여기에 넣어라. 웬지 좀 쑥스럽군.

처녀 : (몽둥이를 찾아 들고) 여자 도둑놈은 뒈지게 얻어맞아야 해. 첫날밤 지난 후로부터 여자가 기를 못 피게 만드는 놈들은 이 몽둥이로 처단을 해야 한단 말이야. (몽둥이를 흔들어 댄다)

희집 : 당신이 매질을 할려우?

처녀 : 그렇소. 새 장가를 든다는 총각을 보니 내가 옛날에 당신에게 당했던 첫날밤 기억이 나서 그냥 있을 수가 없어요.

자리 : 할머니, 농담이시죠?

처녀 : 농담 좋아하지 마시오. 여자는 결혼 전이나 후나 깨끗한 영혼을 가지고 싶어한단 말이오. 내가 결혼을 앞둔 모든 여성을 대신해서 남성들에게 경고를 보내는 것이오. (농담에게) 자, 들쳐 메시오.

농담 : (어쩔 수 없이 들쳐멘다. 세월이 거꾸로 달린다)

세월 : (비장한 어조로) 도대체 이 세상에서 내 뜻대로 할 수 있는 게 뭐가 있단 말인가? 두드려 패서 사람이 바뀐다면 얼마나 좋겠나. (절규하듯이) 꿈 속에서 나를 괴롭힌 것이 이것이었단 말이냐?

처녀 : (그 자리에 서서, 큰 소리로) 똑바로 들쳐 메시오! 똑바로! (희집과 자리에게 어서 퇴장하라고 손짓한다) 똑바로 들쳐 메시오, 똑바로. 똑바로, 똑바로. (소리가 점점 작아지며 자신도 천천히 퇴장한다)

농담이 세월을 들쳐 메고 서 있는 곳에만 조명이 비친다. 얼마 후,
<Who'll stop the Rain>이 들려오다가 무대 전체가 어두워진다.

— 막 —

주인공 찾기

때 ―

1999년의 이른 봄

장소 ―

어느 도시의 중심가에 있는 조그만 가게 앞.

등장인물 ―

남자 1

서른 다섯 살 정도. 여자 1의 아들.

남자 2

마흔 일곱 살 정도.

여자 1

쉰 다섯 살 정도.

여자 2

스물 두 살 정도. 남자 2의 딸.

해설자

나이는 마흔 살 정도. 옷차림이 괴상함. 특히 큰 구두를 신은 점이 인상
적임.

그 외에 지정된 관객이 몇 명 있어야 함.

<제1막>

재개발이 시작된 도심지의 거리, 해가 져서 거리는 어두워지기 시작하고 몇 군데 아직 헐리지 않은 상점들에서 불빛이 나온다. 도심지의 거리라는 인상을 주지 못 할 만큼 길이 어두컴컴하다. 남자 1이 벗어든 웃저고리의 주머니를 뒤적이면서 무대 오른쪽에서 나온다. 약간 비틀거리는 걸음걸이다.
이 작품이 공연되는 동안에 배우들은 대사의 내용에 따라 적당히 무대 위에서 서로 움직여야 한다. 상점 앞에는 몇 개의 의자가 무질서하게 놓여 있다. 대화를 나누는 두 사람은 경우에 따라서 그 의자에 앉았다 일어났다 할 수 있다. 다만 서로 주고받는 말의 성격에 따라 충돌이 일어나더라도 싸우는 모습을 보여 주어서는 절대로 안 된다.

남자 1 : 어디 갔지. 여기다 넣어 두었는데. (상점에서 흘러나오는 불빛에 옷을 들어 비추어 본다) 제기랄, 내 머리가 십육비트도 안 되는 모양이군. (옷을 이리저리 돌리면서 주머니를 자꾸 뒤진다) 아니 그래서는 안 되지. (바지 주머니까지 뒤지면서 좀더 조급해 한다) 내 머리가 그 정도의 용량이라면 일찌감치…….

남자 2 : (상점에서 고개만 내밀고 남자 1에게 말을 건넨다) 물건 살려거든 들어오슈. 가게가 작아 보여도 웬만한 물건은 다 있수다. (남자 1을 이리저리 살핀다)

남자 1 : (남자 2의 말에는 아랑곳없이 계속하여 주머니만 뒤진다)

남자 2 : 이제 이곳을 떠날 사람은 거의 다 떠났는데.

남자 1 : (재빨리 말을 가로 채어서) 누굴 찾아 왔느냐 이 말쌈이시죠. (남자 2를 쳐다보지도 않고 주머니를 계속하여 뒤진다)

남자 2 : (말을 빼앗겨서 재미없다는 듯이) 말쌈, 말쌈이라.

남자 1 : (계속하여 뒤지며) 그래요.

남자 2 : (기분이 상해서) 말쌈이라. (상대방을 자세히 살핀다) 그럼 내가 당
　　　　신한테 말한 게 쌈이란 말이요?

남자 1 : (머뭇거리다가) 아, 말쌈이 아니라 말씀이라고.

남자 2 : (말을 바로 가로채서) 해야 된다 이 말씀이렷다.

남자 1 : 복수를 하시는군요.

남자 2 : 발음을 정확히 하자면 (남자1의 모습을 자세히 살펴 보고 말을 슬
　　　　며시 놓는다) 복수보다는 복싱이 낫지. 글러브를 끼고 하는 것보다
　　　　도 맨주먹으로 하는 거.

남자 1 : (어처구니가 없다) 복수란 말입니다.

남자 2 : 요새는 십이 라운드까지 하지. 많이 맞으면 죽거든.

남자 1 : (남자 2가 무슨 말을 하는지 이해할 수 없다. 소리를 약간 높여서)
　　　　복수라니까요.

남자 2 : 그렇지 힘있는 놈이 힘 없고 작은 놈 (힐끗 남자 1을 쳐다본다)
　　　　을 두들겨 패 보라구. 죽지 죽어.

남자 1 : (어이가 없다. 큰 소리로) 복수요, 복수.

남자 2 : 그래, 복수, 복수 그놈이 복싱을 참 잘 했지. 암, 잘 하고 말고.
　　　　(뭔가 석연치 않다) 그런데 복싱을 잘 하는 놈이 왜 맞아 죽었지?
　　　　어이, 그 놈이 왜 죽었는지 아슈?

남자 1 : (무슨 말인지 어리둥절하다)

남자 2 : 쌈 자알 했는데.

남자 1 : 말쌈?

남자 2 : 농담하나?

남자 1 : 그러면 무슨 쌈.

남자 2 : 주먹쌈

남자 1 : 누구하고?

남자 2 : 나하고.

남자 1 : 그러면 그 사람이 죽은 이유를 내가 어찌 알아요?

남자 2 : 그렇군, 아, 그렇지 (멍해지는 표정을 짓는다)

남자 1 : 왜 죽었나요?

남자 2 : 누가?

남자 1 : 그 사람이.

남자 2 : 그 사람?

남자 1 : 예에, 그 사람.

남자 2 : 그 사람? 누구?

남자 1 : 복수.

남자 2 : 아아, 벽수

남자 1 : 복싱

남자 2 : 두들겨 맞았지.

남자 1 : 그래서.

남자 2 : 저기로 갔어. (팔을 들어서 뒤쪽을 가리킨다)

남자 1 : 과거를 후회하는군요.

남자 2 : 상당히 친했었지.

남자 1 : 밥도 나누어 먹고요.

남자 2 : 내가 공납금도 대신 내 주었었지.

남자 1 : 시험도 대신 쳐 주었지요?

남자 2 : 길이 달랐어.

남자 1 : (노래가락으로 뽑으며) 모르는 사람들은 제 갈 길로 가는구나.

남자 2 : 웃지 마.

남자 1 : 비웃는 겁니다.

남자 2 : (일격을 당한 기분이다)

남자 1 : 데모해 보셨어요?

남자 2 : 유신대학인데? 자네는?

남자 1 : 오공대학입니다.

남자 2 : 그래서?

남자 1 : 흩어져야만 살지요. (술이 다 깬다)

남자 2 : (이승만 전대통령의 소리를 흉내내어) 뭉치면 살고 헤어지면 죽습
　　　　니다 그랬는데?

남자 1 : 그건 케케묵은 고전입니다.

남자 2 : (큰 목소리로) 우리가 요구하는 바는 피와 땀과 눈물뿐입니다.

남자 1 : 먹물깨나 묻은 사람들의 잠꼬대죠.

남자 2 : 나보다 젊은데.

남자 1 : 나이가 벼슬은 아니니까요?

남자 2 : 그러면?

남자 1 : 권력과 돈입니다.

남자 2 : 얼마나?

남자 1 : 다다익선(多多益善)이죠.

남자 2 : 그렇지 못하면?

남자 1 : 찾아가야 하는 거죠. (갑자기 생각난 듯 아까 하던 행동을 계속한
　　　　다)

남자 2 : 누구를?

남자 1 : 나를.

남자 2 : 자네를?

남자 1 : (고개를 끄덕끄덕 한다)

남자 2 : 왜?

남자 1 : 난 찾을 게 없으니까요.

남자 2 : 그러면?

남자 1 : 내가 종착역이 되는 거죠.

남자 2 : 그 다음은?

남자 1 : 줄줄이 엮여 들어가는 거죠.

남자 2 : 그런데…….

남자 1 : 너는 어떻게 여기에 서 있느냐 그 말씀이죠?

남자 2 : 말쌈이 아니군.

남자 1 : 지금 나는 싸우고 있는 중입니다.

남자 2 : 나하고?

남자 1 : 잃어버린 물건하고.

남자 2 : 어떻게?

남자 1 : 그게 끝까지 숨으면 나는 끝까지 찾아내고 마는 거죠.

남자 2 : 그리고는?

남자 1 : 또 숨게 하는 거죠.

남자 2 : 그게 뭔데?

남자 1 : 아저씨도 몰라요?

남자 2 : 나는 유신대학 출신이니까.

남자 1 : 그때에도 진실은 모두 숨어 있었나요?

남자 2 : 진실? 어떤?

남자 1 : 모르십니까?

남자 2 : 글쎄.

남자 1 : 나도 몰라요.

남자 2 : 오공대학인데?

남자 1 : 마구 뛰어 다녔거든요.

남자 2 : 개처럼.

남자 1 : 냄새만 맡고도 뛰는 거죠. 냄새의 사정거리에서 벗어나야 하니
    까요. (코로 냄새 맡는 시늉을 하다가 손수건을 꺼내어 코를 막는다)
    지금도 벗어나지 못하고 있어요.

남자 2 : (그 말의 뜻을 모른다)

남자 1 : (손가락으로 어두운 쪽을 가리킨다)

남자 2 : (시선을 남자 1의 코에서부터 팔을 거쳐 손가락이 가리키는 쪽으로
        옮긴다)

남자 1 : (최루탄 쏘는 소리가 들린다. 급히 무대 위에 엎드리면서) 엎드려요.
        엎드려. (남자 2는 멍청하게 서 있다) 엎드리라니까요.

어두운 쪽에서 낡은 건물 부수는 소리가 들린다.

남자 2 : 이 놈들 또 시작했군. 밀어붙이기 작전이야, 밀어붙이기 작전.

남자 1 : 손수건으로 코를 막고 엎드려요, 빨리. 나중에 설사 만나서 고생
        하지 말고.

남자 2 : 요새 설사약은 기가 차게 좋다네.

남자 1 : 농담할 때가 아닙니다.

남자 2 : 그러면?

남자 1 : 실제 상황입니다.

남자 2 : 무슨?

남자 1 : 최루까스가 날아오고 있잖아요?

남자 2 : 언제?

남자 1 : 지금요.

남자 2 : 어디에서?

남자 1 : (어두운 쪽을 가리킨다)

남자 2 : (어두운 쪽으로 목을 길게 빼고 쳐다본다.건물 부수는 소리 잠시 멈
        춘다) 무슨 소리를 하고 있는거야, 원. 이런 제미랄.

남자 1 : 맞아요, 지랄탄이라는 게 있어요. (일어나 앉는다)

남자 2 : 지랄탄?

남자 1 : 막 돌아다녀요. (손을 요리조리 돌린다)

남자 2 : 자네가?

남자 1 : 최루탄이요.

남자 2 : 누굴 찾아서?

남자 1 : 지랄하는 사람들.

남자 2 : 지랄하는 사람들?

남자 1 : 민주화를 주장하는 사람들이죠.

남자 2 : 위에서? 아래에서?

남자 1 : 가운데에서.

남자 2 : 민중들?

남자 1 : 그래요.

남자 2 : 자네는?

남자 1 : 조금 했었죠.

남자 2 : 그게 지랄이었나?

남자 1 : 모두가 지난 이야기니까요.

남자 2 : 즐거웠던 그날이 오올 수 이있다면?

남자 1 : 우리에게 과거는 슬픈 것이죠?

남자 2 : 독일에 거주하던 유태인 과학자가 있었지. 칼리스라고 했네. 그
　　　　 사람이 뭐라고 했는지 아나?

남자 1 : 칼피스는 음료수죠.

남자 2 : 인간에게 가장 무서운 적은 망각이라고 했다네.

남자 1 : 그러나.

남자 2 : 과거는 흘러갔다.

남자 1 : 마음 속에.

남자 2 : 아프게.

남자 1 : 남는 것.

남자 2 : 세월처럼.

남자 1 : 세월이 약이겠지요.

남자 2 : 오공출신답지 않군.

남자 1 : 출신을 말합니까?

남자 2 : 그건 아주 중요한 거지.

남자 1 : 왜요?

남자 2 : 슬픈 결속을 이루게 해 주는 거니까?

남자 1 : 슬픔?

남자 2 : 그건 변절과 배신의 원인이 될 수도 있어.

남자 1 : 돌아누운 돌부처처럼 말입니까?

남자 2 : 생각보단 똑똑하군.

남자 1 : 원고료가 비쌌다죠?

남자 2 : 슬픔에 대한 보상의 방법으로.

남자 1 : 그렇다고 그 슬픔이 사라지나요?

남자 2 : 슬픔과 돈의 관계는 이별여행과 여비마련의 관계이지.

남자 1 : 세대가 다른데요?

남자 2 : (손가락으로 남자 1과 자신을 번갈아 두어 번 가리킨다)

남자 1 : (고개를 좌우로 서너 번 젓는다)

남자 2 : (손가락으로 위와 아래를 번갈아 가리킨다)

남자 1 : (고개를 좌우로 서너 번 젓는다)

남자 2 : (답답하다는 표정으로 남자 1의 주위를 몇 바퀴 돈다)

남자 1 : (계속하여 머리를 가로 젓는다)

남자 2 : 이별여행과 세대차이의 관계는 사랑과 화합의 관계지.

남자 1 : 농담이 밥먹여 줍니까?

남자 2 : 세대차이와 농담의 관계는 정치와 국민의 관계지.

남자 1 : 앞서가는 선지자 오분 먼저 갈려다가 오십 년 먼저 갑니다.

남자 2 : 정치와 선지자의 관계는 박지원과 이지함의 관계지.

남자 1 : 새해 첫날 토정비결 보셨군요?

남자 2 : 박지원과 토정비결의 관계는 허생전이지.

남자 1 : 경제법칙에 의한 만민의 오락 말입니다.

남자 2 : 허생전과 만민의 오락의 관계는 고스톱이지.

남자 1 : (조금씩 재미가 생긴다) 고스톱은 문화인의 병!

남자 2 : (웃긴다는 말투로) 아니야. 가족질서 확립에는 고스톱이 최고지.

남자 1 : (웃긴다는 말투로) 고스톱으로 돈 벌일 있어요?

남자 2 : 이런 말이 있지. 아버지 죽으소,엄마하고 붙을랍니다. (손을 천천히 왼쪽, 오른쪽으로 놀리며, 말도 천천히) 아버지, 죽으소. 엄마, 붙을란다. (계속하여) 아버지, 엄마, 죽고, 붙으소. 아버지, 엄마, 죽어서도 붙으소. (남자 1을 쳐다보며) 알고 있나?

남자 1 : (그 정도는 알고 있다는 표정, 한참 동안 남자 2를 쳐다보다가) 그 말을 들은 아버지가 뭐라고 했게요?

남자 2 : (놀란 얼굴로 남자 1을 쳐다본다) 알고 있었나?

남자 1 : 상식이죠.

남자 2 : 후생이 가외로군.

남자 1 : 과외를 할 수가 없었죠.

남자 2 : 실력이 없었나?

남자 1 : 우리 오공대학에서는 계급갈등을 유발한다고 학생들이 자진해서 과외지도 같은 건 안 하기로 했었지요.

남자 2 : 오, 솔레미오.

남자 1 : 계급갈등과 과외지도의 관계는?

남자 2 : 돼지와 진주의 관계지.

남자 1 : 진주를 아십니까?

남자 2 : 가보보다는 못하지.

남자 1 : 그때는 대단했지요.

남자 2 : 전봉준이도 있었지.

남자 1 : 그때에 장길산이 있었더라면

남자 2 : 지리산행이지 뭘.

남자 1 : 태백산맥은 더 깊은 골이 많아요.

남자 2 : 염상구가 여편네들의 조갑지를 많이 주웠지.

남자 1 : 조갑지도 조갑지지만 귓바퀴도 주웠대요.

남자 2 : 하얀전쟁이니까.

남자 1 : 쏭바강이 너무 멀어서 은마는 오지 못 했다나요.

남자 2 : 아기장수의 겨드랑이에 난 날개 세 개가 문제였지.

남자 1 : 날개 달린 장수가 옛날 옛적에 휘이휘이 날았어야 했는데…….

남자 2 : 사랑이 깊으면 미움도 더 한 법.

남자 1 : 유신대학에 대해서?

남자 2 : 그때는 배가 조금은 고팠었거든?

남자 1 : 당나귀와 당근?

남자 2 : 고도우를 기다린 거지.

남자 1 : 참는 자에게 복이 있나니.

남자 2 : 세화의 성으로 고래 잡으러 가는 사람이 많았지.

남자 1 : 영자를 찾아라.

남자 2 : 삼포 가는 길로 사라졌어.

남자 1 : 차라리 남포로 갔으면 돈이나 벌었을 텐데.

남자 2 : 쇳가루가 많은 곳이야.

남자 1 : 거기에는 난쟁이들이 공을 쏘고 살았지요.

남자 2 : 난쟁이들은 모두 유리병정이었어.

남자 1 : 모두 뫼비우스 띠를 통과하려고 애를 썼지요.

남자 2 : 민주화의 과정이야.

남자 1 : 최루탄과 함께.

남자 2 : 그때는 객지에서 겨울여자처럼 살아가는 것이 가장 자연스러웠
지. 그러다가 겨울 나그네가 되는 거지.

남자 1 : 어둠의 자식들은요?

남자 2 : 어쭈 뭔가를 아는군. 그들은 까토의 자유를 부르짖고 살았지.

남자 1 : 까만 토끼의 눈도 빨간가요?

남자 2 : 그럼 흑인의 피는 빨간가?

남자 1 : 빨개벗길 사람들이 더러 있죠.

남자 2 : 이제는 모두 과거의 얘기야.

남자 1 : 미움이 변하여 사랑도 됩니까?

남자 2 : 좋아도 한 세상이니까.

남자 1 : 청포도 익어가는 마을에서?

남자 2 : 광야에서 목놓아 부를 손님을 기다리며,

남자 1 : 기다리는 기쁨도 있다?

남자 2 : 얼어붙은 바다의 등대처럼.

남자 1 : 버어지니아 울프는 등대에서 세월을 보냈지요?

남자 2 : 제임스 조이스는 뮈르소처럼 죽었고.

남자 1 : 뮈르소는 까뮈에게 날개를 달아 줬지요?

남자 2 : 이상이는 백화점 오층에서 뛰어내려 죽었지.

남자 1 : 한낮에요?

남자 2 : 그 아내는 집에서 외간 남자와 그것을 하고 있을 때. 그짓, 그것
을 하고 있을 때.

남자 1 : 먹고 살기 위해서죠?

남자 2 : 감자를 구하기 위한 방법이었지.

남자 1 : 아직도 매춘은 문화척도의 중요한 기준입니다.

남자 2 : 매춘?

남자 1 : 봄을 기다리는 매화라나요?

남자 2 : 점차 피곤해 지는군.

남자 1 : 하늘이 보이지 않는군요.

남자 2 : 지금은 밤일세, 이 사람아.

남자 1 : 문명한 세상에 밤과 낮이 있습니까?

남자 2 : 밝음과 어둠의 질서는 바뀔 수 없지.

남자 1 : 신(神)만이 가능한 거죠?

남자 2 : 신은 죽었으니까.

남자 1 : 언어도 죽은 거죠?

남자 2 : 사랑도 죽은 거고.

남자 1 : 그럼 남아있는 건 뭐죠?

남자 2 : (공허한 하늘을 가리키며) 빈 하늘과 어둠.

남자 1 : 그것들은 시간이 몰아내 줍니다.

남자 2 : 시간이 멈추어 있는데도?

남자 1 : 그래도 시계가 가는 곳이 있어요.

남자 2 : 어디?

남자 1 : 국방부요.

남자 2 : 그곳에 가지 못하는 사람들도 있어.

남자 1 : 옷을 벗지 못하는 사람들은 더 많지요.

남자 2 : 모두가 자기 수양덕분이야.

남자 1 : 수양대군은 엄청난 힘을 가진 군주였지요.

남자 2 : 힘을 제대로 사용하지 못하는 나라를 제국이라 하지.

남자 1 : 제국의 운명은 슬픈 거지요?

남자 2 : 우리가 국민학교에 다닐 때 저 하늘에도 슬픔이라는 어느 학생
         의 일기가 많이 읽혔지. (고개를 떨구고 있다가) 그 사람도 죽었지.

남자 1 : 슬픔의 끝은 죽음이군요?

남자 2 : 역설적 사랑이지.

남자 1 : 아아, 님은 가셨다지만 나는 님을 보내지 않았다.

남자 2 : 모두가 돌지 않는 풍차들의 넋두리야.

남자 1 : 사랑과 넋두리, 넋두리와 사랑.

남자 2 : 님이야 날인 줄 모르셔도 내 님 좇으려 하노라.

남자 1 : 유신대학에서도 그런 걸 가르쳤나요?

남자 2 : 자네는?

남자 1 : (고개를 끄덕인다)

남자 2 : 과거와 현재의 동일성이구면.

남자 1 : 인습의 동일성이죠?

남자 2 : 그렇지는 않아. 정신적 가치는 영원한 것이니까.

남자 1 : 정신이 영원하다구요?

남자 2 : 물질적 가치보다는 영원하지.

남자 1 : 정신 나간 소립니다.

남자 2 : 어디로.

남자 1 : 문제는 삶의 현장이죠.

남자 2 : 어떻게 사느냐 하는?

남자 1 : 무엇을 위해서 존재해야 하는가 하는,

남자 2 : 갈등?

남자 1 : 아니라, 욕망.

남자 2 : 그런 이름의 전차를 타고 어디로 갈까?

남자 1 : (잠시 머뭇거린다. 대답할 말이 없다. 지금까지 남자 2와의 대화가
       아무 의미 없는 장난임을 깨닫는다. 그런대로) 백담사를 향하여.

남자 2 : 한용운이 있는 곳.

남자 1 : 그때는 대단했지요. 민족 전체가 저항하였으니까요.

남자 2 : 무엇을 위하여?

남자 1 : 민족을 위하여.

남자 2 : 그 결과는?

남자 1 : 역사의 질곡으로 향하는 한 계단에 불과했지요.

남자 2 : 과거는 흘러갔다.

남자 1 : 현재는 모두 과거와 연결된 것이고 또 미래를 위한 것입니다.

남자 2 : 투쟁의 결과는 피해 뿐이야.

남자 1 : 구토가 나는군요.

남자 2 : 사르트르도 그랬어.

남자 1 : 그는 아주 오래 살았죠.

남자 2 : 우리도 오래 살 거야.

남자 1 : 바람 벽에 똥 바를 때까지요?

남자 2 : 그래 맞았어, 과거는 모두 바람이야.

남자 1 : 풀은 그 밑에서 일어납니다.

남자 2 : 빨리 자란 풀은 농부의 낫에 잘려 버리지.

남자 1 : 바람이 지나가면 다시 싹이 돋습니다.

남자 2 : 역사는 그렇지 않았지.

남자 1 : 세대차이를 느낍니다.

남자 2 : 그건 자네의 생각이고.

남자 1 : (뭔가 얘기가 안 된다고 느낀다) 지금까지 의견이 일치돼 왔잖아
　　　요?

남자 2 : 역사이전에는 그랬지.

남자 1 : 역사이후가 되면 무어가 달라지나요?

남자 2 : 그것은 목숨이니까.

남자 1 : 변절도 용납한다는 말이군요?

남자 2 : 죽기는 더 어려운 것이고.

남자 1 : 하늘은 언제나 푸른빛을 띠어야 제 빛입니다.

남자 2 : 바람과 함께 사라진 하늘은 노란빛이야.

남자 1 : 빛 바랜 역사의식으로 살아가는 겁니까?

남자 2 : 시대가 그걸 강요하는지도 모르지.

남자 1 : 남의 탓이군요.

남자 2 : 내 탓이라기에는 오늘의 내가 너무 비참해지니까.

남자 1 : 그럼 이제 무엇을 위해 살 수 있어요?

남자 2 : 용서.

남자 1 : 누구에 대한.

남자 2 : 나 자신.

남자 1 : 그리고는?

남자 2 : 미래에 대한.

남자 1 : 어찌해서.

남자 2 : 미래는 열려 있는 것이니까.

남자 1 : 오공대학을 다닌 저를 보아도 그런 말을 할 수 있나요?

남자 2 : 중국의 우공은 산을 옮기려고 삼태기로 흙을 옮겼지.

남자 1 : 다 말장난입니다.

남자 2 : 장난은 현실을 바탕으로 하고 있지.

남자 1 : 현실은 우리를 괴롭히고 있는데도요?

남자 2 : 그것은 (뒷쪽에서 건물 부수는 소리를 잠시 듣고 있다가 몸을 그쪽
　　　　으로 돌리면서) 무너지는 파도.

남자 1 : (가만히 서 있다)

남자 2 : 바위에 부딪히면 산산히 깨어지고 마는 것.

남자 1 : 중요한 건, 중요한 건……. (다시 주머니를 뒤진다)

남자 2 : 아까부터 무얼 찾고 있나?

남자 1 : 글쎄, 그게.

남자 2 : 날아간 최루까스?

남자 1 : 버릇입니다.

남자 2 : 언제부터.

남자 1 : 오공대학에 다닐 때부터.

남자 2 : 왜 ?

남자 1 : 뭔가 찾아야 하는데 그게 뭔지를 모르는 거죠. (이번엔 바지 주머
　　　　　니를 뒤진다) 있을 것 같기도 하고, 없을 것 같기도 한 그…….

남자 2 : (자기의 바지 주머니를 뒤진다) 역사의 동일성이군.

남자 1 : 배가 고파지는데 뭐 먹을 것 좀 주세요.

남자 2 : 헐리는 곳의 상점이라도 먹을 것은 많아……. 들어가 봅시다.

그들이 등을 돌리고 상점 안으로 들어설 때, 상점 뒤쪽에서 건물 부수
는 소리가 크게 들린다. 남자 1,2가 사라지자 조명이 꺼지고 건물 밀
어내는 중장비 소리가 계속하여 들린다. 중장비 기사가 듣는 트로트
가요의 소리와 점차 중복되다가 마지막에는 가요소리만 남는다.

〈제2막〉

트로트 노래가 깔리며 천천히 무대가 밝아 온다. 제1막에서 상점이 서
있던 자리에 화장품 가게가 있고, 여자 1이 음악에 맞추어 고개를 까
딱거리며 장갑낀 손으로 화장품을 손질하고 있다. 뭔가를 찾는 듯한
태도다.
배우들의 움직임은 제1막의 그것과 비슷하다.

여자 1 : 아무래도 노래는 뽕짝이 좋아. 신사도옹 그 사람.

여자 2가 가게 안을 기웃거리다가 안으로 들어온다. 이때 음악소리는 중지된다. 여자 2는 아주 짧은 치마와 속이 훤히 비치는 웃옷을 입었다.

여자 2 : 할머니.

여자 1 : (들은 체하지 않고 노래하며 화장품을 정리한다)

여자 2 : (이상하다는 듯이, 조금 큰 소리로) 할머니.

여자 1 : 할머니 없수.

여자 2 : (알았다는 표정) 아줌마.

여자 1 : (부드러운 목소리로 아양을 떨 듯이) 왜 그러우 아가씨.

여자 2 : 유인촌 있어요?

여자 1 : 그건 벌써 십 년 전 이야기예요.

여자 2 : 그럼 지금은요?

여자 1 : 최수종.

여자 2 : 징그러워라.

여자 1 : (엄지손가락을 펴 보이며) 선물할려구?

여자 2 : 값은 얼마나 해요?

여자 1 : 비싼 편이야, 한 통에 이만 원.

여자 2 : (별 것 아니라는 목소리로) 세 통만 주세요.

여자 1 : 몇 달이나 쓰게?

여자 2 : 남자가 셋이거든요.

여자 1 : 단지 그대가 여자라는 이유만으로?

여자 2 : 산딸기도 되지요.

여자 1 : 호박꽃도 꽃이란다. (늙은이답지 않게 부럽다는 표정)

여자 2 : 각각 싸주세요.

여자 1 : 그러지. (얼른 보내고 싶지 않다. 물건을 내어 천천히 싼다)

여자 2 : (여자 2의 느린 동작을 보면서) 할머니 아니 아줌마도 남자가 있었
       어요?
여자 1 : 웬걸. 남녀 칠 세 부동석이었거든.
여자 2 : 단군시대 호랑이 담배 피운다는 얘기요?
여자 1 : 우리에게는 현실이었지.
여자 2 : 삼종지도(三從之道), 여필종부(女必從夫)라 이 말이죠?
여자 1 : 그걸 알아?
여자 2 : 우리 할머니에게 귀가 따갑게 들어 왔죠.
여자 1 : 다행이군.
여자 2 : 불행입니다.
여자 1 : 왜 ?
여자 2 : 가치관이 변했거든요.
여자 1 : (여자 2를 자세히 바라보다가 의자를 가리킨다)
여자 2 : (급할 것 없다는 태도로 의자에 앉는다. 치마가 짧아서 허벅지를 가
       리기 어렵다)
여자 1 : 가치관이라면?
여자 2 : 남녀평등의 실현이죠.
여자 1 : 어떻게?
여자 2 : 남자는 배 여자는 항구죠.
여자 1 : 여자는 악기 남자는 연주자.
여자 2 : 어렵군요.
여자 1 : 어떻게 연주를 하느냐에 따라 여자들의 소리가 달라지지.
여자 2 : 남자들, 바로 이 손 안에 있습니다. (손을 들어 보인다)
여자 1 : 슬픈 일이로군.
여자 2 : 풀잎 끝에 달려 있는 작은 이슬방울.
여자 1 : 알로에?

여자 2 : 청초한 아름다움.

여자 1 : 아모레.

여자 2 : 나의 미끈한 다리죠.

여자 1 : 젊음이 부럽군.

여자 2 : 누구나 한 번은 지나는 것이잖아요?

여자 1 : 그것도 운명이지.

여자 2 : 베토벤과 윤이상.

여자 1 : (놀라는 표정)

여자 2 : 어제 공연 포스터를 봤어요.

여자 1 : (그럴 거라는 표정) 우리는 아마데우스를 들었었지.

여자 2 : (이해가 안 된다) 우리는 양키즈 온 더 블럭 세대죠.

여자 1 : 양키 고 홈이라고 외치기도 했었지.

여자 2 : 외제가 훨씬 나아요.

여자 1 : 죄인 될 소리.

여자 2 : 국제결혼도 있는데요?

여자 1 : 신토불이(身土不二)고 동서상이(東西相異)야.

여자 2 : 대원군의 고집.

여자 1 : 진채선을 좋아했었지. (조금 있다가) 여자 광대였거든.

여자 2 : 누가요?

여자 1 : 공옥진이라구 병신춤 잘 추는 여자가 있었어.

여자 2 : 재미있군요.

여자 1 : 여자하면 역시 역시 재클린이지.

여자 2 : 아아, 금테 두른 여자요?

여자 1 : (얼굴이 붉어지며 약간 당황한 표정) 금테 ?

여자 2 : 예, 금테요.

여자 1 : 진짜?

여자 2 : 그럼 진짜죠?

여자 1 : 어디에.

여자 2 : 세기의 여인들이라는 책에 중요한 여자들의 사진에다가 노란 테
　　　　를 둘러 놨더군요.

여자 1 : (원래 표정으로 돌아오며) 신 사임당이 현모양처지.

여자 2 : 차라리 마를린 몬로가 나아요.

여자 1 : 아니 양귀비지.

여자 2 : 클레오파트라예요.

여자 1 : 그 사람들 모두 슬픈 운명의 여자들이야.

여자 2 : 그래도 이름이 남았잖아요.

여자 1 : 산산히 부서진 이름이여, 부르다가 내가 죽을 이름이여. (비장한
　　　　표정이 된다)

여자 2 : 지금은 여성시대란 말입니다.

여자 1 : 언제나 그렇게 부르짖었지.

여자 2 : 지금은 그래도 자유로워요.

여자 1 ; 그러면서 여성을, 쎅스를 상품화했지. (여자 2의 긴 다리를 멀건히
　　　　쳐다본다)

여자 2 : 그건 돈과 직결된 거니까요.

여자 1 : 낙엽은 폴란드 망명정부의 지폐.

여자 2 : 돈이 있으면 못 할 게 없잖아요?

여자 1 : 인간이라면.

여자 2 : 인간이기 때문에 욕망이 있는 거죠.

여자 1 : 인간은 오직 걸어 다니는 그림자.

여자 2 : 그렇게 비참하게 살 수는 없어요.

여자 1 : 거북아 거북아 수로부인 내놓아라.

여자 2 : 남자들을 정복해야지요.

여자 1 : 그대 아직 꿈꾸고 있는가?

여자 2 : 역사는 밤에 이루어진다고 했잖아요?

여자 1 : (싸 놓은 물건을 들어 보이며) 이걸 밤에 줄건가? 모두가 슬픔의
　　　　아이러니야.

여자 2 : 아주머니는 매우 잔인하군요.

여자 1 : 나 자신에 대해서, 그렇게 살아왔지.

여자 2 : (얼른 가고 싶지 않다)

여자 1 : 쥐덫에 치어서 살다가

여자 2 : 제시카도 있어요.

여자 1 : 낭만이지.

여자 2 : 현실입니다.

여자 1 : 세월은 가도 미움은 남는 것.

여자 2 : 미움을 갖고서 어떻게 살아요?

여자 1 : 그걸 운명이라고 하지.

여자 2 : 자승자박(自繩自縛)이죠.

여자 1 : 허난설헌이 운 까닭이지.

여자 2 : 마가릿 대처도 있어요.

여자 1 : 사막에서 콩나물 기르기지.

여자 2 : 콩나물국을 좋아해요.

여자 1 : 가난할 때 사람이구먼.

여자 2 : 콩나물 대가리가 맛있다나요.

여자 1 : 모든 대가리는 조심해야 할 물건이에요.

여자 2 : 썩으면 잘라내지요.

여자 1 : 자기 살인데도?

여자 2 : 정의를 위해서는

여자 1 : 하늘의 별 따기지.

여자 2 : 벽오동 심은 뜻도.

여자 1 : 가시나무 새는 울지 않지.

여자 2 : 새는 울어도 눈물이 없어요.

여자 1 : 꽃은 웃어도 소리가 없지. (서로 쳐다보고 웃는다)

여자 2 : 선인장의 꽃이 예쁘다죠?

여자 1 : 화장품의 원료지.

여자 2 : 끈적끈적할텐데.

여자 1 : 사랑의 묘약.

여자 2 : 에로스의 화살.

여자 1 : 로빈 훗.

여자 2 : 케빈 코스트너.

여자 1 : 늑대와 춤을 추는 즐거움.

여자 2 : 꿈의 구장에서.

여자 1 : 제이 에프 케이와 함께

여자 2 : 양들은 침묵하고.

여자 1 : 미녀와 야수처럼.

여자 2 : 인어공주처럼.

여자 1 : 누구를 위하여 종은 울리나.

여자 2 : 쓰레기를 위하여.

여자 1 : 분리수거 되거든.

여자 2 : 모아서 버릴 것도 있어요. 함께 썩어 버리게.

여자 1 : 나하고 아가씨하고?

여자 2 : 썩어버릴 것하고 싱싱한 것하고는 다르죠.

여자 1 : 세월은 나를 위하여 기다리지 않으니 젊음도 일시적인 것.

여자 2 : 이십 대의 여자는 꿈과 희망을 먹고 살죠.

여자 1 : 피리부는 사나이를 만나려고?

여자 2 : 김우진 같은 남자, 돈. 키. 호. 테.

여자 1 : 예나 지금이나 똑같은 망상.

여자 2 : 윤심덕은 현해탄의 석죽화.

여자 1 : 사의 찬미를 따라 갔지.

여자 2 : 찬미할 것은 오로지 사랑이죠.

여자 1 : 정열을 이기지 못하는군.

여자 2 : 에이즈의 시대니까요.

여자 1 : 원숭이들의 서러움.

여자 2 : 우리도 원숭이.

여자 1 : 어찌하여.

여자 2 : 악기가 되어야 한다면서요?

여자 1 : 벗어날 수 없는 구렁.

여자 2 : 생활이 그대를 속일지라도 노하지 말라.

여자 1 : 러시아에는 문호들도 많지.

여자 2 : 세익스피어, 괴테.

여자 1 : 잘못된 인식.

여자 2 : 톨스토이, 토스토예프스키.

여자 1 : 문학은 가난함에서 시작되기도 하지만 강렬한 욕구와 정의를 지
         향하는 정신이 바탕이 되어야 하지.

여자 2 : 정신나간 소리 같네요.

여자 1 : 제 정신으로 살기는 어려운 세상이니까.

여자 2 : 세상을 원망하랴, 내 남편을 원망하랴?

여자 1 : 남편이 없어진 지도 오래 되었지.

여자 2 : 그러면.

여자 1 : 나 혼자 길렀어.

여자 2 : 몇 명이나요?

여자 1 : 아들 하나.

여자 2 : 멋져요?

여자 1 : 알록달록처럼.

여자 2 : (호기심이 생긴다)

여자 1 : 실업자, 건달.

여자 2 : (더욱 호기심이 생긴다)

여자 1 : 오공대학에 다녔지?

여자 2 : 오공대학?

여자 1 : 지금은 없어졌지.

여자 2 : 무얼 전공했는데요?

여자 1 : 데모.

여자 2 : 크라시.

여자 1 : 몽둥이.

여자 2 : 육법전서.

여자 1 : 쫓고 쫓기고.

여자 2 : 시대의 영웅.

여자 1 : 옛날 말.

여자 2 : 진리.

여자 1 : 내일도 태양은 떠오른다.

여자 2 : 태양 아래 새로운 것은 없다.

여자 1 : 새로움이란 여자를 유혹하는 나쁜 것.

여자 2 : 이브의 뱀

여자 1 : 어린 시절에 뱀장수 얘기를 많이 들었지.

여자 2 : 애들은 가라, 애들은 가라.

여자 1 : (신기한 표정)

여자 2 : 전봇대도 넘어지고 놋요강도 뚫어지고.

여자 1 : 그래서?

여자 2 : 변강쇠가 되었다는 허무맹랑한 이야기죠.

여자 1 : 허무맹랑?

여자 2 : 그런 사람 (조금 사이를 두고) 없어요.

여자 1 : 그러면 옹녀는 어찌하누?

여자 2 : 지그프리드한테 가야죠?

여자 1 : 동서화합?

여자 2 : 남북통일.

여자 1 : (어디서 많이 듣던 소리다) 남북통일?

여자 2 : 민족은 영원히 하나이어야 하죠.

여자 1 : 껍데기로만.

여자 2 : (자기의 옷차림을 내려다본다)

여자 1 : 형식이 있고 나서 내용이 있는 것인데.

여자 2 : 그릇은 달라지더라도 물은 언제나 물이죠.

여자 1 : 새 술은 새 부대에 담아야지.

여자 2 : 단단한 부대에 오래 담긴 술맛이 더 좋다더군요.

여자 1 : 술맛으로는 감로주가 제일 좋지.

여자 2 : 넥타라고 합니다.

여자 1 : 앞으로는 넥타이도 팔려고 해.

여자 2 : 콧수염과 나비 넥타이.

여자 1 : 찰리 채플린.

여자 2 : 독재자의 히틀러

여자 1 : 히틀러와 국민의 눈물.

여자 2 : 홍도야 우지 마라.

여자 1 : 김중배의 다이아 반지를 따라 가는 심순애가 있다.

여자 2 : 순애보는 대중소설이라죠?

여자 1 : 대중은 김대중, 이번에는 이 번, 그때가 신나는 때였지.

여자 2 : 때가 돼도 끼니를 때우기 어려웠다죠?

여자 1 : 보리고개 어언덕을 혼자 넘자니이.

여자 2 : 지도에도 없는 세계에서 가장 높은 고개였다지요?

여자 1 : 우산 셋이 나란히 그 고개를 넘다가 찢어진 우산만 남았었지.

여자 2 : 그 우산은 미아리로 날아갔나요?

여자 1 : 화약연기 따라 없어졌어.

여자 2 : 그럼 남은 건 뭐죠?

여자 1 : 바보, 바보들. 껍데기들.

여자 2 : 껍데기는 가라, 모오든 쇠붙이는 가라?

여자 1 : 갑오년 곰나루의 함성은 죽은 시인을 만들었지.

여자 2 : 카르페 디엠.

여자 1 : 오늘을 즐기라, 내일은 죽음이다.

여자 2 : 내일 지구의 종말이 올지라도 오늘 한 그루의 사과나무를 심겠
　　　　다.

여자 1 : 사과나무는 인류의 역사에서 매우 중요한 의미를 갖는다우.

여자 2 : 그 중에서 가장 중요한 것은?

여자 1 : 만유인력의 증거로서의 사과.

여자 2 : 만유인력의 결과는?

여자 1 : 남녀간의 사랑

여자 2 : 호모쎅스는요?

여자 1 : 금빛 게으른 울음을 우는 누렁이라 푼다.

여자 2 : 누렁이는요?

여자 1 : 목넘이마을의 개였다.

여자 2 : 개?

여자 1 : 한 번에 여러 가지 색깔의 새끼들을 낳았지.

여자 2 : 멍멍탕 혹은 보신탕의 원조겠군요?

여자 1 : 소위 혐오식품이지.

여자 2 : 식품에 독약을 넣어서 불특정인의 목숨을 노리는 자들도 있어
　　　　요.

여자 1 : 파리목숨인데 뭘.

여자 2 : 하루살이보다는 낫잖아요?

여자 1 : 오십 보 백 보라고 하지.

여자 2 : 전쟁에서는 이겨야 해요.

여자 1 : 스커드가 있으니까.

여자 2 : 석유는 현대에 꼭 필요한 자원이거든요.

여자 1 : 현대는 곧 망한다고 그랬어.

여자 2 : 누가요?

여자 1 : 거기에 있던 사람이.

여자 2 : 가장 못 믿을 게 세 치 혀라는데요?

여자 1 : 믿거나 말거나지.

여자 2 : 말 타면 경마 잡히고 싶다지요?

여자 1 : 자본주의 속성이니까.

여자 2 : 속성이 빤한 인간들이 많아요.

여자 1 : 경험해 봤어?

여자 2 : 일개 중대를 자기 배 위로 보낸 여자도 있다는데요?

여자 1 : 우리가 젊었을 때 얘기지.

여자 2 : 그런 건 시간이 지날수록 점점 더 과장되는 법이거든요.

여자 1 : 요새는 과장되기도 힘이 든대.

여자 2 : 나바론 요새가 튼튼했죠.

여자 1 : 튼튼이는 남양분유가 만들어요.

여자 2 : 분유 때문에 여자들의 유방이 작아져요.

여자 1 : 그건 어떻게 알지?

여자 2 : 빨지 않으니까요.

여자 1 : 옛날에는 분유를 먹고 자란 아이를 소새끼라고 그랬어.

여자 2 : 그래서 우리들은 더러 어른들을 머리로 들이받는가 봐요.

여자 1 : 어른 되기가 쉽지는 않지

여자 2 : 왜요?

여자 1 : 우선 사람의 아들임을 알아야 하니까.

여자 2 : 아들이 아니면 태아 때 죽이는 일이 많은가 봐요.

여자 1 : 아들도 여자가 낳는데 말이야.

여자 2 : 이제는 남자가 아이를 낳아야 해요.

여자 1 : 왜?

여자 2 : 아기 낳을 여자가 없어요.

여자 1 : 사람 대신 기계가 생길 거야.

여자 2 : 육백만 불의 사나이를 낳는 기계 말이에요?

여자 1 : 로보캅이나 터미네이터 같은 걸 낳는 기계.

여자 2 : 여자가요?

여자 1 : 여자는 용불용설에 의해서 지구상에서 사라지는 거야.

여자 2 : 남자들은 어떻게 해요.

여자 1 : 심심하면 죽는 연습이나 하겠지 뭐.

여자 2 : 장의사가 전망 좋은 직업이 되겠어요.

여자 1 : 전망 좋은 방에서 여러 가지 일이 일어났지.

여자 2 : 방에 불을 꺼달라고 외치겠죠?

여자 1 : 불난 집에 부채질을 하면 기분 나쁘지.

여자 2 : 선풍기보다 부채가 더 운치를 가져다 줘요.

여자 1 : 운치는 산에서 나는 생선이지.

여자 2 : 어째서요?

여자 1 : 운문사에 많은 깔치들이 있으니까.

여자 2 : 깔치가 뭔데요?

여자 1 : 돗자리의 일종.

여자 2 : 강화에서 나나요?

여자 1 : 철종임금은 참 착한 임금이지.

여자 2 : 임금 중에는 산능금이 맛있어요.

여자 1 : 벌레 먹은 능금?

여자 2 : 벌레 먹은 장미죠.

여자 1 : 장미 병들면 이효석은 슬퍼져.

여자 2 : 허생원이 달밤에 체조를 했지요.

여자 1 : 체조에도 금메달이 많이 걸려 있지?

여자 2 : 나브라틸로바가 최고였죠.

여자 1 : 브래지어도 팔고 있어.

여자 2 : 팔러 가는 당나귀는 참 재미있었지요.

여자 1 : 당나귀는 홍당무의 친구인가?

여자 2 : 친구 따라 강남가면 뭐가 생기나요?

여자 1 : 강남 갔던 제비가 돌아와야 알지.

여자 2 : 제비족의 구두는 늘 반들반들하는 이유가 뭐죠?

여자 1 : 물에 빠졌으니까.

여자 2 : 생쥐 같은 인간도 많아요, 나보고 차나 한 잔 하자나요?

여자 1 : 기왕에 베린 몸, 눈 딱 감고 따라가지.

여자 2 : 뺑덕에미도 아닌데요?

여자 1 : 심봉사는 없거든.

여자 2 : 봉사자가 많아야 밝은 사회가 되지요.

여자 1 : 술 권하는 사회가 될 수도 있거든.

여자 2 : 현진건은 마라톤 선수였나요?

여자 1 : 아니, 손기정이었지.

여자 2 : 그 사람이 베를린 장벽을 허물었어요?

여자 1 : 제4의 벽을 허물려고 했지.

여자 2 : 브레히트는요?

여자 1 : 극장에서 이 염병할 연놈들아, 이 부자가 될 놈들아, 이 멍청이
들아, 하고 짖어댔지.

여자 2 : 한트케는요?

여자 1 : 금메달을 땄지.

여자 2 : 어디에서요?

여자 1 : 욕 잘하기 대회에서.

여자 2 : 그리고는요?

여자 1 : 말타고 보덴 호수 위를 건너다가 빠져 죽었어.

여자 2 : 호수에 잠긴 달이 탐스럽지요.

여자 1 : 이태백이는 확실히 알 거야.

여자 2 : 학실한 건 거제도가 중요한 사적지가 될 거라는 거죠.

여자 1 : 포로들이 갇혀 있었지.

여자 2 : 이명준이는 광장으로 나왔지요.

여자 1 : 천안문 광장에는 많은 시민들이 몰려 있었고, 그 밑으로는 땅굴
이 있었지.

여자 2 : 땅굴은 북한의 전매특허였지요.

여자 1 : 전매사업도 별 볼 일 없어졌어.

여자 2 : 낮에만 하니까 그렇지요.

여자 1 : 낫 놓고 기역자도 몰라.

여자 2 : 원래 기억력이 희미한 사람들인데요, 뭘.

여자 1 : 이름도 몰라요 성도 몰라, 희미한 등불 아래 얼싸 안고.

여자 2 : 남북 이산가족 찾기 할 때는 참 모두 얼싸 안았죠.

여자 1 : 이제는 시들해졌어.

여자 2 : 매일 그 얘기가 그 얘기니까요.

여자 1 : 매일 일신하고 또 일신하면 안 될 일 없을 텐데.

여자 2 : 일신상의 이유로 인해서 안 되는걸 거예요.

여자 1 : 이유는 제때에 해야 하는데, 그게 안 된 모양이야.

여자 2 : 모양이 사납게 됐죠?

여자 1 : 사나운 개 코끝 성할 날 없다지 않아?

여자 2 : 해뜰 날이 있겠죠.

여자 1 : 동명일기에나 나오지.

여자 2 : 동명성왕도 일기를 썼나요?

여자 1 : 유화부인이 노류장화(路柳墻花)였지.

여자 2 : 장화신은 고양이가 웃겠어요.

여자 1 : 나는 웃은 죄밖에 없네.

여자 2 : 국경의 밤에 소금 지고 떠나는 북청 물장수의 말입니까?

여자 1 : 소금과 물은 겨울바다에 많지.

여자 2 : 갈매기의 꿈도 있고요.

여자 1 : 아침 바다 갈매기는 금빛을 싣고, 고기잡이 배들은 노래를 싣고.

여자 2 : 베드로는 어부였다지요?

여자 1 : 어부사시사를 읊는 기분으로 살아 온 거지.

여자 2 : 보길도에 가 보신 적이 있으세요?

여자 1 : 처녀시절에.

여자 2 : 꿈 많은 여고시절, 못 잊을 친구들.

여자 1 : 그건 거짓말이야.

여자 2 : 거짓은 죄를 낳고 죄는 죽음을 낳고.

여자 1 : 어둠은 아침을 낳고 꽃을 낳고 돌을 낳는다.

여자 2 : 내가 너의 이름을 불러 주었을 때 너는 나에게로 와서 꽃이 되었다. 나는 너에게 의미 있는 존재가 되고 싶다.

여자 1 : 젊을 때는 다 그렇지.

여자 2 : 늙은 것이 벼슬은 아니잖아요?

여자 1 : 부끄러울 것도 없지.

여자 2 : 하늘을 우러러 한 점 부끄럼이 없기를 잎새에 이는 바람에도 나
　　　　는 괴로워했나요?

여자 1 : (더 이상 말이 통할 것같지 않다)

여자 2 : (멍하니 여자 1을 쳐다보다가 일어서서 가버린다)

여자 1 : 이봐요, 이 물건. 물건.

여자 2 : (그냥 가 버린다)

여자 1 : (여자 2가 가버리자 뭔가를 찾기 시작한다)

조금 후에 '가시리' 노래가 조용히 울리면서 여자 1은 안으로 사라지
고, 조명이 서서히 꺼져 간다. 효과음이 바뀌어서 마구 지껄여 대는
여자들의 소리가 한참 시끄럽게 들린 후 한 사람의 구두소리가 들리
면서 완전히 조명이 꺼진다.

〈제3막〉

구두소리가 점점 커지면서 무대 위에 핀 라이트가 떨어진다. 그 속으
로 들어오는 사람이 있는데 까만 모자를 쓰고 흰옷을 입었으며 구두
는 몸집에 비해 큰 것을 신었다. 지금까지 들린 구두소리는 이 해설자
가 걸어 다니면서 낸 것이다. 구두 밑에 징을 박으면 더욱 효과적이다.
장소는 제2막의 그것과 동일해도 좋고, 전혀 무관해도 상관 없다. 무
대의 오른 쪽으로 탁자와 네 개의 의자가 놓여 있다. 도심지의 허름한

다방에서 보는 그런 탁자와 의자다. 배우들은 대사의 내용에 따라 이 의자들을 적절히 이용할 수 있다.

해설자 : 관객 여러분, 어떻습니까? 지금까지 보셨던 장면에서 여러분들의 갈등이 얼마나 해결되었습니까? (관객들을 쳐다보고 표정을 살핀다. 관객들 대답이 없다. 그것 보라는 듯한 표정으로) 아니면 그 반대입니까? (조금 기다린다) 아마 그 반대였을 겁니다. (관객 한 사람에게 다가가서 조용한 목소리로 묻는다) 왜 그럴까요?

관객 1 : (대답을 하지 못한다)

해설자 : 왜 그럴까요 하고 묻는 제가 어리석은 노릇을 하는 겁니다. 왜냐구요. 이 세상 일 중에서 왜 그러냐는 물음에 답을 할 수 있는 일이 얼마나 되겠습니까? 그런데도 불구하고 어떤 일이 발생하면자꾸 왜, 왜, 왜냐고 묻습니다. (무대를 한 바퀴 천천히 돈 다음에) 앞에서 등장한 네 명의 사람들은 일상인이 아니라 배우들입니다. 그래서 그들은 각본대로 말을 주고 받습니다. 그러나 일상인들도그렇게 말을 주고 받습니다. 즉 그들의 대화내용을 통해서는 해결될 수 있는 일이 하나도 없습니다. 그래도 사람들은 끊임없이 지껄여대고 있습니다. 라디오에서, 텔레비전에서, 컴퓨터에서, 시장에서. 서로 말꼬리를 붙들고 늘어지는 것입니다. 그래서 그래서그런데, 그런데. 왜, 왜 (조금 쉬었다가 속삭이듯이) 이렇게 말입니다.

무대에 놓여 있는 탁자와 의자에 조명이 비친다.

해설자 : 여러분들은 이 탁자와 의자를 보는 순간, 이것들은 왜 여기에 놓여 있는가, 누가 여기에 앉을 것인가 등등의 궁금증으로 긴장되어 있을 것입니다. 그러나 별것 아닙니다. 왜냐구요? 연출가가 그

렇게 하라고 했기 때문입니다. 그러면 문제가 다 해결된 것일까요? 그렇지 않습니다. 연출가는 왜 그렇게 하라고 했는가 궁금해집니다. (관객을 쳐다보며) 그렇지요?

관객 2 : (고개를 끄덕이거나 말로 대답을 한다)

해설자 : (관객을 보고) 그러면 자신이 연출가라고 생각하고 말해 보세요. 연출가가 왜 여기에 의자와 탁자를 내어놓으라고 했겠습니까?

관객 3 : (자신 있는 소리로) 그야 아까 등장한 사람들을 앉히기 위해서죠.

해설자 : 연출가께서 말씀하셨습니다. 아까 그 사람들을 이 의자에 앉히라고 말입니다. 자 그러면 그들을 불러 봅시다. 자, 이리 나오세요.

아무도 나오지 않는다. 해설자는 또 불러 본다. 그러나 나오는 사람이 없다.

해설자 : 자 이거 어찌 된 일입니까? 다 같이 불러 봅시다.

관객들 : 이리 나오소.

그래도 아무도 나오지 않는다.

해설자 : 아, 알만합니다. 그들은 나나 여러분이 연출가가 아니란 걸 이미 알고 있기 때문입니다. 배우들이란 눈치로 먹고 사는 경우가 더러 있으니까요. 진짜 연출가를 찾으러 가야겠습니다.

해설자는 관객 속으로 사라지고 무대 위에는 탁자와 의자만 남아 있다. 해설자의 구두소리가 들린다. 잠시 후에 남자 2가 등장한다.

남자 2 : (이리저리 둘러보다가) 아무도 없군. 약속을 지킬 줄 아는 건 우리

세대뿐이라니까. (맨 왼쪽 의자에 앉는다. 다시 이리저리 살펴보다가 관객들을 발견한다) 구경꾼은 모여드는데 어른들은 하나 없구나. (동요 어린 음악대가 효과음으로 나온다) 아, 영원한 마음의 고향. 어린이는 어른의 아버지.

여자 1 등장. 나이에 비해서 화려한 옷을 입었다.

여자 1 : 워즈워드의 어리석은 잠꼬대. 요새는 아이들이 어른 뺨을 친다니까요.
남자 2 : (소리나는 쪽을 향하여) 폭력을 조장하는 발언을 삼갑시다.
여자 1 : 폭력 중에 제일 지저분한 것은 성폭력이지요.
남자 2 : 남녀가 유별하면 언제나 있는 것입니다.
여자 1 : 남성들이 가진 야수성 때문이지요.
해설자 : (관객석에서) 자, 이런다고 뭐가 해결되겠습니까?

남자 2와 여자 1 흠칫 놀란다. 각자가 자신들이 왜 여기에 왔는가 생각하기 시작한다. 서로의 얼굴을 살펴본다. 전혀 모르는 사람이다.

여자 1 : 여기에 왜 나오셨나요?
남자 2 : (웃기고 있다는 어투로) 할머니는 왜 나오셨나요?
여자 1 : 할머니라뇨? 인생은 몇 살부터입니까?
남자 2 : 그건 남자인 경우에 해당하는 말이지요.
여자 1 : 남자와 여자의 차이가 뭡니까?
해설자 : (소리로만) 허어, 또 시작이군요.
남자 2 : (한참 생각하다가) 마담 리가 만나자고 하더군요.
여자 1 : (얼굴색을 달리 하며) 마담 리가요? 나하고 약속을 했는데. 무슨 일로 만나자고 했습니까?

남자 2 : (조금 귀찮다는 듯이) 선을 보자고 합디다.

여자 1 : 아저씨하고요?

남자 2 : 아니 내 딸하고 어떤 남자하고요?

여자 1 : 어떤 남자요? 그게 누구라고 합디까?

남자 2 : 글쎄요, 그건 잘 모르겠네요.

여자 1 : 내가 나온 목적하고 똑같군. 아들과 딸이 바뀌었을 뿐이지.

남자 2 : (뭔가 이상한 기분이다)

해설자 : (소리로만) 오늘 마담 리는 나오지 못한답니다. 나에게 전화가 왔
        어요. 지금 두 사람이 아들과 딸을 데리고 와서 선을 보아야 합니
        다.

여자 1 : (낭패한 기분이다) 이게 무슨 창피람, 선을 보아야 할 자리에서.

남자 2 : (역시 낭패한 기분이다. 그러나 용기를 내어) 아아, 이거 죄송하게
        됐습니다. 일찍 알아 뵀었어야 하는 건데.

여자 1 : (반기는 말로) 피차 마찬가집니다. 용서하세요.

남자 2 : (마치 두 사람이 사돈이 되기나 한 것처럼) 아들이…… 아들이 몇
        이나 됩니까?

여자 1 : 서른 다섯입니다.

남자 2 : (놀라서) 예? 뭐라고요? 서른 다섯 명이란 말입니까?

여자 1 : 농담하시는군요. 나이가 서른 다섯이고, 숫자로는 하납니다.

남자 2 : 행복하시겠습니다. 나는 딸만 하나거든요.

여자 1 : 조금은 외로우시겠군요.

남자 2 : (상호간에 말이 통하는 듯하다) 그렇지만 신의 섭리니 할 수 없죠.
        짝을 찾아야 하는 게 음양의 이치이구요.

여자 1 : 그걸 믿으십니까?

남자 2 : 어떻게 합니까. 옛날부터 출가외인이라 했는데.

여자 1 : 여자의 운명은 역시 남자들의 생각에 달려 있군요.

남자 2 : 여자들도 그걸 좋아 하니까요.

여자 1 : 여자들은 남자들보다는 덜 이성(異性) 지향적이죠.

남자 2 : 연세에 비하여 상당히 이지적이십니다.

여자 1 : 감정만으로는 살 수 없음을 오래 전에 깨달았죠.

남자 2 : (무슨 뜻인지 잘 몰라 여자 1을 가만히 쳐다본다. 비교적 곱게 늙은
　　　　 여자다)

여자 1 : 남편이 일찍 죽었거든요.

남자 2 : 그러면 청상(靑裳)……. (머뭇거린다)

여자 1 : 과부(寡婦)라고들 그러죠. 그래서 감정보다는 이성입니다.

남자 2 : 남자 혼자도 힘드는데.

여자 1 : 홀아비시군요?

해설자 : 자, 이렇게 서로의 심중을 털어놓고 대화를 나눌 수도 있습니다.
　　　　 이럴 때 가장 중요한 것은 상대방을 이해하고자 하는 자세죠.

남자 2 : 어지간히 힘들게 기른 자식인데 이제 선을 보이게 됐습니다.

여자 1 : 우리 아들 아니 이제는 내 아들은 조금 늦은 편입니다.

남자 2 : 홀아비와 과부의 하소연이군요.

여자 1 : 당자들이 웬만하거든 결혼시키는 것이 어떨까요?

남자 2 : 물론입니다.

두 남녀는 아주 친숙한 사이처럼 돼 버렸다. 중신아비 없이 하는 중매
에 사돈될 사람들끼리 이처럼 화합하기는 쉽지 않다. 이때에 남자 1이
왼쪽에서 등장한다. 남자 1이 여자 1에게 다가온다.

남자 1 : 일찍 나오셨군요, 어머님.

남자 2 : (남자 1을 보고 깜짝 놀란다. 그러나 짐짓 모르는 체한다)

여자 1 : (아들에게) 인사드려라. 선 볼 여자의 아버지시다.

남자 1 : (자기 엄마가 앉은 쪽의 의자에 앉는다) 안녕하세요. 처음 뵙겠습니다.

남자 2 : (어리둥절하다. 그러나 의례적으로) 아, 예예.

남자 1 : (뭔가를 계속하여 찾는 눈치다)

남자 2 : (얼마 전에 자신의 가게 앞에서 만났던 청년임을 생각해 낸다. 그렇지만 겉으로 표시를 내진 않는다)

여자 1 : 참, 아직까지 아무것도 마시질 않았군요. 뭘 드시겠어요?

남자 2 : 커피가 좋겠군요.

여자 1 : (남자 1에게 작은 소리로) 너는 커피 마시지 마라. (큰 소리로) 너는 무얼 먹겠니?

남자 1 : 커피는 안 먹을래요.

남자 2 : (표정이 어색해진다)

여자 2 : (남자 2의 표정을 보고 애써서 명랑한 소리로) 그래 그러면 냉주스를 먹을래?

남자 1 : 초봄인데 누가 냉주스를 먹어요.

남자 2 : 아들을 생각하는 엄마는 그걸 먹지. (여자 1의 표정을 살핀다)

여자 1 : (조금 난감해져서) 너는 아직 커피를 먹으면 안 돼.

남자 1 : 언제까지 너는 안 돼, 안 돼 할 거예요?

여자 1 : 다 클 때까지.

남자 2 : 얼마나 더 커야 합니까? (작은 소리로) 과부의 마음이라니…….

이때에 여자 2가 정장 차림으로 왼쪽에서 들어온다.

남자 2 : 많이 늦었구나.

여자 1 : (여자 2를 보고 깜짝 놀란다. 그러나 짐짓 모른 체한다)

남자 2 : (여자 2에게) 인사드려라. 오늘 우리가 나온 목적을 달성시켜 주
         실 분들이시다.

여자 2 : (자기 아버지의 옆에 앉으면서) 안녕하세요. 처음 뵙겠습니다.

여자 1 : (어리둥절하다) 아, 예예. (곧 이 아가씨가 얼마 전 자신의 가게에서
         물건을 사놓고 그냥 간 여자임을 알아낸다. 그렇지만 겉으로 표시를
         내지는 않는다)

남자 2 : 이거 아버지 노릇하기가 여간 어렵지 않군요.

남자 1 : 자꾸만 과거는 흘러갔다라는 식으로 생각하니까 그렇죠.

남자 2 : 그렇다고 과거를 버리고 살 수도 없지 않은가?

여자 2 : 그건 아버지 말씀이 옳아요. 조상의 빛난 얼을 오늘에 되살리는
         일이 중요한 것이지 올라가지도 못할 나무나 쳐다보고 민주화니
         어쩌니 하는 것은 현실을 괴롭게 할 뿐이에요. (남자 1을 힐끗 쳐다
         본다)

남자 1 : (알았다는 표정으로 여자 2를 바라다본다) 그런 암기위주의 발언은
         아무짝에도 쓸모가 없어.

여자 1 : (직감적으로 이 젊은이들이 오늘 처음 만나는 것이 아님을 느낀다)

남자 2 : 그래도 많이 암기하는 것이 좋을 때가 있었지.

여자 1 : 여럿이 모이면 그 중에 나의 선생님이 있다는 말도 있죠.

여자 2 : 그래서 여럿이서 한 사람을 바보로 만들 수도 있는 거죠.

남자 1 : 바보보다는 호랑이를 만들지.

남자 2 : 호랑이보다는 코끼리라고 해야겠지.

여자 1 : 장님들이 하는 짓입니다.

여자 2 : 그렇게 되면 코와 다리는 같은 물건이 되어 버려요.

남자 1 : 물건은 싱싱할 때에 제값을 받지요.

남자 2 : 싱싱한 계란, 굵고 싱싱한 계란.

여자 2 : 계란이 먼저냐 닭이 먼저냐.

여자 1 : 닭을 봉이라고 한 봉이 김선달이 살던 시절이 있었지.

남자 2 : 봉은 사라지고 땅이 남았어요.

남자 1 : 큰 소리 땅땅치는 인간들이 보기 싫어서 실업가가 된 겁니다.

여자 2 : 실업가는 양상군자가 될 수 있는 확률이 높죠.

여자 1 : 확률이 높다고 해서 일이 이루어지는 것은 아니니까.

남자 2 : 확률보다는 주먹구구가 좋을 때도 있어요.

남자 1 : 주먹구구로 애매한 사람 잡은 시절을 잊으셨어요?

여자 2 : 애매한 사람만 억울하게 된 거죠.

여자 1 : 억울하면 출세하라 그랬어.

남자 2 : 회전의자가 어디 그렇게 많이 있나요.

남자 1 : 시장에 가면 런닝셔츠에 많이 붙어 있어요.

여자 2 : 시장이 하는 일이 한심할 때가 있더군요.

여자 1 : 한심한 건 우리들이라구.

남자 2 : 맞았어, 웃음 짓는 커다란 두 눈동자 긴 머리에 말없는 웃음이,
       그때는 참 한심스럽다는 생각이 들었지. 과거는 흘러갔다.

남자 1 : 그래도 꿈도 사랑도 싫어했던 시절보다는 나은 편이었습니다.

여자 2 : 보이지 않게 사랑하는 미친 사람들도 있었는데요?

여자 1 : 미친 세상에서는 안 미친 게 비정상이지.

남자 2 : 그걸 누가 판가름해 주나요?

남자 1 : 판을 가르다 보면 늘 주류와 비주류로 나뉩니다.

여자 2 : 주류가 더 나빠요.

여자 1 : 화장품에서도 그래. (자기 직업과 관계된 말을 했다고 해서 흠칫
       놀랜다. 그러나 아무도 거기에 괘념하지 않는다)

남자 2 : 주류가 좋아야 비주류도 좋아지지.

남자 1 : 주류는 비주류에게 배타적으로 대할 수밖에 없잖아요?

여자 2 : 주류가 더 나빠요.

여자 1 : 강물에 오염물질을 많이 버렸지.

남자 2 : 자네 이 노래 알아? 강물은 흘러갑니다, 아 어쩌구 하는 거.

남자 1 : 참, 온통 수라장에 빠진 때 노래였죠.

여자 2 : 그래도 수라상에 오른 노래라고 하던데요.

여자 1 : 노래는 즐겁구나. 지저귀는 멧새처럼 비뱃종 비뱃종. (가볍게 노
래를 부르며 가볍게 몸을 일으켜 무대의 가운데로 나온다)

남자 2 : (따라 나와서 여자 1의 손을 잡고 춤을 춘다) 비뱃종 뱃종 뱃종노래
를 부르면 해도 달도 내 친구. (자연스럽게 여자 1을 껴안으며 박자
에 맞추어) 해도 돌고 달도 돌고 제비도 돌고 마담도 돌고. (무대
한 쪽으로 옮기어 간다)

남자 1 : 처음 만나는 분들이 아닌 것 같은데.

여자 2 : 우리처럼 말이죠.

남자 1 : 연기 잘 하던데.

여자 2 : 그렇게 하라고 했잖아요.

남자 1 : 그래도 너무 천연덕스러워.

여자 2 : 사랑이라는 이름의 열쇠.

남자 1 : 잘 될 것 같아?

여자 2 : 어차피 통과제의인데요.

남자 1 : 통과제의치고는 형식이 없군.

여자 2 : 내 옷차림을 보세요. 형식이 없는가.

남자 1 : 그렇긴 하지만.

여자 2 : 간단한 게 좋은 시대예요. 시험공부에도 초치기가 가장 능률적
이거든요.

남자 1 : 초치기? 처음 듣는 말인데.

여자 2 : 컨닝 말이에요.

남자 1 : 빼앗긴 들에는 영영 봄이 오지 않겠군.

여자 2 : 그래도 곧은 소리는 곧은 소리를 불러옵니다.

남자 1 : 친구가 없는데 소리가 무슨 필요야?

여자 2 : 손바닥만 있어도 소리는 납니다.

남자 1 : 그건 죽은 소리야.

여자 2 : 죽은 것은 곧 살 수 있다는 역설을 잊으셨나요?

남자 1 : 지금 우리가 불놀이를 하는 건가?

여자 2 : 사랑놀이를 하는 거죠. (한쪽에서 끌어안고 있는 두 사람을 가리킨
　　　다)

　　두 사람 화들짝 놀라서 얼른 떨어진다. 넷이 모두 일어서서 어쩔 줄
모른다. 자연스럽지 못한 분위기가 된다.

여자 1 : 늙으면 주책이야.

남자 2 : 나는 이거 노래에는 약하단 말이야.

여자 2 : 즐거우셨으면 기쁜 일입니다.

남자 1 : 노세 노세 늙어서 노세니까요.

여자 1 : 너희들끼리 얘기 좀 하라고 그런 거지.

남자 2 : 결혼엔 당자들의 의견이 더 중요한 거니까.

여자 2 : 당자들은 이미 의견의 일치를 보았습니다.

남자 1 : 엄마 아버지가 되기로요.

여자 1 : 엄마, 아버지?

남자 2 : 벌써?

여자 2 : 삼십 전 자식, 사십 전 재물, 오십 전 관직이래요.

남자 1 : 저는 거기에도 안 맞아요.

여자 1 : 조금 늦었지.

남자 2 : 늦었다고 생각할 때가 가장 이른 때다.

여자 2 : 고맙습니다.

남자 1 : 두 분이 자주 만나셔서 춤을 추세요.

남자 2 : 자네가 왜 그렇게 수줍어 하나?

남자 1 : 잃어버린 걸 찾은 것 같아서 그럽니다.

남자 2 : 그러면 이제 주머니 없는 옷을 입어야 하겠군.

여자 1 : (여자 2에게) 최수종이 세 개는 어떻게 하누?

여자 2 : 아버지, 이 사람, 주례 선생님에게 드릴 겁니다.

여자 1 : 저런 혼수품에 쓸 것이었어?

여자 2 : (부끄럽다)

　　　해설자가 급히 나타난다.

해설자 : 어허, 이 양반들 작품의 마무리를 그렇게 하는 것이 아니란 말입
　　　　니다. 처음부터 말장난으로 시작된 이 작품이 마지막에 그런 식으
　　　　로 낭만적인 결말을 가져 오면 어찌합니까?

남자 2 : 아니 아까는 말장난이 지나치다고 심각하게 하라더니 이제는 또
　　　　그 반대요?

해설자 : 그러니까 결말을 심각하지 않게, 아무 의미 없는 말만 늘어 놓고
　　　　맺어야 한단 말입니다.

여자 1 : 어차피 인생이란 연극이 아니더냐.

해설자 : 그렇지만 연극은 인생이 아니란 말입니다. 하나의 진술이 참이
　　　　라고 해서 그 역도 참이 된다는 것은 수학에서나 가능한 것이지
　　　　인간의 삶에서는 불가능한 겁니다.

남자 1 : 예를 들자면.

여자 2 : 생활의 과학화 내지는 삶의 과학화 내지는 결혼의 과학화 내지
　　　　는 생산의 과학화 내지는 죽음의 과학화, 이런 구호가 많은데도

그래요?

해설자 : 링컨이 민주주의 정부를 뭐라고 했습니까?

남자 2 : 그건 내가 잘 알지. 국민의, 국민에 의한, 국민을 위한 정부.

여자 1 : 그러고 보니 나도 기억이 나는군.

남자 1 : 오브 더 피플, 바이 더 피플, 훠 더 피플.

여자 2 : 성문 종합 영어책에 나와요.

해설자 : 그래요. 그러면 지금 이 세계에서 민주주의가 그렇게 실현되고
있습니까? 관객에게 물어 봅시다.

관객 4 : 그렇지는 않습니다.

해설자 : 그래요. 하나의 진리는 시간의 진행과 함께 묻혀 버리는 겁니다.
결국 우리에게 남는 것은 끝없는 즐거움을 추구하는 정신만 남는
것이죠.

여자 1 : 그러면 새로 해야 된단 말이요?

남자 2 : 새로 해야겠네.

남자 1 : 안 됩니다. 우리는 결혼해야 해요.

여자 2 : 뛰어내려 죽을 거예요.

해설자 : 그러니까 연극을 할 때, 등장인물끼리 사랑하거나 미워하는 장
면이 있을 때 그것을 실제상황으로 착각해서는 안 됩니다.

여자 1 : 그러면 관객들은 무슨 재미로 연극을 봅니까? 나는 새파랗게 젊
은 여자인데도 쉰 다섯 살 먹은 늙은이 역을 한다고 몇 달이나고
생했는데.

남자 2 : 유신대학을 상징화하여 과거를 돌아보도록 각본이 짜였는 줄 알
았는데 그러면 말짱 도루묵이잖아 이거.

남자 1 : 오공대학은 우리의 현실이었고 아직도 그 시절의 고함소리를 잊
을 수 없는데.

여자 2 : 요사이 젊은 여자들 결혼하기 쉽지 않다구요. 옷은 얼마나 야해

지는지, 벗은 건지 입은 건지 남자들을 꼿꼿하게 만들기 십상이잖
아요. 그래도 결혼하기는 어렵단 말이에요. 자본금이 엄청나게 들
거든요.그래서 저 사람하고 결혼해 버릴려고 했는데.

해설자 : 연극에서 배제되어야 할 것들이 그런 착각입니다. 연극배우들끼
리 실제로 결혼하게 해 봐요, 어찌 되겠는가. 배우 될려는 사람들
이 극단 사무실 앞에 진을 칠 겁니다. 젊은 남녀들이 말이죠. 그
책임을 누가 져요?

남자 2 : 그래도 사랑은 귀중한 겁니다. 국경도 없으니까요.

여자 1 : 그래요, 노란 샤쓰 입은 사나이를 찾아서 외국으로도 갔으니.

남자 1 : 당신이 절대적으로 옳다고 착각 그래요 착각하지 마세요. 우리
는 우리 길을 갈 겁니다.

여자 2 : 말장난은 말장난이고 진실은 진실인 거예요.

관객 5 : (무대 위로 올라 온다) 나도 한 마디 합시다. 우리는 비싼 돈 주고
여기 와 있는데 당신들이 싸움이나 하면 우리는 뭘 보다가 가란
말입니까? (여자 2의 주위를 뱅뱅 돈다)

여자 2 (매우 당황한 몸짓. 여자 2를 가리키며) 아름다운 여자? (여자 1을 가
리키며) 간교한 여자? (여자 1은 몸을 까딱한다) 아닙니다. 말초신경
을 자극하는 그런 말이나 옷차림이 아니라 진실한 즐거움을 위해
서 여기에 온 것입니다. (자기가 한 말에 대하여 스스로 만족하고는
관객을 향하여 어깨를 으쓱해 보인다. 관객들 반응이 없다. 관객 5는
머쓱해져서 무대 위의 인물들을 한 번 돌아보고는 자기 자리로 돌아
간다)

해설자 : 자, 보세요. 관객들은 어떤 즐거움을 찾아서 여기 왔어요. 배우
들의 연기, 적당히 벗어서 보여주기, 말장난, 익살스런 표정 등을
보고 싶어하는 거죠. 그들은 당신들이 마치 자신이 진짜 이 시간

의 주인인 양 행세하는 것을 기다리고 있지 않은 겁니다. (나는 피
리 부는 사나이, 걱정 하나 없는 떠돌이. 노래가 나지막하게 깔리고 무
대의 조명이 점점 어두워져 간다. 노래가 한참 진행된 뒤에) 왜냐구
요? 그들은 자기들이 이 세상의 주인공이라고 착각하고 있기 때
문입니다.

배우들은 서로 쳐다보며 그렇다는 표정이다. 점차 노래소리 커졌다가
작아지며 조명이 나가면서 핀 라이트가 떨어진다. 여자 1, 라이트 속
으로 들어와서 홍콩아가씨 노래를 소리내지 않고 목청껏 부른다. 노
래가 완전히 끝나지 않았을 때, 남자 2가 여자 1을 밀쳐내고 라이트
속으로 들어온다.'그건 너'를 목청껏 부른다. 그러나 소리는 없다. 노
래를 부르고 있는데 남자 1이 옆으로 슬그머니 들어와서 구호를 외쳐
댄다. 역시 소리는 없다. 바로 이어서 여자 2가 라이트로 들어와서 교
태를 짓다가 옷을 하나씩 벗는다. 벗을 수 있는 데까지 벗고는 몸을
서서히 꼬아 댄다. 곧이어 해설자가 라이트로 들어온다. 두 손을 치켜
드는 해설자. 이때 효과음으로 '우리에게 가장 위험한 것은 망각이라
는 것입니다.'라는 구절이 제시된다. 해설자의 구두소리가 크게 들린
다.
무대의 조명이 꺼지면서 작품은 끝난다.

위의 장면들은 오 분 안에 처리되어야 한다.
관객석에 불이 들어오고 연극이 끝난다.

『무천』 제9호 1993.

날개 달기·················김일영 희곡집

인쇄일 초판 1쇄   2001년 05월 21일
　　　　　 2쇄   2017년 05월 12일
발행일 초판 1쇄   2001년 05월 30일
　　　　　 2쇄   2017년 05월 24일

지은이 김 일 영

발행인 정 진 이

발행처 새미

등록일 1994.03.10, 제17-271호

서울시 강동구 암사동 463-25 2층

Tel : 442-4623~4 Fax : 442-4625

www. kookhak.co.kr

E- mail : kookhak2001@hanmail.net

ISBN 978-89-89352-41-9 03810

가 격 10,000원

* 새미는 국학자료원의 자매회사입니다.

*저자와의 협의 하에 인지는 생략합니다.